Le ribelli di Challant

Chiara Lossani

Le ribelli di Challant

Rizzoli

Prima edizione Rizzoli Narrativa marzo 2014

ISBN 978-88-17-07280-9

Dedicato alle amiche
e agli amici di Issogne e di Challand-Saint-Victor,
e alla Valle d'Aosta tutta. Così bella.
Dedicato alle ragazze e ai ragazzi
che avranno desiderio di conoscere
la storia della loro terra.

Viandante, le orme dei tuoi passi
sono il sentiero, e nient'altro;
viandante, non c'è sentiero,
il sentiero si fa camminando.
Camminando si fa il sentiero,
e se ti guardi alle spalle
vedi la strada che mai più
potrai calpestare.
Viandante, non c'è sentiero,
ma solo scie nel mare.
Antonio Machado

Sono sola, e sola soletta voglio rimanere.
Sola, senza compagno né maestro.
Sola, alla porta o alla finestra,
sola, nascosta in un angolo,
sola, bevo le mie lacrime,
sola, inquieta o tranquilla,
sola, non c'è nulla di più triste,
sola, chiusa nella mia stanza,
sola, senza più amico…
Sono sola, minacciata dal dolore,
sola, più nera del nero.
Christine de Pizan

Prologo

Il 1450 fu un anno speciale: nella nostra valle iniziò la guerra tra Catherine di Challant e gli altri signori pretendenti al contado, e a Roma Papa Niccolò V celebrò il sesto Giubileo.

In primavera, mentre i castelli si armavano per prepararsi agli assalti, i sentieri ai piedi del maniero di Villa si riempirono di lunghe file di pellegrini che andavano a pregare sui luoghi santi per farsi perdonare i peccati già commessi e mettere una buona parola per quelli futuri.

Niente fermava il cammino dei viandanti verso Roma. C'era però chi non tornava, o tornava da solo.

Ci fu anche qualcuno al quale, in quello straordinario 1450, la vita venne mutata per sempre. Come successe anche a me, che però non mi ero mai mossa dalla valle in cui sono nata e non avevo mai abbandonato il fiume di cui porto il nome.

Cresciuta nella solitudine delle montagne, senza altra compagnia che quella di poche dame noiose, seguivo con gli occhi quegli sconosciuti dall'alto della mia finestra e imploravo:

«Santa Francesca, che resuscitasti un bambino soffocato nel letto di sua madre, fai un miracolo anche a me! Sant'Antonio, che salvasti una bimba precipitata dal balcone, fai che qualcuno di loro giunga fin quassù!»

E il miracolo accadde.

Una mattina di aprile, Laurent e Mirò lasciarono alle spalle il colle roccioso e bello del Gran San Bernardo, con il lago e l'ospizio in fondo, e scesero nella nostra valle insieme a un gruppo di pellegrini.

Recavano con sé due muli carichi di ceste e si distinguevano dai mercanti di passaggio per la pellegrina sulle spalle, per il bastone, la bisaccia e il cappello dalle larghe falde che serviva a proteggerli dalla pioggia e dal sole.

Venivano da me, pur non sapendolo, e gli eventi che accaddero in quei giorni li ho davanti agli occhi come se li avessi vissuti ieri.

Tornano nella mia mente insieme alle voci di chi ho amato, come se fossimo ancora tutti insieme a raccontarci l'un l'altro la nostra storia.

Alcuni anni prima.
Territori degli Challant.
Anno 1450. Ultimi giorni d'aprile.
La primavera incanta gli occhi e il cuore.

Dora Quey

1.

Quel giorno festeggiavo i miei tredici anni, ma era un compleanno privo di doni, e freddo come l'inverno appena concluso.

A metà mattina mi tolsi la cuffia e sciolsi i capelli, allontanandomi dal castello e dalle sue regole grigie.

Un regalo ci sarà, e saranno fragole mi suggerì una voce dentro.

Fragole.

Avevo sognato il loro gusto profumato in quei mesi gelidi, durante i quali sulla tavola non arrivava altro che cibo affumicato o in salamoia. Cibo che annoiava il palato.

Mi spinsi nel bosco e, mentre la bocca e il cestino andavano riempiendosi di fragole, un altro desiderio bussò: *Colori.*

La smania di colori era viva quanto la fame di frutti freschi.

I miei occhi, mani voraci, iniziarono ad afferrarli ovunque: dal verde tenero delle foglie, dalle piume screziate dei pettirossi, dallo sfondo azzurro del cielo dove le allodole lanciavano gli inconfondibili richiami su e giù.

Ogni tanto allungavo lo sguardo per controllare il mio cavallo rimasto sulla strada. Non c'era traccia di presenza umana intorno, nemmeno nel prato che mi si spiegava davanti e dove di solito sostavano le bestie a pascolare.

Me ne stavo così, senza pensieri, quando all'improvviso la terra si spalancò e un diavolo nero si affacciò dall'inferno.

«Sant'Orso mi protegga!» sussurrai, nascondendomi dietro un cespuglio.

2.

«Godiamo, signore! Il mondo è uno splendore e mille avventure ci attendono!» gridò il diavolo, facendo correre intorno uno sguardo che bruciava di carbone.

Balzò sul prato, e io per la paura strizzai le palpebre così forte da farmi male.

Fu solo quando ebbi il coraggio di riaprirle che il suo mantello da pellegrino e il paio di brache scarlatte mi rivelarono che non si era spalancato l'inferno e che quella che avevo davanti non era una creatura dannata.

Allora mi rammentai di quel rifugio di pastori, costruito per metà sottoterra e con una botola in cima, per difendersi dal vento.

Il giovane era basso e tarchiato, con una testa di riccioli neri arruffati e il viso dipinto di marrone. Si lasciò cadere sull'erba splendente di margherite, di viole, di tarassachi gialli, e allargò le braccia traendo dal fondo del petto un respiro: «Viva il sole d'Italia!»

Avevo la mente in subbuglio.

Scappa!

Resta!

Le voci dentro si accavallavano e io non riuscivo a staccare gli occhi dal ragazzo. Avevo sentito raccontare dai mercanti di passaggio che dalle guerre in oriente erano stati portati dei mori infedeli in schiavitù, ne avevo lette le avventure sui libri di mia madre, mai però ne avevo visti.

La sua pelle aveva il colore morbido delle castagne, sfumava lucida e splendente come quando la nebbia dell'autunno ne inumidisce la buccia. Restai a osservarlo, troppo piena di meraviglia per potermi allontanare.

E fu un bene.

Dalla botola spuntò un viso lentamente, come un sole all'alba. Carnagione pallida come il latte, capelli biondi e lisci fino sotto le orecchie, mento affilato, occhi del colore del lago di Villa quando d'inverno l'acqua gela.

Tentò di balzare fuori senza riuscirci, come se qualcosa lo trattenesse di sotto.

«Non posso uscire...» C'era una tensione nella sua voce che mi fece saltare il cuore. Ero prigioniera della bellezza e della tristezza di quel viso.

«Resistete, signore, vengo a liberarvi!» Il moro si precipitò verso di lui, si mise in ginocchio, gli infilò le braccia sotto le ascelle e incominciò a tirare.

«Ancora uno sforzo, padrone. Abbiate fiducia in me... Ecco fatto! Ora posso dire di avere compiuto la mia prima impresa eroica, come il paladino Orlando.»

Si sedettero entrambi sul prato, esausti, le teste vicine. Erano così diversi quei due, così opposti. Formavano una coppia davvero stravagante, non ne avevo mai vista una uguale.

Il biondo, più alto e più magro, vestiva come l'altro il mantello dei pellegrini. Iniziò a scuotere via con gesto aggraziato la terra dai calzari.

«Non mi ero accorto, ieri sera, che fosse tanto difficile entrarci, Mirò.»

«Eravate stanco e non vedevate l'ora di dormire.» E con un'irrispettosa grattata alla schiena aggiunse:

«Non sapevamo ancora che avremmo fatto conoscenza con gli altri ospiti dei suoi paglioricci.»

Se lui era Mirò, come si chiamava il suo signore? Da dove veniva? E come mai aveva per servitore un moro?

Bruciavo di curiosità.

3.

Mi inoltrai tra i cespugli, avvicinandomi.

Comprendevo bene le loro parole, anche se non parlavano esattamente la mia lingua. Il loro era un francese di montagna come il nostro, ma d'oltralpe.

«Non potevamo dormire fuori, i lupi hanno le loro tane nei boschi qui intorno.» Nell'allungare il braccio il biondo fece una smorfia. Allora Mirò tagliò con un coltello l'orlo del proprio mantello, ne ricavò una fascia e gliela legò al collo, aiutandolo a infilarvi il braccio.

«Se lo sapesse la contessa Anne, con tutte le promesse che le ho fatto di proteggervi.» Si alzò in piedi con uno scatto: «Andiamo subito a cercare l'ospedale di Vessèr, signore, come ha raccomandato lo speziale!»

«Ha detto *Verrès,* non *Vessèr.* E quanto al resto, sei più basso di me e non porti armi, come puoi pensare di proteggermi?»

«Non dimenticate che mi avete nominato vostro scudiero, messer Laurent, ed è questo quello che conta.»

Laurent!

«Uno scudiero per un cavaliere sul cavallo di san Francesco!» Messer Laurent abbozzò un tenue sorriso che lo rese ancora più bello, se possibile.

Mirò sbuffò: «Non capisco perché non abbiamo potuto viaggiare sui nostri cavalli…»

«Un pellegrinaggio lo si deve compiere camminando, e anche per noi che abbiamo solo quindici anni questa è la regola.»

Quindici anni!

Non avevo mai conosciuto un cavaliere di quindici anni.

Non avevo mai conosciuto un cavaliere così affascinante.

«Ma voi siete il conte de la Chavre, e i conti devono andare sempre a cavallo.»

«Non chiamarmi mai più in quel modo!» cambiò umore messer Laurent, facendosi rosso in viso.

«E perché mai?»

«Non voglio. Ma ora va' a prendere la nostra roba, che dobbiamo andare.»

Mirò si allontanò verso il rifugio borbottando: «Chi li capisce i signori? Sono conti e non vogliono che li si chiami conti… E come dovrei chiamarlo?» Scosse la testa ricciuta: «Valli a capire! Mai contenti.»

Sparì dentro la terra e poco dopo dalla botola volarono fuori due bastoni da pellegrino, due bisacce da viaggio, due cappelli e un liuto. Quello, veramente, Mirò non lo gettò, lo estrasse con cautela, tenendolo sopra la testa come una bandiera.

Se potessi anche tu buttare fuori, come oggetti da una tana, i sentimenti dal fondo del cuore... disse la voce da dentro.

Quando fu di nuovo accanto a messer Laurent, lo scudiero caricò a tracolla le sacche e pizzicando le corde del liuto iniziò a cantare:

«Ecco la primavera
che 'l cor fa rallegrare;
temp'è da innamorare
e star con lieta cera...»

Lasciando alle spalle la montagna si incamminarono verso il sentiero che scendeva a valle.

Li seguivo nascosta tra i cespugli.

Mirò scalpitava come un puledro dietro a messer Laurent, che zoppicava tenendo il braccio ferito contro il petto come uno scettro.

La nostra valle rifulgeva sotto il sole. Il rosso delle loro brache e il bianco delle pellegrine contrastavano con i colori del paesaggio, splendente di verdi diversi: le macchie scure degli abeti in alto, quelle più chiare in basso delle querce con le foglie nuove e tenere, il verde brillante dei prati punteggiati di fiori.

Presto giunsero al punto in cui la vista si apre e le montagne si fanno da parte mostrando al centro del cielo, alto sulla roccia, il cubo possente del castello di Verrès.

Messer Laurent si fermò all'improvviso, i suoi occhi chiari, stringendosi a fessura, divennero pozzi bui.

Mi muovevo tra i cespugli, lo sguardo puntato su di loro, senza vedere nient'altro. Neanche quella buca.

Mirò Godret

1.

Quel momento non me lo potrò scordare finché campo, parola di scudiero!

Un cavallo sellato brucava l'erba a lato del sentiero.

«E tu che ci fai qui tutto solo? Dov'è il tuo padrone?»

A rispondermi non fu il puledro, ma il grido di una donzella dal bosco: «Aiuto! Aiuto!»

Lasciai cadere a terra le bisacce per lanciarmi a grandi balzi nell'avventura: «È una principessa tra le grinfie di un drago, signore, devo correre da lei!» E, scavalcando tronchi abbattuti e cespugli come nemici, mi precipitai in suo soccorso.

Al vederla, però, mi arrestai di botto.

Di storie su dame e cavalieri ne avevo sentite tante, e molte ne avevo immaginate, ma mai, mai in vita mia avrei pensato che potesse esistere una donzella da salvare così brutta.

E se non mi si crede, potrei giurarlo sulla testa del mio cavallo!

Era caduta in una buca nascosta da un cespuglio, e si dibatteva con mille smorfie. Aveva il viso graffiato, e i capelli, lunghi e del colore della pece, si attorcigliavano come serpi intorno ad alcuni rami che più lei si agitava più la catturavano, attirandola come nel gorgo di un lago stregato.

«Per favore, aiutami!»

«Che fai lì come una statua? Corri da lei!»

Messer Laurent mi porgeva un coltello. Avrebbe fatto figura migliore una spada, magari la Durlindana del prode Orlando, ma comunque tagliai i rami e aiutai la donzella a venire fuori dalla buca, ponendo fine all'incantesimo.

«Grazie... grazie» non cessava di ripetermi, asciugandosi le lacrime.

Potenza dei sortilegi! Le smorfie erano scomparse, i lineamenti si erano distesi. Non era più così brutta adesso, ma bella no di sicuro.

Piatta come una foglia, senza una curva né davanti né di dietro sotto l'abito di panno. Al centro del viso si affacciava un naso che, più che un naso, era una pera.

C'era anche quella macchia scura che dilagava sul mento... faticavo a staccare gli occhi da lì.

Il mio padrone la invitò a sedere su un sasso: «Desiderate un sorso d'acqua, madamigella?»

«Grazie, sì» sussurrò lei. E attese.

Anche messer Laurent attese.

Non tanto, però.

«Mirò!»

Sobbalzai: «Signore?»

«Prendi la borraccia con l'acqua e porgila a madamigella...»

Ora ero io ad aspettare un nome.

«Dora, mi chiamo Dora come il fiume che scorre nella valle.»

«Dora...» le feci eco senza muovermi. Quella macchia contornata da piccoli puntini scuri mi ipnotizzava.

«Mirò, porgi l'acqua a madamigella Dora!»

Un altro sobbalzo: «Subito! Eccomi qua!»

Bevve un sorso e si pulì il viso, tamponando con un lembo del vestito i graffi, che per fortuna non erano né tanti né profondi. Intanto che raccontava chi era gli occhi mi si chiusero, facendo sparire la macchia e il naso. Potenza del parlare fine e della voce melodiosa! A udirla soltanto la si poteva immaginare bellissima.

«Vivo nel castello di Villa-Challant e sono figlia del notaio René Quey, amministratore dei beni della contessa Catherine. Mia madre era una dama e mio padre si è risposato con una serpe...» si fece rossa «... voglio dire, con una cortigiana venuta da Aosta.»

«Catherine di Challant è la vostra signora? Di lei si racconta che da anni rivendica i territori che suo padre le ha lasciato in eredità» disse il mio padrone.

Le palpebre mi si spalancarono da sole: «Perché li rivendica se sono suoi?»

La donzella si infervorò: «I suoi cugini, i signori di Fénis, di Aymavilles e d'Ussel, hanno impugnato il testamento contro di lei, e il duca d'Aosta ha dato loro ragione!»

Pareva tutta occhi: grandi e scuri come le more che mi piacciono tanto.

«Ma se lei è l'erede del conte, per quale ragione vogliono prendere il suo posto?»

«È una donna, e le donne non possono governare. Così dice la legge. Ma la verità...» abbassò la voce, stava forse per rivelarci un segreto? «...la verità è che le donne, secondo gli uomini, sono delle incapaci, non sanno governare e non devono fare altro che filare, cucire e curare i figli. Vi pare giusto? Io non ne sono affatto convinta!»

«Avete idee molto originali, madamigella. Siete forse una ribelle? Tessere e badare ai bambini sono mestieri in cui le donne sono molto abili...» disse messer Laurent.

«In queste occupazioni la contessa Catherine è la migliore, ma non è seconda ad alcun uomo nel governare. Lo vedete il canale che corre laggiù sul crinale? L'ha fatto scavare lei, per irrigare i campi più in basso. Ed è stata lei a ordinare che tutti i documenti fossero scritti anche nel francese di Parigi, perché è una donna colta e sa stare al mondo.»

Sobbalzai, ma non per le parole di quella damigella infuocata: era la terra che aveva preso a tremare sotto i nostri piedi. Da fuori del bosco giunse uno squillo di corno così acuto che il cavallo nitrì e fuggì spaventato.

Anch'io ero spaventato, meno del cavallo però, e troppo curioso per darmela a gambe. Che avventura la vita degli scudieri, la conducevo da poche settimane e già ne andavo pazzo!

Sulla strada sfilò un gruppo di armigeri.

Un cavaliere cavalcava davanti a tutti, indossando un elmo che era uno splendore. Pareva quello del Cavaliere della Carretta, messer Lancillotto del Lago, il mio preferito.

«È Pierre Sarriod, il luogotenente della contessa. Da qualche tempo i suoi soldati vanno avanti e indietro per portare materiali adatti a rinforzare i castelli, di giorno. Ma di notte…» abbassò la voce, rivelandoci un altro dei suoi segreti, «di notte portano armi!»

«Sta forse per scoppiare una guerra?»

Madamigella ebbe un sobbalzo: «Tu sai cosa significa *guerra,* scudiero?»

«L'ho sentita raccontare nelle canzoni e nelle storie...»

Alzò le spalle: «Allora neanche tu ne hai mai vista una. Ma voi, da dove venite? I vostri abiti dicono che siete pellegrini, e io non ho mai parlato con dei pellegrini.»

2.

Ci sedemmo su alcune pietre, e a un cenno del mio padrone accarezzai le corde del liuto:

«Dinnanzi ai vostri occhi, madamigella Dora,
ecco Laurent de la Chavre, cavaliere e mio signore,
e vi assicuro, sul mio onore,
che non ci sono genitori più fortunati al mondo
della contessa Anne e del conte Girondo.
Io invece sono Mirò Godret, dall'anima sincera,
servitore e scudiero con la pelle nera.
Il nostro castello nella lontana Francia abbiamo lasciato,
tormente di neve e alte vette abbiamo sfidato,
ma dell'andare si è dissolta la stanchezza,
perché è servita ad ammirar la vostra bellezza!»

Un vivo rossore dilagò sulle guance della damigella: «Non occorre dire bugie solo per concludere un verso!» esclamò, e io ci rimasi così male che tutte le altre rime fuggirono via.

«Siamo partiti alcune settimane fa dal castello dei miei genitori insieme a un gruppo di pellegrini e siamo diretti a Roma in occasione del giubileo...» venne in mio aiuto messer Laurent.

«Ci pensate, madamigella: le chiese, gli antichi monumenti, il Papa!» dissi io.

Mi fissò come se avesse visto un cavallo con le ali: «Interrompi sempre in questo modo il tuo signore, Mirò? È così che si usa al di là delle Alpi?»

«Le regole della buona educazione si seguono anche da noi, madamigella. Ma il nostro è un piccolo palazzo, signori e servitori vivono così vicini gli uni agli altri che a volte *qualcuno* se le dimentica» disse messer Laurent.

«Mia madre è la dama di compagnia della contessa Anne, ma per lei è *quasi* un'amica» aggiunsi io, che mica mi ero offeso.

«Anche il nostro è un castello piccolo, la mia matrigna però tratta tutti come servi, e se le dame non stanno al loro posto le spedisce in cucina a pelare le cipolle con il cuoco.»

«Le cipolle mi piacciono, ma nel piatto, cotte con timo e maggiorana!» esclamai, leccandomi le labbra. Madamigella scoppiò a ridere, e anche al mio padrone sfuggì un sorrisetto.

«L'idea del viaggio a Roma è stata del cavaliere. La contessa all'inizio non voleva, ma lui…»

«Sono particolari poco interessanti questi» mi rimproverò messer Laurent, alzandosi in piedi e iniziando a scrutare la strada.

Aspettai che si fosse allontanato, quindi mi tesi verso l'orecchio della donzella: «Se sapeste cosa ha fatto per convincerla…»

«Cosa ha fatto?» Mi sfiorò come una carezza il profumo di acqua di viole dei suoi capelli.

«Uh! Non posso raccontare tutto ora, però alla fine la contessa ha ceduto, ma a patto che io giurassi di proteggerlo e riportarglielo a casa sano e salvo.»

«Ma tu non hai il fisico di una guardia del corpo!»

«È vero, ma per il mio signore sono pronto ad affrontare draghi, maghe e incantesimi, come i cavalieri della tavola rotonda per il loro re!»

«E quel braccio al collo, allora?»

Mi presi la testa tra le mani: «Per quello che è accaduto ieri, non mi perdonerò mai…»

«Cosa è successo, Mirò? Su, racconta!»

Il tocco leggero delle sue dita mi raddrizzò come una punta di lancia nelle costole: «È stato azzannato da un cinghiale. Sapeste che brutta ferita ha sul braccio! Lo speziale ha detto che ci voleva il medico di Vessèr… .»

«Vuoi dire Verrès...»

«Sì, dove c'è un ospedale. Lo speziale voleva andarci con tutto il gruppo, ma il mio signore ha detto: "Proseguite senza di noi verso Arnad, come è nel programma, dove troverete un ricovero per ospitarvi tutti. Io e Mirò andremo a Verrès domani, poi vi raggiungeremo." Nessuno ha potuto contraddirlo, perché anche se siamo vestiti tutti uguali noi pellegrini, i signori rimangono signori, e se comandano bisogna obbedire. Abbiamo cercato un rifugio di pastori per proteggerci dai lupi e vi abbiamo trascorso tutta la notte.»

L'avevo narrato d'un fiato, e poi scoppiai a piangere.

«Mirò ha la lacrima facile, come una fanciulla» disse messer Laurent, tornato da noi in silenzio.

Mi strofinai il naso su una manica: «Il coraggio non mi manca, madamigella, ma dovete sapere che i sentimenti, in me, dal cuore vanno diritti agli occhi e alla bocca, e non faccio in tempo a porgli un freno. Mia madre dice che la colpa è della mia pelle, che quando ero in fasce, per un sortilegio, mi è stata rivoltata, così che da bianca è diventata nera e quello che ho dentro esce subito fuori.»

La damigella mi fissò come se vedesse ancora lo stesso cavallo con le ali di prima: «Credi sia questa la ragione del colore della tua pelle?»

«Sì, mia madre me l'ha spiegato bene. "Mamma"

le ho chiesto, "se fuori sono nero, dentro sono bianco anch'io?" E lei ha risposto: "Bianco e pulito come un lenzuolo lavato con la cenere, figliolo!"»

Madamigella Dora si girò verso il mio padrone, e lui aprì le braccia sospirando.

«Posso dare un'occhiata al vostro braccio, messere? La mia mamma si occupava di curare chi non si sentiva bene al castello, e guardandola ho imparato molte cose anch'io.»

Il mio padrone rispose che non era il caso, ma io feci un tale chiasso che pur di farmi smettere arrotolò la manica.

Madamigella scrutò la ferita: «Uno strano taglio per averlo fatto un cinghiale…»

Col viso di fuoco, lui che era sempre pallido e di ghiaccio, allontanò il braccio: «Credete che abbia avuto le traveggole?»

«Un cinghiale di sicuro, l'ho visto bene anch'io!» confermai. «Cosa ne dite, madamigella? Guarirà?»

«Non è grave…»

«Che sollievo, questa notte non ho chiuso occhio per la preoccupazione… ma anche per le pulci!» aggiunsi grattandomi la schiena. Mi accorsi, però, che l'aria tra i due si era fatta tesa. Allora inventai lì per lì: «Madamigella Dora, che forma buffa ha quel rifugio! Da lontano, così panciuto sopra la terra piatta, pare un brufolo… come quelli che hanno certi messeri giovani, come quello che ha anche sotto la frangia...» subito mi coprii la faccia con la mano: «Perdonate, signore, non volevo offendervi!» e all'occhiata severa del mio padrone mi cucii la bocca.

Madamigella Dora colse un fiore di colore bianco: «Questo si chiama Sigillo di Salomone. Schiaccialo sopra la pelle, Mirò, e lascialo tutto il giorno: domani il tuo brufolo sarà sparito.»

Cara la mia damigella, bella o brutta che fosse ormai non ci facevo più caso: mi stava dando una mano col mio signore, e questa per me era la cosa più importante al mondo. Lui intanto si era alzato in piedi: «Vi salutiamo, madamigella. Comincia a farsi tardi, è ora di andare.»

L'aveva detto con un inchino, ma in modo brusco, non adatto a un cavaliere verso una dama. Sono sicuro però che non l'aveva fatto apposta, era certamente a causa del dolore al braccio e alla caviglia che si comportava in tale maniera.

Laurent de la Chavre

1.

Quella strana damigella stava per scoprirmi.

Per fortuna, però, Mirò non aveva dato peso alle sue parole e ormai nessun altro avrebbe più potuto mandare a gambe all'aria il mio piano.

Il nostro era un gruppo di venti pellegrini. Uomini e donne che avevano superato a piedi le Alpi lungo la via francese e che scendevano verso Roma.

Il giorno prima c'eravamo fermati in una radura per consumare il pasto di mezzogiorno. La sosta successiva sarebbe stata la chiesa di Arnad, con il grande albergo che ci avrebbe ospitato alcuni giorni.

Arnad era a un'ora di cammino, i camini di Verrès invece si intravvedevano in lontananza e io non stavo più nella pelle.

I miei compagni di viaggio erano seduti sull'erba, sparsi qua e là nel prato, e anche Mirò era distante da me. Non avevo dovuto inventare scuse per allontanarlo. Le due monache di San Luc lo avevano pregato di cantare e io gli avevo dato il permesso di seguirle.

Accanto a me, lo speziale prese una boccetta di balsamo dalla sua bisaccia per spalmarlo sulle vesciche dei piedi del curato.

«Questi dolori li offro a Cristo» aveva ripetuto sin dall'alba tra un lamento e l'altro.

«Il più l'abbiamo fatto, ora la strada sarà tutta in discesa» lo consolava lo speziale. «Messer Laurent, volete anche voi lenire le vesciche ai piedi?»

Risposi con un inchino che non ne avevo bisogno e mi spostai di qualche passo. Non era ai piedi che avevo male, e volevo stare da solo. Ma, a bocca piena, madama Doc, la filatrice del nostro villaggio, venne verso di me porgendomi una fetta di pane con della carne di camoscio: «Ne volete, messer Laurent?»

Con un altro inchino dissi che non avevo fame.

«A non mangiare viene mal di testa, fatevelo dire da una che se ne intende.» Madama Doc raggiunse gli altri pellegrini. Era sempre preoccupata che ci nutrissimo e non smetteva mai di masticare qualcosa. Andava a Roma per chiedere la grazia di guarire da quel mal di testa che l'affliggeva da anni.

Finalmente, adesso che tutti erano impegnati a mangiare e a riposarsi, nessuno si curò più di me.

Ma solo quando vidi Mirò imbracciare il liuto e incominciare a cantare mi avviai a passo deciso verso il bosco.

Era il momento di mettere in atto il piano che mi ero ripetuto mille volte durante il viaggio.

Mi inoltrai tra gli alberi, e quando fui certo che nessuno mi seguisse infilai in tasca delle pietre e mi arrampicai su per un tronco. Tra le foglie intravvedevo i pellegrini nel prato e, sotto di me, il bosco con i suoi cespugli.

Era lì che di solito si nascondevano i cinghiali.

Come avevo previsto, non dovetti aspettare molto. Da uno dei cespugli sbucò grugnendo una grassa cinghialessa, seguita da tre piccoli.

Attesi che mi fossero vicini, poi incominciai a bersagliarli. I piccoli iniziarono a correre verso il prato con strilli acuti, la madre gli andava dietro urlando e portando lo scompiglio tra i pellegrini.

Li vidi radunarsi spaventati, vidi Mirò che si guardava attorno per cercarmi e madama Doc che gli indicava il bosco.

Allora estrassi il coltello che portavo alla cintura, strappai la manica della camicia e, tenendo i denti stretti, lo affondai nel braccio, mentre un fiotto di sangue mi inondava le mani.

Sentivo Mirò che mi chiamava, che stava arrivando.

Non avevo previsto che scendere dall'albero sarebbe stato tanto difficile... Saltai a terra, ma in modo così maldestro che la caviglia mi si piegò e finii lungo e disteso sul sentiero.

«Padrone! Padrone!»

«Aiutami, Mirò, un cinghiale mi ha attaccato!»

Tutto era andato come avevo previsto tranne che per quella caviglia, che non mi avrebbe di sicuro facilitato la realizzazione di ciò che avevo in mente da mesi.

2.

E ora, dopo la notte nel rifugio e l'incontro con madamigella Dora, Mirò e io scendevamo di nuovo verso Verrès.

Il mio scudiero mi precedeva lungo il sentiero.

«Che splendido paesaggio, padrone! Avete notato che il sole questa mattina brilla più del solito?»

Annuii distratto, fissando davanti a me.

«E quella madamigella Dora, l'ammirate anche voi, signore?»

Allungai lo sguardo in attesa di vedere comparire la strada lastricata. Mi sentivo teso come le corde del liuto di Mirò.

«Non ho mai visto occhi così brillanti, anche se

non la si direbbe bella... Quella macchia sul viso: l'avete notata anche voi, padrone?»

Ecco i tetti delle case. Pensando al lungo viaggio che avevo fatto per giungere fino a lì e a ciò che mi aspettava non potei fare a meno di sospirare.

«Vi do fastidio, signore? O vi siete offeso per quello che ho detto a madamigella Dora?»

Sollevai le spalle. Un poco era vero che mi ero irritato: che bisogno c'era di raccontare a una sconosciuta certi fatti privati? Però non dissi nulla.

«Che ci posso fare, padrone, se la mia lingua non sta mai zitta? Non sono io che voglio parlare: è lei che non tace.»

Non replicai. Dopo una curva spuntarono le mura. Eravamo arrivati a Verrès!

«Signore, non mi perdonerete mai più? Oh, me meschino, meschinissimo se il mio padrone non mi ama più!»

Era disperato. Alla fine, volendo dargli qualche soddisfazione, mi piegai verso di lui, scostando la frangia dalla fronte: «Ebbene, c'è ancora?»

Spinse in avanti il collo come un cane da punta: «È grosso quanto un cecio, signore...»

«E poi com'è? Va' avanti!»

Si avvicinò ancora, incrociando gli occhi: «Più che un cecio è rosso come una ciliegia... con una bolla purulenta in cima che a guardarla viene voglia di...» Estrasse dalla tasca il fiore che gli aveva regalato la damigella, lo stropicciò fra le mani e me lo appiccicò in fronte. «Ecco, tra un secondo il foruncolo sparirà!»

Lasciai cadere frangia e impacco: «Bisogna essere degli sciocchi per credere a certe magie!»

Restò deluso, come se gli avessero tolto da sotto il naso un piatto di salsicce, e riprese a camminare borbottando: «Quante storie per un foruncolo! E che colpa ne ho io se gli è cresciuto? I signori: tutti bizzarri.»

Passammo la porta della città percorrendo la strada che attraversava Verrès. Ci sfilarono a fianco numerosi carri carichi di armi e di materiale da difesa.

Il paese era dominato dal possente castello edificato su una roccia a picco sul fiume. Quella vista, per la seconda volta, mi fece sobbalzare come se un fulmine avesse percorso il cielo sereno.

Dopo esserci dissetati all'acqua di una fontana decidemmo di chiedere indicazioni per arrivare all'ospedale. Fermai una guardia. Non era difficile incontrarne, parecchi uomini armati giravano per le strade.

3.

L'ospedale era situato nella prevostura, l'edificio dove vivevano i monaci della congregazione di Saint Gilles.

Mirò mi aspettò fuori, io salii i quattro gradini dell'ingresso e spinsi il portone circondato dai fregi degli Challant.

In una grande stanza erano disposti a terra decine di paglericci. Su alcuni era steso più di un malato, come erano abituati a fare nel nostro castello i servi, che dormivano in tre o anche quattro in un letto.

Giacevano scomposti, i volti congestionati, gli occhi cerchiati e sprofondati nelle orbite. Chi taceva parendo morto, chi chiedeva aiuto con voce disperata, chi si lamentava agitando il corpo avvolto da bende.

Il loro dolore aveva un odore acuto, un misto di decomposizione e di sudore che mi prese alla gola. Tutto ciò era intollerabile. Non avevo mai assistito a tanta sofferenza in una volta. Non bastava essere stato educato cavaliere per riuscire a sopportarlo.

Passando davanti a quelle facce bianche, a quegli sguardi impotenti e fragili, il cuore mi si strinse per la pena e le gambe iniziarono a tremare.

Stavo per fuggire via per non dover guardare più, quando mi sentii chiamare dal fondo della stanza: «Pellegrino! Pellegrino!»

Una monaca mi raggiunse in fretta e, afferrandomi per un braccio, mi mise sotto il naso una boccetta colma di chiodi di garofano. L'odore terribile fu coperto da un profumo acre, che mi punse gli occhi e diede una scossa al mio animo.

«Fatevi coraggio» mi disse, invitandomi a seguirla.

Al di là di una tenda si apriva uno spazio con un lettino al centro e, contro una parete, una credenza. Dentro, davanti ai miei occhi sgomenti, pendevano forbici di tutte le misure, tenaglie, trapani, uncini, coltelli, seghe, siringhe e altri strumenti da chirurgo.

Su un ripiano, invece, era in fila una serie di bottiglie trasparenti colme di liquidi misteriosi di colori diversi, dal bianco al rosso, mentre il tavolo lì accanto pareva la bottega di uno speziale, con grandi vasi di vetro carichi di erbe sminuzzate, e pestelli e mortai di ogni dimensione.

Brividi freddi iniziarono a percorrere come serpi la mia schiena, riportandomi alla condizione di debolezza di poco prima.

Un uomo era disteso sul lettino. Aveva al posto di un braccio un moncherino fasciato. Un medico, vestito con la consueta palandrana rossa e il berretto di pelliccia di scoiattolo, con aria severa gli tastava il polso che gli era rimasto. Il malato lo osservava terrorizzato: «Morirò, dottore?»

L'altro si avvicinò alla finestra con in mano un'ampolla colma di liquido giallastro. Iniziò ad esaminarla controluce, scuotendola: «Colore scuro... denso... fosco... schiumoso...»

La luce si riverberava sull'anello che portava a un dito e che contraddistingueva un vero medico da un ciarlatano o da un cerusico. Si rivolse alla monaca: «Urine come queste indicano *infectio sanguis*. Praticheremo subito un salasso. Preparate le sanguisughe, sorella.»

Non avevo mai subito un salasso, ma sapevo che era il rimedio più utilizzato per qualsiasi tipo di disturbo. Mi sentii venire meno al pensiero che, dopo quel poveretto, sarebbe toccato a me.

Per la prima volta da quando ero partito da casa pensai che non fosse stata un'idea brillante l'inventarsi l'espediente del cinghiale per restare a Verrès. Tuttavia non mi mossi e, andando a rovistare dentro di me alla ricerca di una briciola di coraggio, lanciai un'occhiata alla monaca. Nel barattolo tra le sue mani si contorcevano piccoli animali viscidi e neri.

«Sono sanguisughe quelle?»

«State tranquillo, non sono per voi. Voi e lui non patite della stessa malattia e il rimedio sarà diverso. A costui è stato troncato un braccio durante uno scontro fra i seguaci della contessa e quelli dei signori pretendenti al feudo. Abbiamo i letti pieni a causa di incidenti di questo tipo.»

La monaca applicò le sanguisughe al malato per aspirarne il sangue infetto. Lui gridava, invocando in soccorso tutti i santi dal cielo. Il medico gli ordinò di tacere, poi si voltò verso di me per esaminarmi la caviglia.

«Eh, noi ci affanniamo a curarli, ma loro, se guariscono, lo attribuiscono a qualche santo o ai voti fatti, o a frati e suore. Se invece muoiono, allora la colpa è solo nostra.» Mi guardò negli occhi: «Tu sei giovane, ragazzo, ma imparerai presto che, per quanto noi medici ci diamo da fare ad alleviare le sofferenze degli uomini, nessuno di loro tiene in conto la nostra arte, ma tutti credono che sia la loro superstizione a guarirli.»

Senza aggiungere altro applicò un impacco di erbe sulla caviglia e me la avvolse stretta in fasce di lino.

«E questa ferita come te la sei procurata?»

«Un cinghiale mi ha attaccato» risposi a occhi bassi.

«Ragazzo, questa è una ferita da taglio. Di piaghe simili ne vediamo parecchie in questi giorni. Sono comunque affari tuoi, non voglio saperli.»

Non mi chiese chi fossi, perché mi trovassi lì, né dove sarei andato dopo, ma si voltò verso la suora: «*Vulnus in brachio necessitat filum.*»

Con un ago e del filo mi ricucì la ferita come fosse un lenzuolo strappato e me la fasciò dopo avervi applicato sopra una polvere minerale.

Durante l'operazione neanche un lamento era uscito dalla mia bocca.

«Sei un giovane coraggioso. Tornerai da me tra una settimana per un controllo, anche se sono sicuro che non vi saranno problemi. Quanto alla caviglia, cerca di camminare il meno possibile e andrà a posto da sola. Ora sarai stanco, perciò se vuoi restare per il pranzo ci sarà un piatto caldo per te e per chi ti ha accompagnato.»

Dopo aver terminato con me fu chiamato all'ingresso dell'ospedale dove erano arrivati nuovi feriti che richiedevano le sue cure.

4.

Mirò mi aspettava fuori, tenendo per le redini il cavallo di madamigella Dora.

«L'ho trovato che gironzolava vicino alle mura» mi spiegò, e quando gli raccontai quello che aveva detto il medico fu pronto a ribattere: «Se dovremo restare una settimana quel rifugio pieno di pulci non andrà bene, padrone, invece potremmo trovare ospitalità nel castello di madamigella Dora. Nessuno nega un letto a due pellegrini… soprattutto quando riportano un cavallo bello come questo!»

Io però ero ancora in dubbio se allontanarmi troppo da Verrès.

«Villa è in cima alla montagna, non so se riuscirò ad arrivarci con questa caviglia...»

«Sarà il cavallo a portarvi fin lassù, e se avrete bisogno dell'ospedale vi ricondurrà qui in un baleno» risolse definitivamente la questione Mirò.

Legato il puledro a uno degli anelli nel muro, ci avviammo verso la mensa dei monaci.

Il frate portinaio controllò i nostri lasciapassare: «Quanti bei posti avete visitato, pellegrini» disse leggendo i nomi degli ospizi in cui ci eravamo fermati durante il viaggio.

«E quanti ne vedremo non appena il mio padrone guarirà... Se sapeste, padre, cosa gli è capitato... Il mio padrone è messer...» e allungò un dito per indicargli le nostre generalità.

«Non essere fastidioso, Mirò. Il padre ha altro da fare in questo momento.»

Il monaco ci restituì i documenti: «Abbiate pazienza, conte de la Chavre, ma queste sono misure di sicurezza necessarie per il giubileo, quando tutto il mondo si mette per strada al mattino e alla sera vuole essere ospitato. Anche se, a dire la verità, noi non neghiamo aiuto a nessuno.»

In quel momento, difatti, capitò un episodio che mi convinse che i monaci seguivano le regole della carità anziché quelle imposte dai governi.

Un uomo anziano, vestito con gli abiti bianchi di una confraternita, stava facendo la fila davanti a noi.

«Fratello, questa mattina mi è stato rubato il lasciapassare, ma ora sono così stanco che non posso più fare un passo senza mangiare qualcosa» disse al padre guardiano, che lo fece entrare senza richiedere altre spiegazioni.

Molte persone aspettavano di essere servite ai tavoli. Si trattava di pellegrini, ma anche di poveri. Davanti a tutti era posata una fetta di pane scuro con qualche foglia di verza e del lardo.

L'anziano che non aveva il lasciapassare si era seduto al tavolo accanto al nostro.

Smilzo, con un lungo naso che gli pioveva fino quasi sul labbro e una barba a punta sul mento, iniziò a mangiare senza prestarvi troppa attenzione. I piccoli occhi veloci osservavano quanto accadeva intorno, anche noi.

«Credete che sarà facile trovare il cammino per arrivare a Villa, signore?»

«La strada la troveremo chiedendo, Mirò.»

L'uomo si sporse verso di me, con un sorriso che mise in mostra una fila di denti consumati e neri: «Io so dov'è il castello di Villa, cavaliere, e se volete potrei accompagnarvi.»

«Veramente, messere...»

«Che fortuna, sarebbe!» mi precedette Mirò,

precipitandosi a sedere accanto allo sconosciuto. «Ci impiegheremo molto ad arrivare?»

L'altro fece un balzo all'indietro, come se avesse visto un topo che voleva salirgli sulla manica: «Questo moro è un vostro servitore, cavaliere?»

«È il mio scudiero, benvoluto come un fratello.»

«Non temete le ire del Cielo, condividendo il cibo e la parola con un infedele?» Nell'enfasi del discorso spalancò la bocca, e una ventata fetida ci avvolse.

«Io non sono un infedele!» protestò Mirò, tornando al suo posto con la mano davanti al naso. «E la mia pelle è nera perché con un incantesimo mi è stata rivoltata quando ero piccolo.»

«Costui è infedele, nero e stupido» disse scuotendo la testa lo sconosciuto.

«Il mio scudiero è cristiano, signore, e niente affatto stupido. È ingenuo, ma devoto e gentile!»

«Se è questo che pensate, buon pro vi faccia. Se ne vedono tante in questi giorni di giubileo. Ma fareste bene a prestare attenzione agli infedeli, anche se convertiti, e al colore della loro pelle, che assomiglia troppo a quella del diavolo... Comunque, se mi starà lontano, per me non sarà di alcun disturbo guidarvi fino al castello di Villa.» Strisciò sulla panca fino al bordo del suo tavolo. «Sono un pellegrino, appartengo alla Confraternita del Santo Spirito ed è mio dovere aiutare chi si trova in difficoltà. Ho accompagnato all'ospedale un confratello. Questa mattina siamo stati assaliti da un brigante che ci ha rubato i lasciapassare e ha ferito il mio amico. Ora sono rimasto da solo a continuare il viaggio, e mi farebbe piacere un poco di compagnia.»

D'impulso stavo per rispondergli che ce la saremmo cavata da soli; il mio scudiero, però, mi tirò per il mantello sussurrandomi in un orecchio: «Accettate il suo aiuto, signore, ci farà arrivare più in fretta, e non vi preoccupate per me. Avevo già deciso di stargli alla larga per via di quell'alito che gli esce dalla bocca come la fiamma di un drago, e, per quanto vi riguarda, la penitenza di averlo vicino vi farà guadagnare molte indulgenze sulla via del paradiso.»

Così, anche se a malincuore, dissi: «Unitevi pure a noi, fratel...»

«Fratel Nicolas, questo è il mio nome.»

Ci rimettemmo in viaggio. Mi sembrò giusto che fratel Nicolas non percorresse a piedi tutta quella strada e lo invitai a salire accanto a me sul cavallo, prendendomi in cambio i rimproveri di Mirò, che mi fece intendere, con mille gesti alle sue spalle, di farlo scendere subito, altrimenti la via per la vita eterna poteva essere più ardua di quello che avrei potuto sopportare.

Non mi pareva un uomo cattivo. La sua maggiore preoccupazione era quella di ravvisare il peccato nelle azioni degli altri, ed era questa la ragione che lo rendeva acido e prevenuto.

Passando davanti alla chiesa di Verrès, il viso gli divenne paonazzo: «Nella cappella dietro l'altare riposano le ossa di Iblet di Challant, il cavaliere che conquistò terre e castelli e tanto onore portò alla casata. Quelli erano tempi nobili! Adesso, invece, persino le donne vogliono governare, e la confusione e il peccato si sono impadroniti della valle! *O tempora, o mores*! Che tempi! Che costumi! Un passo dopo l'altro il mondo finirà sprofondato nell'inferno!»

Dora Quey

1.

I visi del cavaliere Laurent e del suo scudiero Mirò rimasero a lungo disegnati nella mia mente. Sarebbe stato bello rivederli ancora, parlare, fare amicizia...

Ma erano speranze irrealizzabili: nessuno saliva fino a Villa e al castello non soggiornavano mai degli sconosciuti.

Rimuginavo fra me, intanto percorrevo il sentiero che, tra querce e castagni, dalla collina scendeva al villaggio e poi risaliva al nostro castello.

Dopo che la mamma era morta quel bosco era diventato il mio rifugio, e da quando, sei mesi prima, mio padre aveva sposato madama Rebecca portandola da Aosta, ci andavo a leccarmi le ferite come una gatta malata.

Mi sedevo tra gli alberi, la schiena appoggiata a un tronco. Guardavo tra i cespugli, spiavo gli animali, alzavo gli occhi e fissavo gli squarci di azzurro tra le foglie. Quel giorno, come gli altri, i pensieri ardevano dentro di me.

Ero brutta, non ero amata.

Ero sola, e sempre lo sarei stata.

Sola, senza compagno né maestro...
Sola, alla porta o alla finestra,
sola, nascosta in un angolo,
sola, bevo le mie lacrime,
sola, inquieta o tranquilla,
sola, non c'è nulla di più triste...

Mentre le parole della poesia che più di ogni altra amavo scorrevano nella mia mente, desiderai restare nel bosco per sempre e non uscirne mai più.

Vuoi fare l'eremita? Ma neanche nascondendoti nella foresta più fitta potrai fare finta che il mondo intorno a te non esista! mi scosse la voce dentro.

Era una voce amica che si mischiava sempre ai miei pensieri, che mi osservava, mi provocava. Mi teneva compagnia, ma era come se due Dora pensassero dentro di me, e l'una spesso era l'opposto dell'altra facendomi sentire divisa.

Anche quel giorno capitò lo stesso.

Io volevo diventare un eremita?

No davvero! A me, certe volte, la curiosità faceva girare la testa, e oscillavo continuamente tra il chiudermi in me stessa e l'andare fuori a cercare.

Ancora una volta il mondo mi venne incontro col suo daffare cancellando la solitudine: i due pellegrini, la guerra che forse sarebbe arrivata, la contessa Catherine e il suo coraggio…

Il mio destino correva parallelo a quello della valle, in attesa come me di avvenimenti che ne cambiassero la vita.

Fino a poco tempo prima il nostro era stato un castello tranquillo, abitato da quattro armigeri e da una piccola corte di dame e cavalieri.

Fra tutti i castelli degli Challant era il più antico e il più carico di storia familiare, ma poi, passati i tempi delle conquiste, era stato abbandonato e a noi erano toccati in sorte giorni solitari e sempre uguali.

I signori, con il loro esercito e le loro corti, ormai abitavano in manieri più spaziosi e con nuove comodità. Venivano fin quassù solo per qualche rara battuta di caccia. Quando arrivavano, il mondo e le sue novità entravano dal portone, per uscirne alcuni giorni dopo con la loro partenza.

I conti Challant erano la famiglia più potente della valle, i proprietari di tutte le terre, delle vigne, dei campi, dei boschi e dei prati. Erano i padroni del bestiame, delle case. Erano i nostri padroni.

Mio padre faceva loro da notaio, da castellano e

da amministratore dei beni. Però, nonostante fosse riverito e stimato, in famiglia era un uomo debole, sottomesso ai capricci della nuova moglie. Come me lo ricordavo diverso quando viveva mia madre! Ritornava dai suoi viaggi d'affari diritto sul suo cavallo, e noi lo accoglievamo come si accoglie un re.

Dopo la morte della mamma, avvenuta alla nascita di mio fratello, era diventato vecchio e stanco, con un'aria sempre triste e gli occhi che fuggivano dai miei.

Anche verso il mio fratellino era freddo. Mai un abbraccio, mai una carezza.

René Quey dedicava ogni momento agli Challant, come aveva fatto suo padre e prima di lui il padre di suo padre, restando sempre fedele al motto di famiglia: quel *Parlar tacendo* che portava impresso nel cuore e nella mente, e che lo rendeva silenzioso e cupo, facendolo lavorare senza sosta per il bene dei nostri signori senza lasciargli pensieri per noi.

Gli Challant.

Mio padre ricordava sempre a tutti che c'era un patto antico stabilito tra gli abitanti della valle e gli Challant: finché avessero difeso la pace e il lavoro, il popolo sarebbe stato sempre dalla loro parte.

Ma cosa sarebbe successo a quel patto, adesso che tutti sussurravano che la guerra stava per arrivare?

La guerra.

Io non sapevo neanche cosa fosse *la guerra.*

Me la immaginavo uguale a una febbre che ci avrebbe fatto ammalare tutti, e ne seguivo le tracce come facevo con le impronte dei passeri e delle lepri sulla neve.

Da qualche giorno osservavo gli spostamenti dei soldati sulla strada, l'arrivo dei materiali che servivano per rinforzare le mura e costruire un ponte levatoio.

Ero curiosa. Non avevamo mai avuto un ponte levatoio, a noi non serviva chiuderci dentro. Fino ad allora i nostri nemici erano stati la paura del buio e del gelo dell'inverno e, contro quelli, erano inutili mura o ponti levatoi.

Anche questa è una traccia della guerra mi suggerì la voce, spaventandomi.

Quel giorno, spiando dal bosco, presi a contare i carri che arrivavano.

«Uno, due… sette, otto…»

Nove, carichi di pietre, legno e sassi. Mi sfilarono davanti trainati dai muli.

«Forza! Più in fretta!» gridavano i soldati di scorta, mentre i conducenti schioccavano le fruste sulla schiena dei poveri animali. Le grandi ruote di legno scavavano solchi nella terra e imbiancavano l'aria di polvere. Quando sparirono oltre la curva, nel mio cuore avevano seminato una scia d'ansia.

Stavo per riprendere il sentiero, ma dal fondo della strada apparve il profilo di uno strano carro e mi fermai. Non trasportava armi e non c'erano muli, o cavalli, o asini a trainarlo.

Il cuore palpitò veloce.

Solo una persona di mia conoscenza poteva viaggiare su quel mezzo bizzarro.

2.

Per annunciare a tutti il ritorno di mastro Philippe, il mio maestro di bellezza, mi misi a correre così veloce che nessuna lepre mi avrebbe battuto se ci fossimo sfidate in una gara.

Lasciato il bosco, affrontai la salita verso il castello, la massiccia costruzione in pietra che dominava la valle dall'alto di un dirupo.

Uno squillo di corno accolse il mio arrivo.

Da qualche settimana c'era anche questa novità: chiunque fosse stato avvistato nei pressi delle mura veniva annunciato dalla sentinella in cima alla torre. Non era mai accaduto in passato. Quello era un ordine nuovo che Pierre Sarriod aveva impartito in tutti i possedimenti della contessa.

Un'altra traccia di guerra disse la voce.

Noi non avevamo uomini addestrati alla difesa e c'eravamo dovuti arrangiare. Di guardia, quel giorno, c'era Mambert, lo stalliere.

Il suo viso stava nascosto in una scatola di ferro come un vero soldato, ma il suo portamento goffo appariva più simile a quello di chi era abituato a usare scopa e forcone piuttosto che lancia e spada.

Poco dopo il pesante portone di legno si schiuse cigolando, e uno sconosciuto, rinchiuso dai piedi alla testa in un'armatura, mi fece entrare.

«C'è nessun altro con voi?» Chiesero due labbra rosse che si muovevano come vermicelli nel buco inferiore dell'elmo. Dai fori poco più su dardeggiavano gli occhi. Scossi la testa e lui, con movimenti rigidi, riportò un battente sull'altro sprangando il portone. Quel soldato doveva essere arrivato con Pierre Sarriod da uno dei castelli della contessa, insieme agli altri che stavano scaricando i carri nel cortile.

Mi aprii un passaggio tra di loro: «Sta arrivando mastro Philippe!» annunciai al crocchio delle tre dame che chiacchieravano in un angolo. Nessuna fece caso alle mie parole, ma staccandosi dal gruppetto madama Georgette si affrettò verso di me con la faccia di un gufo accigliato: «Tua madre ti cerca da un'ora, è furiosa con te. Cos'hai combinato questa volta?»

Soldati, dame, servi girarono la testa verso di me.

«Non è mia madre» arrossii, pronta a scappare

su per la scala. Non mi andava di far sapere i fatti miei, ma ci pensò la mia matrigna a mandare all'aria i miei propositi.

«Figlia della tempesta, sei qui, finalmente! Dove sei stata? Guardatela: sempre in disordine e scarmigliata, sempre in giro a razzolare come una gallina!» si sbracciava da una delle finestre che davano sul cortile, i capelli in piedi sulla testa, il viso verde di rabbia.

Tutti gli occhi si alzarono verso di lei, poi scivolarono di nuovo su di me...

Mi chiamava *Figlia della tempesta* per disprezzo, ah, ma se davvero avessi potuto far grandinare su di lei palle di ghiaccio! Se avessi potuto avvolgerla in vortici di vento soffiandola lontano da me, scacciandola per sempre dalla mia vita!

«S'io fossi fuoco arderei il mondo!
Se fossi vento lo tempesterei!
Se fossi acqua io l'annegherei
Se fossi Dio lo manderei nel profondo!»

Sussurrai a labbra strette quella canzone che avevo sentito da un menestrello, poi, correndo su per i ripidi gradini della buia scala di pietra, cambiai le parole a modo mio:

«Se fossi cerusico andrei da Rebecca
e tutti i denti io le caverei,
e i capelli io le raderei
e con un calcio la manderei nel pozzo!»

Quando fui in cima presi fiato, facendomi il triplice segno della croce: «Sant'Orso, aiutami tu!»

Raccolsi i capelli in un nodo, mi infilai in testa la cuffia che avevo ripiegato e messo in tasca, spolverai la gonna, quindi lentamente, come se una catena mi legasse i piedi l'uno all'altro, percorsi il corridoio che portava alle stanze delle dame e che risuonava degli strilli di madama Rebecca.

«Più piano, mi fai bruciare gli occhi!»

Era seduta al centro della sua camera, sullo scranno di mia madre. Una serva le reggeva la testa appoggiata su un cuscino, come un san Giovanni decollato, un'altra le si affaccendava intorno con creme e impiastri.

Mi sbirciò dagli occhi semichiusi, battendo velocemente le ciglia come code di gazze: «Sei qui, finalmente, perdigiorno!»

Le sue labbra erano archi tesi, sempre pronte all'offesa.

«Attenta tu, sollevi troppo il cuscino, sei maldestra come un orso! E tu non spalmare qui, stai più sotto, oca!»

Aveva frecce per tutte.

Mi accorsi, allora, che quello che avevo visto alla finestra dipinto sulle guance non era il colore verde della sua rabbia, ma quello di una crema il cui profumo mi richiamò le lacrime agli occhi.

Era la ricetta inventata da mia madre per spianare le rughe che, come ragnatele sottili, raggrinzivano la pelle delle dame non più giovani. La mamma amava trafficare con erbe e fiori, per un istante la rividi mentre se la spalmava sulle guance.

"Olio di ginestra e radice di fragola rendono la pelle liscia come seta" mi spiegava regalandomene una goccia sul naso.

Conservavo le sue ricette nella mia camera, e quella strega di Rebecca, che frugava sempre dappertutto, doveva aver trovato proprio quella. Voleva essere come lei, ma era così diversa nel cuore e nell'aspetto che neanche con un incantesimo avrebbe potuto somigliare a mia madre.

«Ti avevo ordinato di non allontanarti questa mattina, dove sei stata?»

Alzai le spalle e sbuffai, ormai non valeva più la pena raccontarle di mastro Philippe.

«Non tenere questo comportamento con me! Quando tuo padre tornerà da Chatillon glielo riferirò.» Poi cambiò registro, e con aria gemente si rivolse alle cameriere: «La tratto come una figlia e vengo ricambiata con offese… Le avevo chiesto di curare suo fratello, e lei cosa ha fatto? Se n'è andata in giro a…» Notò il cestino con le fragole: «Dammi subito quelle fragole!»

«Le ho raccolte per Alexis…»

«Prendigliele!» ordinò a una delle serve. «E ora raggiungi tuo fratello, che piange da solo nella sua stanza.»

«Da solo? Perché?»

Mi ricordai che la nutrice se n'era andata la settimana prima, cacciata da Rebecca in un moto di collera. Guardai le serve: «E loro?»

«Hanno altro da fare, non vedi? È colpa tua se Alexis piange e si dispera.»

Corsi verso la porta col cuore pesante di colpa.

«Aspetta, prima devi chiedermi scusa!»

«Piuttosto la morte» dissi tra i denti.

Si alzò di scatto: «Chi credi di essere per rispondermi in questo modo?» Mi prese per un braccio. Mi faceva male, iniziai a piangere.

«Quando piangi sei più brutta.»

Ero brutta, me lo diceva sempre.

«E quei graffi te li sei procurati apposta?» Mi porse uno specchio: «Ammira il capolavoro!»

Oltre il velo delle lacrime mi apparve il mio viso deformato dal pianto, gli occhi e il naso rossi, i segni dei graffi sulle guance; sul mento sobbalzava la macchia di cui mi vergognavo tanto e che pareva un essere vivo e schifoso. Con uno strappo mi liberai della sua stretta.

«Rimarrà zitella, chi volete che se la prenda una così?» sentii che diceva alle serve mentre fuggivo via.

Rimanere zitella era la peggiore delle offese per una ragazza.

3.

La porta della stanza era chiusa da fuori.

Feci scorrere il chiavistello e trovai Alexis addormentato al centro del letto che condividevamo.

Intorno erano visibili le tracce di una lotta solitaria: cuscini gettati lontano, un bicchiere rovesciato, il suo cavallino di legno sul pavimento.

Mio fratello teneva il pollice abbandonato tra le labbra con espressione sofferente. Alla fine il sonno aveva prevalso sulla rabbia ma non aveva cancellato il dolore.

Faceva pena vedere una creatura così piccola e così triste. Guardandolo mi sentii sola e abbandonata anch'io. Il vuoto lasciato da mia madre si manifestò ancora una volta con tutta la sua forza.

«*Sola, inquieta o tranquilla,*
sola, non c'è nulla di più triste,

sola, chiusa nella mia stanza,
sola, senza più amico...»

Abbracciai Alexis.

I boccoli biondi, il naso piccolo, gli occhi dal taglio gentile: mio fratello pareva uno di quei Gesù bambini ritratti negli affreschi delle cappelle sparse dappertutto nella valle.

Assomigliava alla mamma, e come lei sapeva conquistarsi l'amore di chi aveva intorno. Non quello di madama Rebecca, naturalmente, che aveva il cuore più gelido di uno di quei ghiaccioli che d'inverno si formavano alle finestre del castello.

Restai a cullarlo per un tempo che non saprei dire, sussurrandogli la canzone della colomba:

«*Una colomba più che neve bianca,*
della cui bella piuma innamorai.
Or pena dammi, ed or diletto,
leva gli occhi ver' me, a ora a ora
con dolce sguardo.»

Lentamente si svegliò e io sfilai dalla tasca un pezzetto di canna di miele, come faceva la mamma con me.

Iniziò a succhiare tranquillo. Lo sistemai in piedi sul letto, gli aggiustai la giacca di lana e gli sfilai il colletto rigido, a infinite pieghe, che Rebecca gli aveva imposto.

Prendendolo per mano mi avviai verso la sala della giustizia.

Era la stanza più grande del castello. Qui, un tempo, i signori di Challant accoglievano i feudatari con banchetti ed emettevano sentenze.

Ma ora era tutto cambiato: la giustizia veniva amministrata nel castello di Chatillon, e la nostra sala veniva usata da mio padre per ricevere i rappresentanti del popolo. Di balli e feste neanche a parlarne. Neppure un terremoto avrebbe intaccato il rigore di mio padre.

Un terremoto nella sua testa, intendo, oppure quello che davvero accadde…

Un grande affresco era dipinto su una delle pareti.

I riverberi delle fiamme nel camino ne accarezzavano le figure, sostituendosi ai raggi del sole che non riuscivano mai a filtrare dalle lunghe finestre strette.

Quell'affresco era stato immaginato dalla mamma.

«È così lungo l'inverno qui a Villa» aveva confidato a mio padre un giorno in cui sentiva più forte la nostalgia della terra piena di sole in cui era nata. E lui, esaudendo i suoi desideri e dimenticando per una volta l'avarizia, aveva fatto valere la sua autorità di castellano e aveva mandato a chiamare mastro Philippe, il pittore.

Da allora quello era stato il luogo più bello del castello, il più luminoso.

L'affresco conteneva tante figure, tante storie. Ogni volta che ci passavamo davanti ne inventavo una per Alexis: una storia sul cerbiatto e la sua mamma nascosti nei cespugli, un'altra sul gruppo dei signori in sella ai cavalli, una sul nostro castello e sulle dame a passeggio, una sui contadini al lavoro nei campi e una persino sulla coppia di mosche che mastro Philippe aveva dipinto sul bordo, come se fossero vere e posate lì per caso.

Amavo quel dipinto, ma non solo perché tra i volti delle dame riconoscevo anche quello della mamma. Lo amavo perché regalava agli occhi il rosso, l'azzurro, il verde di cui avevo bisogno anche in inverno, quando fuori neve e gelo scolorivano il mondo.

«Raccontami» mi chiese Alexis, come sempre.

«Ti racconterò dopo, ora ho una persona importante da farti conoscere» risposi, e Alexis non insistette.

Su un lato della parete si apriva una porta. Al di là, c'era una camera in cui di solito non entrava nessuno, con un camino di solito spento e alle finestre pesanti tende di cuoio, di solito chiuse.

Quando entrammo un ciocco bruciava, le tende erano tirate e i vetri spalancati mostravano un nastro di cielo.

Un uomo osservava il paesaggio alla finestra. Era alto, aveva spalle larghe e i capelli raccolti in una coda. Le mani erano strette l'una all'altra sulla schiena.

Gli corsi incontro.

«Ben tornato, mastro Philippe!»

Si girò, e il viso gli si illuminò in un sorriso: «Madamigella Dora! Come siete cresciuta, e come vi siete fatta bella!»

Arrossii, e istintivamente la mano corse a coprire la macchia sul mento. Mastro Philippe non l'aveva mai vista, la macchia era comparsa qualche tempo dopo la morte della mamma, si era allargata come un dolore del cuore e non se n'era più andata.

Mi abbracciò, e io mi lasciai stringere. Era tanto tempo che un adulto non mi mostrava tenerezza.

«Siete tornato, maestro, e ora sono felice.»

«Sono tornato, e ho scelto il giorno giusto: buon compleanno, madamigella!»

«Come avete fatto a ricordarvelo?»

«Ero qui quando vostra madre lo festeggiò quattro anni fa, certi momenti non si dimenticano.»

Ma il ricordo scivolò subito via perché Alexis,

rimasto accanto alla porta, corse a nascondere il viso nel mio grembo.

«Lui è Alexis, il mio fratellino. È nato quando la mamma è...» Scoppiai a piangere. Gli eventi di quella strana giornata e la presenza di mastro Philippe avevano mosso in me emozioni che non riuscii più a trattenere.

«Ho saputo, Dora, e mi è dispiaciuto tanto.» Si voltò verso Alexis: «E così questo è vostro fratello...» corrugò le sopracciglia sui luminosi occhi azzurri. «Alexis, avete detto?»

Tutti quelli che lo sentivano per la prima volta mi chiedevano la ragione di quel nome. Mi asciugai le lacrime: «L'ha scelto la mamma. Il nome per intero sarebbe *Alexandros*, come il condottiero greco, ma noi lo chiamiamo Alexis. Alexis, non fare il timido, questo messere è nostro amico.»

«E se mi farai un sorriso ci sarà un regalo per te!»

Mio fratello alzò la testa, sbirciò l'uomo da dietro le mani aperte sulla faccia, poi finalmente gli mostrò il suo sorriso.

Mastro Philippe trasalì: «È il ritratto di vostra madre...»

Notai che uno stupore silenzioso gli corse dagli occhi alla bocca e fu messo subito a tacere. Estrasse da una borsa un oggetto lungo e sottile.

«Ecco, questo è per te, Alexis. Sai cos'è?»

Alexis scosse la testa. Allora mastro Philippe lo tese verso di me: «E voi madamigella, ricordate cos'è?»

Annuii, fissando quell'oggetto come se fosse magico.

4.

Non avevo più visto un pennello da quando mastro Philippe era stato ospite al castello, quattro anni prima, chiamato da mio padre per dipingere l'affresco.

Anche allora si era presentato senza aiutanti. Veniva dal nord, era un pittore solitario che girava per le corti e le chiese offrendo la sua arte. Non aveva una bottega dove insegnare il mestiere a giovani artisti, come facevano altri nelle città.

Per tutto il soggiorno a Villa ero stata io la sua allieva.

Mi aveva insegnato a dare un nome ai colori, a distinguere l'azzurrite dall'indaco e dall'azzurro d'oltremare, a macinare i pigmenti con il pestello.

Lo aiutavo a costruire i pennelli con setole bianche di maiale oppure con sottili ciuffi di code di scoiattolo. Glieli porgevo durante la pittura, più larghi in punta o più stretti secondo quello che doveva dipingere. Ero diventata così esperta che alla fine non occorreva neanche che parlasse, gli allungavo quello giusto un attimo prima che me lo chiedesse.

«Dora è un talismano per me» l'avevo sentito confessare alla mamma, che favoriva la nostra vicinanza.

Mi piaceva osservarlo mentre lavorava: impugnava i pennelli con delicatezza, come oggetti di vetro, ma anche con sicurezza, come redini di un cavallo. Li intingeva nei colori e li accompagnava sul muro con lievi colpi o lunghe strisciate per far nascere figure, immagini, paesaggi.

E mentre la parete prendeva vita ero felice perché veniva soddisfatto il mio bisogno di bellezza.

Ero felice perché era come se lui dipingesse anche qualcosa di mio, che non sapevo cos'era e viveva nascosto, al riparo in una parte di me che nessuno avrebbe potuto giudicare mai.

Per questo chiamavo mastro Philippe il mio *maestro di bellezza,* e non semplicemente *pittore.*

Però, anche se gli occhi non abbandonavano un istante la sua mano e avevo impresso nella mente ogni suo movimento, non avevo mai provato a dipingere.

Quando se ne andò sentii la sua mancanza, poi accaddero tutti quegli avvenimenti terribili, e mastro Philippe e la pittura finirono nel dimenticatoio della mia testa.

«Pierre Sarriod mi ha invitato al castello in vista dell'arrivo della contessa Catherine.»

«La contessa Catherine verrà in visita?»

«Non in visita: verrà a vivere.»

«A vivere? Davvero?» Non credevo alle mie orecchie.

«Capisco il tuo stupore» disse mastro Philippe. «Però devi sapere che sebbene Villa sia il più povero di tutti i suoi castelli, è anche il più arroccato e adatto a proteggerla di questi tempi. E poi, in caso di attacco, da qui sarà più veloce la fuga per superare il passo e raggiungere i suoi alleati nelle terre del ducato di Milano.»

«Ma il duca di Milano non è un suo nemico?»

«Non più. I signori, cara Dora, si fanno la guerra un giorno e quello dopo sono alleati. Stanno con chi è più forte e, se il vento del potere gira, girano anche loro come banderuole.»

«Come mai non ha scelto la rocca di Verrès, che è un castello elegante?»

«Verrès ora appartiene a sua sorella Marguerite. La signora Catherine non ci poteva andare, fra loro non corre buon sangue...» Scosse la testa: «Roba da matti, litigare in quel modo due sorelle! Comunque presto anche Villa sarà un castello accogliente. Ho ricevuto la commissione di rallegrare il cortile con stemmi, e affreschi e ritratti illumineranno le stanze. Avrò molto da fare nelle prossime settimane, madamigella. Volete darmi una mano?»

Stavo per dire di sì, ma il pensiero di mio padre mi trattenne. Non sapevo se avrebbe approvato.

«Cosa c'è, Dora? Non vi piace più l'idea di lavorare con me?» Il suo sguardo era così carico di premura che abbandonai le preoccupazioni: mio padre era sempre lontano dal castello per affari, e anche quando c'era non badava a me. Se avessi aiutato mastro Philippe non se ne sarebbe neanche accorto.

«Mi piace moltissimo, invece!» risposi, cancellando ogni dubbio.

Lo aiutai ad aprire un baule e a estrarre un cavalletto, un fascio di tavole da impannare, tavolozze, pennelli, ciotole e boccette di vetro colme di liquidi colorati.

Oggetti che amavo e che uno dopo l'altro mi restituirono amore.

Deponemmo tutto sul tavolo vicino al camino, tranne il cavalletto che aprì accanto alla finestra. Quindi dispiegò davanti a me un rotolo di pergamene.

«Ho già preparato alcune bozze per l'affresco che Pierre Sarriod vorrebbe aggiungere nella sala della giustizia.»

«Un altro affresco?»

«Sarà molto più piccolo del primo e avrà un soggetto molto diverso...»

Erano disegni tratteggiati a carboncino, particolari di una scena più grande, alcuni con i contorni in parte già punteggiati di piccoli fori che servivano per lo spolvero.

A mano a mano che mastro Philippe allargava le pergamene provai una sorta di delusione: non riconoscevo i luoghi a me cari, il castello o le montagne, né c'erano musi di cerbiatti o ali di uccelli.

Vi erano disegnati solo cavalli.

Enormi. Con i morsi tirati e i denti scoperti. Erano ritratti con le zampe alzate verso il pittore. Oppure rotolanti a terra. I cavalieri non indossavano abiti eleganti, cappelli con piume e mantelli ricamati, ma corazze ed elmi che nascondevano i visi.

«Sono scene di battaglia. È ciò che mi è stato chiesto. La guerra è il soggetto del nuovo affresco.»

Restai senz'aria. «Questa è la guerra?»

Mastro Philippe arrotolò con aria cupa le pergamene, riponendole di nuovo nella cesta. «No. Qui c'è solo l'ombra della guerra.»

Cosa significa? volevo chiedere, ma Alexis si mise tra noi tendendo il suo pennello verso mastro Philippe: «Come si usa?»

«Domandiamolo a Dora: allora, madamigella, ricordate ancora come si usa un pennello?»

«Vi devo aiutare mentre dipingerete la guerra?»

A mastro Philippe non sfuggì il timore che c'era nella mia voce: «Non preoccupatevi, per quello ci vorrà ancora del tempo, prima dovrò terminare i disegni e preparare la parete. Mi aiuterete nelle miniature.»

«Miniature?»

«Piccoli ritratti, grandi poco più di medaglioni. La contessa desidera che dipinga le dame del castello per farne loro dono al suo arrivo, ed è quello a cui mi dedicherò subito. Magari potreste, finalmente, provare a misurarvi con questo pennello...»

Fissai il lungo bastoncino con la chioma di peli di scoiattolo che mi porgeva. Un desiderio improvviso mi spinse ad afferrarlo, ma subito la mano si ritrasse: «Sarò felice di farvi solo da assistente, mastro Philippe, come quando ero bambina.»

Quando uscimmo presi Alexis per le braccia e roteammo come trottole, poi scendemmo a precipizio la scala per andare ad annunciare alle dame quella novità.

«Oggi saremo noi a sapere più cose di loro, Alexis.»

«Sanno sempre tutto, le dame?» chiese lui, con la sua vocina tenera.

«Eh, sì! Le dame hanno cento orecchie al posto di due orecchie, e invece che un paio di occhi mille occhi che ruotano di qua e di là, frugando dappertutto!»

Mio fratello rise delle mie espressioni buffe.

«Ancora! Ancora!»

Ma io lo misi a sedere su una panca nel corridoio: «No, ora devi stare in silenzio ad aspettarmi qui.» Poi corsi a spalancare la porta della stanza del telaio, regno indiscusso delle dame: «La contessa Catherine verrà a stare da noi, e mastro Philippe dipingerà il ritratto a tutte!» annunciai trionfante.

5.

La mia voce venne assorbita dai muri come una goccia di vino in una tovaglia. Le dame erano eccitate, parevano chiocce in cova, e nessuna si girò a guardarmi.

Madama Georgette, madama Henriette, madama Claudine e Rebecca, sedute in cerchio davanti alle lunghe finestre, stavano cucendo l'orlo a una tenda verde, tesa sulle loro ginocchia.

Erano quattro, ma sembravano una: un insetto gigante con quattro teste, quattro bocche sempre in movimento e otto piedi che fremevano sotto quella specie di pelle verde.

«Come mi dovrò vestire per la miniatura? Con l'abito nero a collo alto, per sembrare più seria, o in rosa per essere più attraente?» chiedeva madama Georgette.

«Io indosserò la veste cipriana: rossa, stretta in vita e aperta in alto. E la scollatura sul petto sarà più larga di quella sulla schiena!» disse Rebecca accarezzandosi il seno.

Feci un passo verso di loro: «Allora l'avete già saputo... Però la cosa più importante è l'arrivo della contessa, ve l'hanno detto che...»

«Rossa? Non sarà troppo sfacciata?» azzardò madama Henriette, timida e un poco scialba.

«Per te andrà bene un abito color grigio angoscia, mia cara!» esclamò la mia matrigna facendo sogghignare le altre. «A noi lascia la passione del rosso!»

Feci un altro passo in avanti: «Mastro Philippe dice che i colori di un ritratto devono essere scelti dal pittore...»

«Che significato ha l'azzurro?» chiese madama Georgette alla mia matrigna.

«Azzurro significa...» tentai.

«Azzurro significa fedeltà» arricciò il naso la mia matrigna, «ma non ve lo consiglio per un ritratto che girerà tra le mani di molti cavalieri, tenuto anche conto che i tessuti tinti con l'indaco bisogna farli venire dall'Inghilterra e non c'è più tempo.»

Alzai la voce: «I colori sono importanti...»

«I colori dei vestiti non sono importanti quando quello che devono contenere è di poca sostanza...»

sospirò madama Claudine, strizzandosi il petto piatto come una tavola.

«Ma cara, a tutto c'è rimedio!»

Rebecca gettò a terra la tenda, si alzò in piedi, sollevò la gonna e, tra i bisbigli delle altre, mostrò sui fianchi due cuscinetti di ovatta. Poi slacciò il corsetto, e quale non fu la meraviglia delle dame nell'osservare che il suo seno, che così alto e rotondo era sempre stato l'invidia di tutte, invece era modellato e sostenuto da una fascia di seta.

Presi al balzo quell'attimo di silenzio e mi precipitai a occupare la sua sedia: «E per la mia macchia non c'è un rimedio?»

«Ma insomma!» protestò madama Henriette, «anche le ragazzine possono dire la loro? Non c'è più rispetto per le dame?»

Rebecca mi colpì con uno sguardo di ghiaccio: «Non intrometterti più nei nostri discorsi, Dora. Non aprire mai più la bocca se non te lo chiedo, vai a sederti laggiù in quell'angolo, ascolta e impara.»

Rebecca spargeva a destra e a sinistra la sua sapienza con gesti ampi, in modo da fare arrivare sotto il naso delle altre la fragranza del suo costoso profumo all'aloe. Mio padre lo aveva ordinato per lei a un mercante che commerciava con l'India e che, in cambio di una boccetta, aveva portato via dal castello *La saga dei Nibelunghi*, un libro che mia madre amava tanto.

Stavo per andarmene, ma la discussione passò dai vestiti al trucco e tornai indietro a sedermi nell'angolo, spalancando le orecchie.

Le dame avevano portato con sé le loro cassettine di cipresso, che contenevano il corredo personale di ogni dama che si rispetti e dentro le quali collocavano i pettini, le spazzole, gli specchi e altre scatole più piccole con i gioielli, i profumi, i saponi. Le aprirono e come in un mercato esposero le loro merci.

Rebecca alzò in aria un'ampolla, facendo notare a tutte la pelle delle sue guance, liscia come gesso, e le braccia senza neanche un pelo. Le dame le ammirarono come fossero velluto di seta di Genova.

«Il merito è del mio scorticatoio, questa crema depilatoria a base di calcina che ha la proprietà di bruciare tutti i peli.»

Madama Claudine mostrò una scottatura sul braccio: «Con la calcina bisogna starci attente... Dopo che mi sono fatta questa, uso del vetro sottilissimo, e i peli, vi assicuro, vengono via come buccia.»

Spalancai la bocca: avrei potuto anch'io spelare la mia macchia come la buccia di una mela?

Venne il momento delle pose.

Rebecca spiegò come si doveva tenere la schiena dritta, il viso inclinato, le labbra dischiuse, lo sguardo malizioso.

«Basta con quelle pose a occhi bassi! Finiamola di fare le madonnine timide! Siamo dame e le miniature saranno il nostro campionario da esibire al mondo.»

Iniziò a dirigere le altre come un ammaestratore di pulci: «Mettetevi di profilo!»

Madama Georgette, madama Henriette e madama Claudine, a mento proteso, mostrarono al mondo quei capolavori dei loro nasi: a becco d'aquila, a pipì di bimbo, a castagna. Rebecca alla fine decise che era meglio che posassero di fronte.

Provarono i sorrisi.

«Rilassa la bocca, Georgette, cul di gallina!»

«Henriette, ammorbidisci le labbra: paiono pezzi di vetro!»

«Dio mio, che orrore! Nascondi quei denti marci, Claudine!»

Le dame incassavano. Nessuna osava contrastare Rebecca, che di certo era la più bella. Mio padre aveva avuto buon gusto nel sceglierla, almeno quello.

Infine la maestra suggerì alle allieve di bisbigliare una parolina graziosa intanto che si mettevano in posa, per apparire più seducenti. E allora tutte, come gatti in amore, iniziarono a smiagolare, a battere le ciglia e a dimenare il posteriore per piacere al pittore e farsi ritrarre più belle.

E io, a vederle così stupide e ridicole, esplosi in una risata.

Fui cacciata dalla stanza, ma non mi importava. Avrei continuato a restare tutto il giorno da sola, ma non sarei mai entrata nel gioco di quelle sciocche, non sarei mai diventata una dama come loro! Come sarei stata non lo sapevo ancora, ma di certo preferivo rimanere brutta, piuttosto.

6.

Sola.

A raccogliere frutti nel bosco in primavera ed erbe per le tisane e le pozioni in estate, a scendere in paese per le provviste d'autunno, a ricamare davanti alla finestra per tutto il gelido inverno.

Sola e poi sola.

Anche nelle cose che mi piacevano di più – leggere i libri della mamma, ripetere le poesie che mi aveva insegnato, passeggiare a cavallo.

Sola sempre.

Non c'erano ragazze con cui ridere e confidarsi al castello. Ci abitavano una dama vecchia – madame Philiberte, che trascorreva le giornate a sonnecchiare, il braciere acceso accanto ai piedi anche d'estate – e le tre dame di compagnia della mia matrigna, dalle quali era meglio stare alla larga.

Cinque dame, due bambini e una damigella, che ero io: tutta qui la nostra corte.

Niente paggi per scambiare occhiate complici, solo due cavalieri anziani e troppo presi dalla caccia. Neppure tra la servitù – un cuoco, due serve e uno stalliere – potevo trovare compagnia: indaffarati dall'alba al tramonto nell'orto e in cucina, a pulire le stanze e a servire le dame, non avevano tempo da perdere con me.

Un castello di noiosi, ecco cos'era Villa.

«Non è giusto! Persino nei paesi più poveri ci si diverte!» protestavo tra me, ascoltando di nascosto le serve narrare di certe feste, di certi balli fra il fieno appena tagliato. Anche la mamma, nata in un'altra corte, mi aveva raccontato di danze e musica e tornei e giochi di gruppo che avevano reso allegra la sua gioventù. Cose mai viste quassù, e che neppure Rebecca con tutte le sue arie da cittadina era riuscita a introdurre. Dal momento che era mio padre il maestro di cerimonie, tutt'al più potevamo sperare in un bel funerale.

O in un miracolo.

Io ci contavo in un miracolo.

Quel pomeriggio, seduta sulla panca di pietra

sotto la finestra della mia stanza a ricamare disegni colorati con l'ago, cominciai a pregare: «San Cristoforo, patrono dei pellegrini, che portasti sulle spalle il bambino Gesù salvandolo da un fiume in piena, fai venire messer Laurent e il suo scudiero fino da me!»

Considerato che era il giorno del mio compleanno, il santo avrebbe avuto una ragione in più per ascoltarmi. Mi misi a pregare a occhi chiusi, con fervore, ma dovetti aprirli quando, poco dopo, dai merli risuonò lo squillo del corno.

Tre persone e un cavallo si stavano avvicinando al castello; quando furono sotto le mura riconobbi Mirò e, sul mio cavallo, messer Laurent insieme a uno sconosciuto.

Miracolo! Miracolo! gridò impazzita la voce.

Lanciai in aria il ricamo e spalancai i vetri: «Sono amici miei!» urlai alla guardia, precipitandomi di sotto ad accoglierli.

Quant'era affascinante quel cavaliere dallo sguardo di ghiaccio! E che portamento elegante quando s'inchinò per salutarmi, nonostante tenesse appeso al collo un braccio fasciato: «Dovrò tornare dal medico tra una settimana. Sarebbe per noi un grande aiuto se poteste ospitarci fino ad allora, madamigella.»

Sorrisi: il miracolo funzionava oltre le mie aspettative.

«Vi chiedo di ospitare fratel Nicolas, madamigella Dora, anche se non possiede più il lasciapassare dei pellegrini» aggiunse, e io notai che persino la sua voce era elegante.

«Domando il permesso e vi mostro subito la stanza degli ospiti.»

«Per dormire mi è sufficiente un pavimento asciutto» si inchinò fratel Nicolas, ringraziandomi molto, ma io non stavo compiendo niente di straordinario. Anche se per noi era un evento raro, l'ospitalità era sacra in ogni castello, e nessun pellegrino poteva essere congedato senza essere stato prima accolto e rifocillato.

«La sapete la novità? La contessa Catherine verrà a stare da noi!» dissi mentre salivamo le scale. Si mostrarono tutti curiosi, soprattutto lo sconosciuto pellegrino.

«È la prima volta che vi trovate nella Valle di Challant, fratel Nicolas?» gli chiesi.

«Ho già avuto il piacere, madamigella. Vivo a Nus, poco lontano dalla città di Aosta, e con il mio confratello c'eravamo messi in viaggio, ma poi, lui, poverino...» Io però non lo stavo più a sentire. Mi domandavo se Nus si trovasse nei territori del duca d'Aosta o in quelli dei conti di Fénis. Entrambi in questo momento erano nostri nemici, e adesso che era in arrivo la contessa magari poteva non essere opportuno offrirgli ospitalità.

Messer Laurent sembrò intuire i miei pensieri: «Le confraternite sono associazioni di persone il cui unico interesse è quello di dedicarsi anima e corpo alla Chiesa, aiutare preti e frati nelle opere religiose, fare la carità e predicare la pace. Fratel Nicolas non nasconde alcun pericolo per la signora di Challant, fidatevi di lui, madamigella Dora» mi sussurrò con una tale confidenza che io decisi: non solo avrei fatto quello che mi chiedeva, ma da quel momento, in cuor mio, l'avrei chiamato *Laurent* come un amico, senza altro titolo.

La stanza degli ospiti era arredata con un letto a baldacchino, tre pagliericci e una cassapanca.

Da dietro le cortine del letto risuonava uno strano ronzio. Forse, approfittando del fatto che nessuno vi alloggiava mai, uno sciame di vespe aveva costruito il nido nel materasso?

Cautamente mi avvicinai, ma quando tirai le tende ci apparve mastro Philippe che russava a braccia spalancate e nude. Fratel Nicolas notò le maniche della sua camicia che giacevano sul bordo del letto ed erano cosparse di macchie di colore: «È forse costui uno di quei vagabondi senza Dio che girano i castelli a dipingere unicorni e dame scollate?» strizzò la bocca in una smorfia.

Non volle sentire ragioni e, anche dopo che lo ebbi rassicurato sulla serietà di mastro Philippe, ribadì che avrebbe dormito accanto alla porta, molto lontano da lui. Quindi appoggiò bastone e cappello, e si appartò a pregare.

7.

Mostrai a Laurent e a Mirò le parti comuni del castello: la sala della giustizia, la stanza dove si pranzava, lo studiolo dove mia madre amava trascorrere le giornate.

Sopra il leggio girevole erano aperti alcuni libri: il salterio, le storie evangeliche, le vite dei santi.

Laurent iniziò a sfogliarli, serissimo.

«Ma il tuo padrone non ride mai?» chiesi sottovoce a Mirò, che si strinse nelle spalle: «Il mio signore è un cavaliere riflessivo e timido. Ha letto molti libri e ha un maestro molto severo a casa» rispose.

«Anche a me piace leggere» proclamai.

«Avete un precettore, madamigella?» alzò gli occhi Laurent.

«No, purtroppo. Mio padre sostiene che è inutile sprecare denaro per l'educazione di una ragazza.»

«E allora da chi avete imparato?»

«Da mia madre, che per insegnarmi a leggere usava le mele.»

«Le mele?»

«Incideva su una mela alcune lettere e, quando io imparavo a leggerle, per premiarmi me la regalava.»

«Vostra madre era quindi in grado di leggere?»

«Ma certo! Tutto quello che so l'ho imparato da lei. Non la pensava come mio padre, lei sosteneva che le ragazze devono studiare, perché le donne hanno intelligenza come gli uomini, forse anche di più, ma non la possono esercitare a causa dei divieti che glielo impediscono.»

Un sorrisetto ironico spuntò finalmente fra le labbra di Laurent: «Ora capisco da chi avete imparato a essere una ribelle, madamigella Dora.»

Venne da sorridere anche a me, ma non solo perché gli avevo strappato un po' di allegria: a Laurent, come a tutti i cavalieri, era stato insegnato che noi donne eravamo delle incapaci, non era facile per lui comprendere la verità.

«Mia madre era una dama colta, e ora che lei non c'è più i suoi libri sono diventati miei. Ma voi, messere, che avete tanto studiato, non conoscete il libro *La Città delle Dame*?»

Mi fissò curioso. Il suo era un tipo di sguardo che non vedevo da tempo. Pareva mi dicesse: *Racconta, io ti ascolto.*

Iniziai a narrargli di madama Christine de Pizan, che scriveva storie di donne sapienti. Mia madre l'amava molto e parlava di lei come se l'avesse conosciuta, anche se questo non era possibile perché era morta molti anni prima.

Poi, senza neanche un inchino, corsi nella mia stanza e tornai stringendo tra le braccia la cassetta di ciliegio della mamma.

Lei non vi nascondeva creme e profumi.

L'aprii facendo scattare all'indietro la borchia di ferro, ed ecco apparvero quattro libri su cui la scrittura raffinata si alternava a miniature che incorniciavano di colori le lettere iniziali di ogni capitolo.

«*La Città delle Dame*... *Bestiario meraviglioso*... *Il Romanzo di Alessandro*... *La Castellana di Vergier*. Mia madre trascorreva molto tempo a leggere, era la sua passione. Si sedeva davanti al camino, su questa cassapanca, io le stavo accanto a giocare oppure ad ascoltarla quando aveva voglia di raccontare anche a me.»

Laurent disse che conosceva il *Bestiario meraviglioso*, e iniziammo a sfogliarlo insieme, le teste vicine, i piedi appoggiati sullo stesso panchetto.

«Il mio preferito è l'unicorno dal lungo corno d'oro in mezzo alla fronte, che quando posa la testa sul grembo della sua dama le dona felicità e amore.»

«Io invece considero il leone il migliore di tutti, per il suo coraggio.»

Laurent indicò un grosso leone dalle fauci spalancate, e io non me ne stupii. Non mi ero dimenticata di quello che avevo visto nel bosco.

«Anche voi siete coraggioso. Cosa ha detto il medico della ferita che voi stesso vi siete procurato?»

Gli occhi di Laurent diventarono stretti come fessure, le labbra due lame di ghiaccio: «Non vi capisco, madamigella...»

«Capita spesso che un servo venga aggredito da un cinghiale. Quelle ferite però sono molto diverse dalla vostra, più simile al taglio di un coltello...»

Laurent lasciò scivolare il libro sul mio grembo: «Ora sono stanco, perdonatemi madamigella...» fece un inchino e zoppicando raggiunse Mirò: «Andiamo nella nostra stanza.»

Ma io mi chiedevo: *Quale segreto nasconde Laurent? Quale cuore di leone l'ha spinto a ferirsi?*

Il castello calava lentamente nella penombra. Spifferi d'aria fredda filtravano dai vetri e da sotto la porta.

Immobile davanti alla finestra, mi lasciai avvolgere dal buio. Di fronte a me le montagne, orli di pizzo del cielo. Le mie montagne, le mie uniche amiche. Conoscevo a memoria le sagome dei picchi e delle cime, le osservavo stringersi le une alle altre in catene parallele per poi aprirsi a semicerchio nella spianata sotto il dolmen di Arlaz, il becco d'aquila di roccia che rendeva la nostra valle riconoscibile a tutti.

Le montagne. Se tutto pareva destinato a mutare nella vita degli uomini, loro invece erano eterne.

La mente si alzò in volo verso la luce dell'imbrunire.

Dentro di me risuonavano le avventure dei cavalieri al servizio delle loro dame, storie che mi riempivano di emozioni... Un giorno avrei potuto viverle anch'io?

Quella domanda mi riportò a terra, e la realtà mi calò addosso con tutto il suo peso: i personaggi dei libri erano un'invenzione e agivano in un mondo che non esisteva. Nel mio mondo nessun cavaliere avrebbe mai preso le mie difese. Nessun cavaliere mi avrebbe mai sussurrato frasi d'amore. Di me non si sarebbe mai innamorato nessuno. Né mi sarei mai sposata e avrei avuto dei figli.

Certo non occorreva l'amore per il matrimonio o per avere dei bambini, tuttavia rifiutavo con tutta me stessa l'idea di un marito imposto da mio padre o, peggio, da Rebecca! Trovavo odioso il fatto che la vita amorosa di una ragazza venisse decisa da qualcun altro! In questo seguivo gli insegnamenti di mia madre, che mi voleva libera ma senza saperlo mi aveva condannata alla solitudine.

In fondo era meglio così: l'essere brutta mi aveva insegnato a usare il cervello, e sin dal giorno in cui ero diventata donna avevo deciso di prendere qualche precauzione.

Lavavo di nascosto i panni del ciclo e mi fasciavo il petto per nascondere il seno, così che nessuno si accorgesse che ero in età da marito. Perché crescere, se non potevo decidere del mio futuro? Meglio restare bambina.

«Tredici anni!» sospirai, e mi venne da piangere: triste segreto, il mio, di non poter crescere. Se la mamma l'avesse saputo...

Fu allora che la voce dentro sussurrò: *Il vero segreto è che vuoi amare anche tu.*

Spalancai gli occhi: come potevano esserci dentro di me parole così diverse dai miei pensieri?

Non ci fu il tempo di rispondere, dall'alto della torre mi distrasse lo squillo del corno di Mambert.

La fiamma dondolante di una lucerna appesa a una carretta saliva la strada verso di noi. Era davvero insolito che ricevessimo visite a quell'ora, cosa poteva ancora capitare in quella giornata straordinaria?

Laurent de la Chavre

1.

Madamigella Dora mi piaceva.

Non era bella, ma la bellezza esteriore non è importante. Per me conta altro.

Mi attraevano i suoi occhi vivaci, i suoi modi schietti mi meravigliavano. Aveva letto e studiato, parlava in modo intelligente e appropriato, ma si capiva che si sentiva sola in quel castello dall'aspetto rozzo, e questo me la rendeva ancora più interessante.

M'incuriosiva, e al tempo stesso provavo timore di lei.

Quando rientrai nella mia stanza mi risuonavano ancora nelle orecchie le parole che mi avevano allarmato. Non ero abituato a condividere i miei sentimenti con qualcuno, tanto meno il mio segreto.

Tornai con la mente a qualche mese prima, a

quando ciò che era stato fino ad allora nascosto venne alla luce. La mia vita si era trasformata per sempre una gelida mattina di gennaio.

Il conte de la Chavre, l'uomo che chiamavo padre, mi aveva convocato nel suo studio. Era un gesto insolito, lui e io non ci incontravamo mai, e se c'era qualcosa che voleva comunicarmi lo faceva tramite mia madre, che aveva il dono di rendere gradevoli tutti i suoi messaggi.

Inquieto, il mio sguardo correva oltre la finestra. C'era molta neve sparsa sui prati e sulle colline, sui tetti delle case del paese, nel cortile, sui merli delle torri del nostro castello.

Era di spalle, il viso rivolto al camino sopra il quale campeggiava lo stemma della nostra casata e il motto che la distingueva: *Mai tornare indietro*.

Il conte indossava ancora il lungo mantello sul quale la neve ormai sciolta aveva formato larghe chiazze scure.

L'avevo visto uscire presto quella mattina. Doveva avere cavalcato a lungo da solo, come usava fare quando aveva bisogno di pensare. Era un'abitudine che mi aveva trasmesso, una delle poche che avevamo in comune.

Lentamente si girò. L'espressione risoluta che gli scolpiva la bocca mi fece trasalire.

Nello sguardo l'intransigenza di un comandante, con poche dure parole mi comunicò che in autunno sarei partito per il monastero di Riot, dove per un anno mi avrebbe seguito negli studi l'abate in persona.

«Noi non siamo ricchi o potenti come altri nobili, ma il nostro rango di feudatari del re di Francia richiede un'educazione appropriata. L'abate è un amico e un uomo di cultura, saprà insegnarti tutto quello che ti occorre.»

Non mi ero mai ribellato agli ordini di mio padre, ma quell'allontanamento dalla mia casa, dalla mia terra e da mia madre mi parve ingiusto. Sentii crescere una rabbia sorda, una nuvola scura che mi si installò nel petto, pesandomi sul cuore.

Tuttavia, poiché non era nel mio carattere mettere in mostra i sentimenti che provavo, non dissi nulla. Abbassai gli occhi, ma quando mi venne vicino e fece per posarmi una mano sulla spalla, mi sottrassi con un gesto irritato.

«Capisco che non sarà facile. Anche per me e per tua madre non è stata una decisione semplice.»

«Lasciate stare mia madre!» fu l'unica frase che riuscii a comporre, mentre la voce, contro ogni mio volere, si rompeva in pezzi.

Gli occhi di mio padre si strinsero, una smorfia gli storse la bocca in un sottile baffo di derisione: «Stai forse per metterti a piangere come un bambino, Laurent? Hai paura che ti manchi la mamma?»

La rabbia trasformò il dolore in odio: «A voi di me non importa nulla!» gridai, allontanandomi da lui in lacrime.

Mi stupii io stesso del pianto.

Quell'annuncio mi aveva sconvolto, aveva sciolto la mia volontà come la neve. Avevo quindici anni, disputavo in latino questioni filosofiche con il mio precettore, affrontavo i tornei con i cavalieri e, anche se preferivo la compagnia dei libri ad armi e combattimenti, ero ritenuto dal maestro pronto per la guerra, se ci fosse stata l'evenienza, eppure...

Eppure il pensiero di lasciare ciò che amavo mi aveva fatto sentire perduto, caduto in trappola come un cervo nella rete dei cacciatori.

Di non vedere più mio padre non m'importava, ma non potevo credere che anche mia madre desiderasse la mia partenza.

Mi accostai con cautela alla sua porta. Anche il più lieve rumore avrebbe svegliato mio fratello, che da mattina a sera assordava tutti con strilli e pianti.

Non volevo che la mamma ora si dedicasse a lui, volevo che mi parlasse e mi spiegasse e mi consolasse come solo lei sapeva fare.

Spinsi piano la porta e scostai la tenda di broccato che d'inverno impediva al freddo di passare dal corridoio alla camera da letto, ma non entrai.

C'era qualcuno che discorreva con mia madre,

mi feci più attento e riconobbi la voce di madama Nathalie.

«Per Laurent sarà un grande dolore. Non accetterà facilmente di allontanarsi da noi. Perché mandarlo così lontano? Non sono sufficienti gli insegnamenti del suo precettore?»

«Il monastero di Riot è il luogo ideale per l'educazione di un nobile, la sua biblioteca è la più ricca della nostra valle, l'abate l'uomo più colto che conosca. Ma...» mia madre fece una pausa, emise un gemito.

«Signora...?»

«Cara Nathalie, non credo sia solo lo studio la ragione dell'ordine del conte...»

«Cosa, allora, lo spingerebbe a mandare via Laurent dal castello?»

Scostai la tenda, vidi che mia madre si asciugava le lacrime con un fazzoletto, si alzava dal suo scranno e si avvicinava alla culla di mio fratello. Si chinò su di lui.

«Il conte pensa che Laurent potrebbe adattarsi alla vita del monastero e...» posò una mano sul petto, ne lasciò sfuggire un singhiozzo. «... E rimanerci per sempre!»

«Per sempre? Come?»

«Diventando abate. Un abate ricco governa territori e persone, è potente più di un feudatario, gode del prestigio e del potere della Chiesa...»

Non terminò la frase, ricominciò a piangere. Dunque erano questi i piani di mio padre: farmi diventare abate per accrescere il potere della famiglia.

«Laurent è il figlio maggiore, è l'erede del titolo e del feudo!»

Mia madre scosse la testa: «Sono tempi di alleanze, questi. Noi non siamo una casata potente, e il conte sostiene che non possiamo aspettare che Marc sia adulto. D'altra parte Laurent non ha mai mostrato entusiasmo per le armi. Se diventerà abate, il feudo verrà ereditato da Marc. Tu sai quanto il conte sia affezionato a questo bambino, nato quando ormai non speravamo più di averne...»

«Ma Laurent ha il diritto di primogenitura sul feudo! Il conte non può...»

«Lui può decidere ciò che vuole dell'avvenire del suo feudo e di quello dei nostri figli. E un abate non è una carica inferiore a quella di feudatario, al contrario...»

Madama Nathalie la interruppe ancora, posandole una mano sul braccio: «No, signora, sapete anche voi che non sono questi i sentimenti del conte!»

«Che cosa dici?»

«Dico che il conte de la Chavre ama meno Laurent di Marc, è inutile nascondere la verità. Da quando siamo tornate da Verrès, quell'anno, tutte e due con il nostro bambino in grembo... Da quando quel cavaliere, il nostro caro...»

«Non fate quel nome!» Gli occhi di mia madre corsero spaventati verso la porta della stanza di mio padre. Chinò la testa: «Non mi ha mai perdonato...»

«L'avete ancora quel ritratto?»

«Da quando me l'hai dato l'ho chiuso là dentro senza più guardarlo.» Indicò la cassapanca sotto la finestra.

«Me lo donò per voi, prima che partissimo da Verrès. Mi disse di ricordarvi che lui ci sarebbe sempre stato per aiutarvi in qualsiasi momento ne aveste avuto bisogno. Non ve lo diedi subito, ne passammo troppe al ritorno da Verrès...»

«Mi sentivo così sola... Poi per fortuna il conte comprese... E quando mi hai dato il ritratto l'ho nascosto. Se il conte lo avesse trovato...»

Mia madre parlava a frasi spezzate, ma lentamente dentro di me si faceva strada la verità.

«Il conte si sbaglia, voi l'amate più di ogni altro al mondo!»

«Sì, è così. E per lui farei qualsiasi cosa.»

«Anche lasciare partire Laurent?»

«Se fosse per il bene del nostro casato, sì. Forse il mio sposo non ama Laurent come ama Marc, ma è sempre stato giusto con lui. Dovrò rassegnarmi.»

Si chinarono entrambe su mio fratello, che si era svegliato e incominciava a strillare.

Lasciai cadere la tenda e me ne andai.

Mai avrei pensato che un dolore così grande potesse squarciarmi il cuore e la mente.

2.

Quando fui certo che mia madre e madama Nathalie fossero uscite dalla stanza con mio fratello, entrai a mia volta e frugai nel baule.

Avvolta in uno scialle di seta, trovai una miniatura con il ritratto di un cavaliere dalla fronte spaziosa e dal mento volitivo.

Chi era? Che tra lui e mia madre ci fosse stato un legame era evidente, ma io cosa c'entravo? Perché mio padre odiava quel signore a tal punto che nemmeno il suo nome poteva essere pronunciato davanti a lui? Cosa era successo a Verrès?

La testa era piena di confusione. Fissai il ritratto di quel cavaliere: «Chi sei?» gli chiesi.

Poi finalmente posi la domanda inosabile: «Sei tu il mio vero padre?»

Un pomeriggio scesi nella cucina. I servi stavano preparando la cena: chi affettava le verze, chi rigirava la minestra nel camino grande, chi aggiungeva legna al fuoco.

Madama Nathalie stava riscaldando dell'acqua

in un paiolo nel camino piccolo. Le fiamme si riflettevano sul suo viso, piccole rughe tracciavano solchi sottili intorno alla bocca e agli occhi. Quanti anni aveva madama Nathalie? L'età di mia madre? Erano due donne molto diverse, non solo nell'aspetto. Una era la signora e l'altra la dama di compagnia, eppure un destino comune le aveva unite, un segreto condiviso che le rendeva piene di compassione, profondamente simili nella maniera di fissare una persona negli occhi, nella capacità di consolare con una parola.

Adagiò nel fondo di una tazza due foglie di menta.

«Vostra madre non sta bene, questa tisana la tirerà su.» Alzò gli occhi, scuri come ombre: «Come mai siete sceso in cucina? Anche voi non state bene?»

Non riuscivo a parlare. Avevo tutte le mie domande che premevano nella gola, ma non me ne uscì una. Eppure lei sapeva, avrebbe potuto spiegarmi, liberarmi dal peso.

«Non ho digerito il pranzo...»

Tolse il paiolo dal fuoco, prese dalla dispensa un'altra tazza, vi mise una foglia di alloro e versò sopra l'acqua fumante.

«Bevetela piano, vi farà bene.»

Ma io, con la tazza fra le mani, non riuscivo a bere.

«Che c'è, Laurent? Non siete lo stesso da qualche giorno…»

Scossi la testa, immergendo il viso nel vapore che saliva dalla tisana.

«Non è il pranzo quello che non avete digerito, eh?»

Annuii.

«Cercate di farvi forza, stare lontano dal castello non sarà duro come credete ora. Nell'abbazia imparerete molte cose…» Si soffermò a guardarmi: «Abbiamo bisogno di signori sapienti in questa epoca di guerre e di litigi.»

Perché non riuscivo a chiederle quello che volevo? Mi pareva di essere tornato bambino, pieno di dubbi e di paure.

Lei intanto si era voltata di nuovo verso il fuoco.

«Madama Nathalie, sentite… C'è qualcosa che vorrei domandarvi…»

«Ditemi, Laurent.»

«Ecco, riguarda…»

In quel momento la porta si spalancò e, con un cesto di pane su una spalla e l'altra carica di neve, fece il suo ingresso il fornaio del paese. Era un uomo alto e pieno di energia. Posato il cesto sul tavolo, si mise al centro della cucina e iniziò a gesticolare eccitato, battendo le mani sul lungo grembiule che gli arrivava fino ai piedi e sprigionando piccole nuvole di farina.

«Ehi, gente! Avete saputo la novità?»

I servi sollevarono la testa.

«Il curato sta organizzando un viaggio di pellegrini per andare a Roma. Quest'anno ricorre il giubileo, e io sono stato incaricato di formare il gruppo. Qualcuno vuole unirsi alla compagnia? Siamo già in dieci. Verranno anche lo speziale, il notaio, il figlio del sarto, due monache di Saint Luc e madama Doc, la filatrice, che viene a Roma per ricevere la grazia di guarire dal mal di testa.»

«Da parte mia vi rispondo un no secco!» rispose Madama Nathalie. «Non posso lasciare la contessa e il piccolo Marc. Ma voi, con la bottega, come ve la caverete?»

«Ci penserà il mio garzone. Cosa volete che sia la bottega in confronto alla possibilità di salvarsi l'anima? Il giubileo capita ogni cinquant'anni, giusto la vita di un uomo, non bisogna perdere l'occasione! Partiremo a marzo e torneremo in autunno. Su, coraggio, lasciate tutto e seguiteci a Roma! Andremo a pregare, saremo benedetti dal Papa e diventeremo tutti buoni come santi.»

«Eh, si diventa buoni per timore della pelle» biascicò un vecchio servo. E un altro, giovane e gagliardo, replicò: «Lo sanno tutti che più cammini e più impari! E io non vedo l'ora di andarmene.»

«Montagna chiara e marina scura, mettiamoci in

viaggio senza paura!» si unì a lui il cuoco, alzando il mestolo in aria.

«Oh insomma, piantatela con questi proverbi, mi fate venire mal di testa!» strillò Madama Nathalie facendo ballare la tazza sopra un vassoio, ma poi disse: «Non c'è viaggio senza polvere, cari miei, ricordatevelo! E sarà la benedizione del Papa a mantenervi quando al ritorno sarete senza lavoro?»

Questa osservazione fece presa sugli animi più di tutti i proverbi. I servi tornarono alle loro faccende, però si capiva dai loro occhi che erano ancora curiosi. E il fornaio li accontentò: «Sarà un viaggio pieno di avventure. Terreni impervi da superare, torrenti da attraversare, orsi e lupi, briganti... Ma davanti agli occhi splenderanno le cime innevate, visiteremo i castelli e incontreremo meravigliose dame e simpatiche fantesche!» Con le mani mimò le forme di una donna poi, con l'aria di uno che ne aveva appena adocchiata una, si raddrizzò la cuffia che gli copriva le orecchie.

«Non avrete paura di perdervi, mastro fornaio?»

«Seguiremo la via di Francia, che è ben tracciata. Oltre il San Bernardo scenderemo ad Aosta e attraverseremo i paesi segnati sulla mappa: Chatillon, Verrès, Bard, e via via tutti gli altri arrivando fino a Roma. Se la mappa non sarà sufficiente, ci orienteremo seguendo le croci e le cappelle con sopra dipinto San Cristoforo. E nelle sere di pioggia o di nebbia saranno le campane degli ospedali a farci ritrovare la strada. Ce ne sono sparsi dappertutto, costruiti apposta per noi, dove ci cureranno se non staremo bene.»

«E se farà freddo? Come farete a sapere se ci sarà tempesta durante il viaggio?»

«Se è rosso alla sera e bianco al mattino è la giornata del pellegrino, ma rosso di mattina brutta giornata per chi cammina!» scoppiò a ridere l'altro, orgoglioso di tanta sapienza popolare. «Comunque porteremo con noi un mulo e lo caricheremo di tutto il necessario per proteggerci. Ognuno, s'intende, dovrà mettere in comune quello che possiede.»

I servi giovani sgranavano gli occhi, quello vecchio, però, mise fine ai sogni: «I pellegrinaggi sono passatempi per ricchi. Chi è signore non ha freddo ai piedi, ma noialtri non possediamo neanche le scarpe per camminare. A malapena ci procuriamo da mangiare qui al castello» e mettendosi in bocca un tozzo di pane gli voltò le spalle.

«Fate pure come volete, io lo dicevo per compassione dell'anima vostra.» Il fornaio allungò una mano su una zucca vuota che era appoggiata su una mensola e serviva da recipiente: «Posso prenderla? La userò come borraccia.»

«Tenetela pure, e quando sarete a Roma pregate

anche per noi» disse madama Nathalie, aprendogli la porta. I servi intanto avevano ricominciato a chiacchierare. Ormai la pace se n'era andata dalla cucina.

Anche il mio cuore era in trambusto, e quando madama Nathalie mi chiese: «Allora, Laurent, cosa volevate domandarmi?»

«Non me lo ricordo più» risposi, stringendo in una mano, dentro la tasca del farsetto, il piccolo ritratto che bruciava come un tizzone appena tolto dal fuoco.

«Non doveva essere niente di importante» aggiunsi, salutandola con un inchino.

Ora che il desiderio aveva imboccato la sua strada, un impulso irrefrenabile ad agire muoveva tutti i miei muscoli.

3.

Senza neanche prendere il mantello uscii dalla cucina e mi immersi nel freddo del cortile. Nevicava ancora, ma non avevo necessità di coprirmi tanto era il calore dentro di me.

Superai il ponte levatoio e rincorsi il fornaio per le vie del borgo. Gli abitanti, che procedevano curvi a causa del vento, si fermavano a guardarmi sconcertati: il figlio del conte che girava per le strade a piedi e senza scorta? Ma io passavo oltre: non m'importava che cosa pensassero i miei sudditi di me, avevo altro per la testa.

Raggiunsi l'uomo mentre stava entrando nella sua bottega.

«Messere, una parola!»

Il fornaio s'inchinò.

«Signore, che onore avervi nella mia bottega! Però, se desideravate qualcosa di speciale potevate inviarmi un servo...»

«Non è del vostro pane che ho bisogno. Ero in cucina, poco fa, e ho udito quello che avete raccontato sul pellegrinaggio a Roma. È vero che passerete per Chatillon, Verrès e Bard?»

«Così suggeriscono le mappe.»

«E siete voi che, per conto del curato, raccogliete le adesioni?»

«Io in persona, signore.»

«Ebbene, vorrei unirmi al vostro gruppo.»

«Voi, signore? Ma voi non siete adatto a un viaggio del genere!»

«Sono forse da meno del figlio del sarto o di madama Doc, la filatrice?»

L'uomo si inchinò, strisciando il grembiule sulla neve che copriva il selciato: «Non mi permetterei mai di paragonarvi a loro, però, forse, un signore come voi dovrebbe viaggiare in maniera più comoda...»

«Un pellegrinaggio è una forma di penitenza, e

ho udito che molti nobili, perfino il re, l'hanno compiuto senza alcun agio!»

L'altro aggrottò la fronte e si grattò la barba, sporca di farina: «Ma il conte, la contessa... non so se saranno d'accordo.»

Superai con un balzo d'ingegno le sue incertezze: «Sono sicuro che mia madre saprà riempire le vostre bisacce di carne affumicata, formaggi e salsicce. E quanto a mio padre, non si tirerà indietro se gli chiederò in aggiunta un secondo mulo con coperte e mantelli.»

Il viso del fornaio si distese: «Se le cose stanno così, se credete che i vostri genitori non si opporranno, per quale ragione non dovreste venire con noi? Ne parlerò con il curato.»

«Quando si parte?»

«Ai primi di aprile, dopo che la neve al passo si sarà sciolta.»

«Per quella data sarò pronto anch'io.»

Il fornaio si inchinò di nuovo: «Avervi con noi sarà un onore, signore.»

Gli voltai le spalle e tornai al castello. Ormai ero deciso e avevo il cuore infiammato di coraggio.

Come avevo previsto, convincere il conte de la Chavre a lasciarmi partire fu un gioco da ragazzi.

Non c'erano sentimenti di attaccamento da dover sconfiggere. Che io fossi al castello o in viaggio per lui era indifferente. In quel momento gli importava solo che partissi per Riot, liberandosi di me per molto tempo e favorendo mio fratello.

Perciò, quando gli chiesi il permesso di unirmi al pellegrinaggio come unica condizione per cui, in autunno, mi sarei trasferito al monastero, accettò senza commenti, anzi, mi parve di cogliere un guizzo di sollievo nei suoi occhi.

Restava ancora un ostacolo.

Era il più arduo.

«Non se ne parla neanche, Laurent!» gridò mia madre, con lo sguardo della gatta cui stavano sottraendo i cuccioli.

«Ma *mamàn*, il gruppo dei pellegrini saprà difendermi e proteggermi.»

«È un viaggio faticoso, troppo pericoloso per un ragazzo! Non sai che una parte dei pellegrini non torna? Che si ammala e muore per strada?»

«Io sono giovane e sano, non mi succederà nulla. Vi prego, *mamàn*!»

La scongiurai ogni giorno, ogni volta che riuscivo a rimanere da solo con lei, ma niente le faceva cambiare parere.

Lei era irremovibile, e io disperato. Quel viaggio era troppo importante per rinunciarvi. Il bisogno di sapere chi fosse mio padre mi attirava a Verrès. Se glielo avessi chiesto, ero sicuro che avrebbe negato la sua esistenza. Io invece desideravo incontrarlo più di ogni cosa.

Mia madre era preoccupata per la salute del mio corpo, ma non capiva che era la mente che si stava ammalando. Volevo la mia libertà, volevo la verità, la desideravo con tutta l'anima, sarei stato disposto anche a fuggire e cominciai a escogitare un modo.

Non fu necessario, perché un giorno in cui ero più angosciato degli altri mi venne un'idea.

Mi chiusi in camera e non ne uscii più.

«Si può sapere perché ci tenete tanto a quel pellegrinaggio?» mi chiedeva madama Nathalie da dietro la porta.

«Voglio viaggiare e vedere Roma.»

Al terzo giorno mia madre cedette.

«E va bene, partirai. Ma promettimi che starai attento, che camminerai sempre accanto al curato e allo speziale.»

«Lo prometto» dissi, tenendo una mano sul cuore mentre con l'altra mimavo uno scongiuro dietro la schiena. Non era il gesto di un cavaliere, ma non potevo tenere fede al giuramento e al tempo stesso soddisfare le ragioni di quel viaggio. Comunque era fatta, sarei partito. Mentre uscivo dalla stanza, felice come un cervo che ha trovato un buco nella rete dei cacciatori, madama Nathalie disse: «Perché, Laurent, non portate con voi anche Mirò? Potrebbe esservi utile...»

Mi girai di scatto: «Mirò? Ma se non riesce neppure ad allacciarsi il farsetto senza sbagliare le asole!»

«Non prendetelo in giro anche voi, signore. Mio figlio è un ragazzo ingenuo, è vero, ma vi è fedele come nessun altro. Avrete bisogno di qualcuno della vostra età con cui chiacchierare durante il cammino, per non annoiarvi e sentire meno la fatica. Inoltre fareste un favore anche a lui: il pellegrinaggio potrebbe aiutarlo a maturare, gli farebbe conoscere luoghi e persone nuove. Potrebbe essere la sua unica occasione...»

Fissava mia madre con uno sguardo supplice, e lei l'afferrò al volo: «È un'ottima idea, cara Nathalie. Si aiuteranno a vicenda, come facevano da bambini. Mirò ti rallegrerà con le sue trovate, e le sue canzoni ti terranno compagnia. Sì, sarò più tranquilla a sapervi insieme.»

«Ma mamma...»

«O con Mirò o niente pellegrinaggio, Laurent!»

4.

Condurre con me Mirò sarebbe stato come caricarmi sulla schiena fino a Roma un sacco di pietre. Mi avrebbe sommerso di domande per tutto il viaggio, non mi avrebbe mai lasciato solo. Mirò era peggio di una pulce nel letto!

Ma che ci potevo fare? Non potevo oppormi alla volontà di mia madre, ora che mi aveva dato il consenso di partire.

Lasciandomi alle spalle il vento e la neve, entrai nella stalla calda. Una cavalcata sarebbe stata utile per decantare il dispetto.

I nostri cavalli tuffavano il muso nel fieno e, alzando la testa ogni tanto, emettevano brevi nitriti di soddisfazione. Mi avvicinai al mio puledro, ne afferrai le redini e feci per condurlo fuori, ma all'improvviso fui richiamato indietro da una voce che dal fondo cantava appassionata:

«*Messer Ivano, Cavaliere del Leone,*
estrae la spada e il gigante attacca.
Ma l'altro non s'abbatte,
e s'alza in piedi e a sua volta lo percuote.
Allora il leone drizza la criniera,
si appresta a soccorrere il padrone.
Con un balzo possente,
strappa al gigante un pezzo d'anca…»

Mirò cantava sdraiato tra la paglia, le gambe accavallate a far da appoggio al liuto, così preso da leoni e cavalieri da non udire i rumori intorno.

Anche a me piacevano quelle storie d'avventura, perciò abbandonai le redini, mio malgrado prigioniero della sua voce, finché lui, lasciate le battaglie, diede inizio a una ballata amorosa:

«Ad occhi chiusi, il cavaliere,
accarezza i capelli d'oro della dama.
Li avvicina alla bocca, alla fronte, al viso
se ne rallegra molto,
li adora,
e infine li ripone sul petto,
accanto al cuore.»

«Mirò!»

Balzò in piedi: «Signore! Non vi ho sentito entrare!»

«Vorresti essere il mio scudiero?»

I suoi occhi si fecero più grandi: «Come quando da bambini giocavamo insieme?»

«Uno scudiero vero, non per gioco!»

«Oh, signore, mi piacerebbe moltissimo!»

Lo feci inginocchiare davanti a me e allungai una mano sulla sua testa: «E allora ti nomino seduta stante mio scudiero, Mirò Godret. Mi seguirai ovunque io vada!»

«E dove dobbiamo andare? A fare un giro per il borgo? Oppure a caccia di cervi nella foresta intorno al castello?»

«Andremo a Roma.»

«A Roma? Come sarà possibile?»

Gli dissi del gruppo di pellegrini e della mia decisione di unirmi a loro.

«Non dovrai più sognare l'avventura, Mirò. Ad aprile ci metteremo in viaggio e la vivrai per davvero.»

Il sorriso gli rotolò dalle labbra: «Non ho mai lasciato il nostro castello...»

Gli occhi si erano fatti piccoli, si guardavano intorno smarriti. Ma, per tutti i diavoli, se lui non fosse venuto mia madre non mi avrebbe più dato il consenso a partire... Sorte bizzarra, ora ero io a volerlo convincere a tutti i costi! Mi guardai intorno: «Hai detto che desideri un cavallo?»

Annuì con vigore.

«Lo vedi quel puledro nero, laggiù? Sarà tuo, al ritorno, come premio per avermi seguito.»

«Un cavallo tutto mio?» Corse verso il puledro, iniziò ad accarezzarlo. «Ti chiamerò Bucefalo, come il cavallo di Alessandro. Vedrai che corse ti farò fare su e giù per la valle, quando tornerò...»

All'improvviso si voltò verso di me: «Non occorreva questo cavallo per convincermi, signore. Vi seguirò lo stesso ovunque andrete, e sarò per voi il migliore degli scudieri.»

Nei giorni che seguirono, osservando la mappa

del percorso, elaborai un piano che mi lasciasse mano libera dal gruppo nel momento in cui fossimo giunti nei pressi di Verrès. Se il motto dei de la Chavre ingiungeva: *Mai tornare indietro*, io invece avrei percorso a ritroso il sentiero della mia vita, fino all'inizio.

Dora Quey

1.

Quella sera, quando entrai nella sala da pranzo tenendo per mano mio fratello, luce e calore mi accolsero insieme alle chiacchiere delle dame e dei cavalieri.

Quale altro miracolo stava accadendo nel nostro castello?

«L'ha ordinato messer Quey per onorare il soggiorno degli ospiti» mi spiegò madama Georgette piena di stupore.

Mio padre – un castellano tirchio in tutto ma non nel senso del dovere – aveva comandato che, invece che una, fossero accese ben tre lampade, e che la tavola fosse imbandita con piatti di peltro e bicchieri di vetro rilucenti, anziché con le stoviglie consumate di sempre.

Al cuoco, poi, aveva richiesto una cena speciale: minestra di fave in brodo di cappone, la cui preparazione aveva reso necessario che il fuoco in cucina crepitasse a fiamma alta a lungo, scaldando la parete che era in comune con la sala.

C'eravamo tutti, tranne mio padre, sceso a Verrès per affari. Prima, però, aveva inviato un servo ad Arnad per avvisare i pellegrini che messer Laurent si sarebbe trattenuto qualche giorno da noi.

All'inizio dame e cavalieri furono incuriositi dall'aspetto di Mirò, ma subito dopo l'interesse generale si spostò su un'altra persona, che fece il suo ingresso nella sala per ultima.

Donna Serena, la nuova nutrice di mio fratello, era una dama anziana, vestita in modo semplice, con una tunica sbracciata sopra la veste accollata in panno scuro e un corto velo in testa, ma si capiva che era abituata a vivere in ambienti superiori.

Il castello di Verrès, dove aveva lavorato a lungo, era molto più raffinato e moderno del nostro. Il nonno della contessa Catherine, Iblet di Challant, e suo padre, François, l'avevano trasformato da torre di guardia in residenza, circondandosi di opere d'arte, di persone e occasioni eleganti.

«Quando il conte François è morto sono tornata al paese, ma ora che sono rimasta sola ho accettato questo incarico. Eh, non è facile per una vedova mantenersi! La mia dote è finita tra i beni di mio marito e la sua eredità è andata ai suoi nipoti.»

Laurent, Mirò e fratel Nicolas erano seduti di fronte a me a consumare il loro pasto in silenzio. Dalla voracità con cui portavano il cibo alla bocca si capiva che non ne facevano uno completo da molto tempo.

Fratel Nicolas traeva lunghi e rumorosi sorsi dal suo cucchiaio. Alla fine, volendo intingere nel brodo alcuni pezzi di pane, spezzò una delle pagnotte, ma subito la mise da parte con una smorfia.

Mastro Philippe se ne riempì la bocca: «Non vi piace?»

«Lo stomaco va umiliato con pane duro, non è bene abituarlo a queste raffinatezze bianche e saporite» e cercò, tra le altre pagnotte, una che fosse di suo gusto.

«È un peccato, fratello, perché è delizioso. Ne ho mangiato uno uguale solo alla corte dei Savoia.»

«Il cuoco ha imparato la ricetta da un panettiere tedesco. Sono sicura che anche la signora Catherine approverà questa specialità» disse Rebecca. L'idea del panettiere tedesco era stata sua, e aveva insistito così tanto che mio padre era stato costretto a bandire per una volta l'avarizia. Per insegnare al nostro cuoco ne aveva fatto arrivare uno apposta da Aosta, dove pare fosse stato addirittura al servizio del duca. Era di moda fra i signori servirsi di un panettiere tedesco, che sapeva regolare il calore del forno meglio dei nostri.

Donna Serena portava il cucchiaio alla bocca senza lasciarsi sfuggire neppure una goccia di brodo, poi, con due dita, afferrava graziosamente un boccone di cappone dal piatto e lo masticava a labbra chiuse. Infine si sciacquava nella vaschetta d'acqua in cui galleggiavano alcune foglie di menta che lei stessa si era portata.

Madama Henriette, madama Georgette e madama Claudine non le toglievano gli occhi di dosso. In genere le vedevamo masticare mentre chiacchieravano, sputando tutt'intorno, e spesso le udivamo fare rutti e altri rumori. Quel giorno, però, tentarono di imitare donna Serena, e alla fine del pasto, anziché leccarsi le dita, le chiesero se avesse qualche foglia di menta anche per loro.

Fratel Nicolas storse il naso: «Dalle mie parti queste raffinatezze non si usano. Sono abitudini da stranieri.» E aggiunse: «Neppure le dame e i cavalieri siedono mai alla stessa tavola.»

«Siete molto arretrati dalle vostre parti, allora!» sbottò Rebecca, seguita dal coro delle dame.

Iniziò un'accesa discussione sulle abitudini di stare a tavola. Noi ragazzi restammo zitti, finché mastro Philippe chiese a Laurent: «E voi, messere, cosa ne pensate?»

Lui posò il cucchiaio a lato del piatto e si schiarì la voce: «Alla tavola dei miei genitori siedono dame e cavalieri ogni giorno, non solo nelle feste.»

Fratel Nicolas era indignato: «Dove sono andate a finire le regole? Di questo passo il mondo si trasformerà in un inferno di diavoli!»

Donna Serena sorrise a Laurent: «Da quale castello venite, di grazia?»

«Dal castello di Perlignac, signora.»

«Oh, Perlignac... Dunque siete il figlio della contessa Anne!»

Drizzai le orecchie come un cane da caccia.

«La conoscete? E il conte, conoscete anche lui?» chiese subito Mirò, con la bocca piena. Donna Serena gli lanciò un'occhiata di rimprovero e lui inghiottì il boccone tutto intero prima di aggiungere: «Scusate...»

«Ho incontrato vostra madre molti anni fa. Era in visita al castello di Verrès con i suoi genitori. C'erano ospiti illustri quella volta: i due fratelli del conte e il balivo.»

«E mia madre ve la ricordate, donna Serena? È sempre stata accanto alla contessa Anne, anche nei suoi viaggi. Si chiama madama Nathalie» disse Mirò.

«Tu sei il figlio di madama Nathalie? »

«Tua madre è una cristiana? È tuo padre, pertanto, che ti ha donato il colore della pelle» intervenne fratel Nicolas, con aria inquisitrice.

Mirò spiegò che la pelle l'aveva nera perché gli era stata rivoltata da un incantesimo quando era nato.

In un primo tempo le sue parole vennero accolte dal silenzio, poi però i cavalieri ripresero a mangiare, scuotendo la testa, mentre le dame nascondevano dietro le mani sorrisini di scherno.

«Madamigella-Nathalie-la-piccolina, la chiamavano tutti! Chi se la può dimenticare? Era una dama simpatica e svelta, tua madre. Sempre appresso alla sua signora, dove andava l'una l'altra seguiva.»

Mirò sorrise a sentire parlare di sua madre in quel modo affettuoso, Laurent invece la fissava con attenzione.

«Quanti balli e quante feste in loro omaggio nella sala del castello! La contessa Anne era la più corteggiata. Ma anche madamigella Nathalie aveva il suo da fare a tenere lontani cavalieri e scudieri...» Donna Serena restò con la voce sospesa, per un attimo sembrò tornare con la mente indietro nel tempo. «Erano giovani e molto belle tutte e due. Voi, messer Laurent, somigliate a vostra madre. Quanti anni avete?»

«Il cavaliere e io abbiamo quindici anni» rispose prontamente Mirò.

«Quindici? Come gli anni che sono passati da allora... Ma perché l'avete chiamato cavaliere? Non è il *conte* Laurent de la Chavre?»

Queste parole le aveva formulate a voce così bassa che credo di averle udite soltanto io, anche perché nel frattempo fratel Nicolas si era lanciato in una noiosa predica sui costumi degradati del nostro tempo, attirando l'attenzione di tutti i commensali.

Donna Serena invece rimase in silenzio fino alla fine della cena, continuando a lanciare occhiate furtive verso Laurent.

Si concluse così quella straordinaria giornata del mio compleanno, in cui erano giunti al nostro castello più sconosciuti che in tutta la mia vita.

Mi sentivo così piena di speranza, che la notte feci un sogno profondo e dolce: un unicorno e un leone si rincorrevano giocando sui prati sotto il castello.

Intorno a loro brillava una luce d'oro.

2.

Come i fiocchi di neve in inverno, le sorprese continuarono ad abbondare sul nostro castello, e non saprei dire se fossero dovute ai miracoli che avevo implorato o non piuttosto alla guerra, che marcava nuove impronte intorno a noi.

Il giorno successivo era domenica, e come al solito ci preparammo per assistere alla messa. Donna Serena aveva fatto indossare a mio fratello il giubbetto di velluto con il colletto ricamato, le brache a scacchi e lo scuffiotto con la piuma. Un lusso esagerato per una domenica che non sembrava diversa dalle altre.

Alexis pareva un piccolo paggio, lo ammiravo mentre mi insaponavo il viso nel catino in camera.

«Madame Rebecca mi ha ordinato di dirvi di indossare l'abito di broccatello, e di non cercare scuse per arrivare in ritardo» mi disse donna Serena, versando da una brocca dell'altra acqua gelata con la quale mi sciacquai velocemente tra i brividi.

«Non pensavo che la mia matrigna riservasse tante attenzioni a due pellegrini...»

Negli occhi di donna Serena brillò una luce misteriosa: «Non si tratta di loro. Ci saranno altri ospiti, oggi, molto importanti. Non vi hanno informata?»

Scossi la testa, asciugandomi con il telo di lino che mi porgeva. Poi, mentre iniziava a intrecciarmi i capelli mi sussurrò in un orecchio: «Lei è arrivata stanotte in gran segreto!»

«Lei?»

«La contessa!»

«La contessa? Ma cosa dite? Catherine di Challant è nel castello di Chatillon!»

«L'ha lasciato all'improvviso ieri notte. Laggiù era circondata dai nemici, i cugini di Montjovet, e temeva un attacco da un momento all'altro.»

«Ma allora è vero! Lei è qui!» La voce trillò per l'emozione, ma Donna Serena raffreddò il mio entusiasmo: «Non proprio *qui*. È ospite a Villa, e questa mattina salirà da noi per la messa. L'abbiamo saputo da uno dei camerieri degli Challant, venuto su apposta all'alba con un secchio e uno straccio come si fa di solito per prendere un po' di fuoco, perché nella casa che ha accolto la contessa tutti i camini erano spenti. Il castello è in fermento per questa notizia... Ma quanti nodi in questi capelli, non li pettinate mai?»

Mi massaggiai con due dita il punto in cui me li aveva tirati, ma non mi importava del dolore tanto ero eccitata.

Donna Serena invece si guardava intorno gettando occhiate desolate sui nostri muri spogli e sugli arredi modesti: «E si capisce perché la contessa ha preso alloggio a Villa, nella Casa Sala, di proprietà di Pierre Sarriod. Quella sì che è una dimora signorile, piena di comodità! Madama Catherine vi resterà per tutto il tempo che occorrerà a mastro Philippe per rendere più elegante questo castello, e ai suoi servi per sistemare le sue cose. Pare che, insieme alla corte, l'abbiano seguita da Chatillon quattro carri colmi di piatti dorati, stoviglie di rame, candelieri, coperte, arazzi, sete, lini, tappeti turchi e perfino sedie di Milano, per non parlare dei vestiti, delle pellicce e dei gioielli. Adesso però non perdiamo più tempo, o arriverete in ritardo e non la vedrete.»

«Allora, per favore, fatemi i capelli più morbidi che potete e aiutatemi a vestirmi col vestito più bello!»

Mentre mi infilavo la sottoveste, donna Serena notò le fasce che mi stringevano il petto: «E queste, cosa sono?»

Abbassai lo sguardo.

«Allacciatemi in fretta, per favore!» replicai, sentendo una smania allo stomaco e in tutto il corpo che mi impediva di stare ferma.

3.

La domenica salivano da Villa soltanto alcuni paesani. Quel giorno, invece, la piccola piazza davanti alla chiesa e i cortili del castello si gremirono di estranei, giunti dai villaggi vicini per rendere omaggio alla contessa.

C'erano anche i mendicanti, che però non mancavano mai.

A metà mattina eravamo pronti nei nostri abiti migliori, in attesa di fronte al portone: davanti le dame e i cavalieri, dietro gli ospiti, poi i servi.

L'eccitazione correva dall'uno all'altro come un

messaggero impazzito. Il vociare rimbalzava tra le mura comunicandomi un'agitazione sconosciuta e piacevole. In alto due corvi gracchiavano volando in cerchio sopra di noi. Anche a loro tutta questa confusione appariva strana?

Ero persa nei miei pensieri. Disegnavo e ridisegnavo continuamente nella mente la contessa. Non l'avevo mai vista e me la figuravo bellissima, alta e formosa, e con i colori delle Madonne affrescate nelle cappelle della valle: bionda, gli occhi azzurri come pezzi di cielo, i lineamenti perfetti...

Un'eco di corno cancellò ogni fantasia. Nel cortile calò il silenzio, tutti gli occhi puntarono verso l'entrata.

Da fuori giunse uno scalpitare di zoccoli e, mentre il portone si spalancava, uno squillo di trombe annunciò l'ingresso di Catherine di Challant e della sua corte.

Entrò per prima, cavalcando a schiena diritta un cavallo bianco addobbato con finimenti rossi e bianchi.

Ti sei sbagliata.

La signora Catherine era molto diversa da come me l'ero figurata. Piccina, bruna di sguardo e di capelli, un viso dai tratti decisi, con una grande bocca e piccoli occhi.

Non è bella.

Non era bella, ma rimasi lo stesso ad ammirarla perché non avevo mai incontrato nessuno con quella fierezza, quella grazia che la distinguevano da tutti quelli che erano con lei e da tutte le dame che avevo conosciuto nella mia vita.

Indossava un abito che scendeva quasi fino a terra e che aveva il colore del cielo all'inizio della notte. Le spalle e il collo erano racchiusi in un pizzo che saliva fino alla gola, mentre un velo vaporoso, trapuntato di piccole perle, le copriva parte dei capelli, raccolti in giri di trecce sulla nuca.

Avanzò lentamente, lasciando correre lo sguardo sui muri del cortile, sulle finestre con appesi gli stendardi della casata, sulle merlate. Lo posò su tutti noi, e quando, per un istante, i suoi occhi incontrarono i miei, una puntura di spillo mi emozionò il cuore e mi fece sentire viva.

Sarà lei il tuo modello da imitare! disse la voce, e io trasalii, perché fino ad allora il mio modello era stata mia madre.

Accanto alla contessa cavalcava Pierre Sarriod, dalle spalle larghe e il petto in fuori. In testa un ampio copricapo gli faceva vela sugli occhi, ma sapevo, perché li avevo già conosciuti nelle sue corse da un castello all'altro, che bruciavano audaci.

Scesi da cavallo, si avviarono insieme verso l'interno della chiesa, seguiti dai loro cortigiani e infine da noi.

I mendicanti rimasero fuori.

4.

La nostra era una piccola chiesa dalle pareti bianche punteggiate di stelle rosse, con un altare di pietra e una croce di legno appesa alla trave del soffitto. Sul fondo, alcuni affreschi dipinti in tempi lontani.

Non c'erano camini a riscaldarci, e le nostre mani diventavano di ghiaccio anche in estate. Per ovviare all'inconveniente di solito le dame portavano manicotti di pelliccia, mentre io le infilavo nelle maniche.

Quella domenica, invece, lo spazio era talmente gremito che si diffuse tra i presenti un tepore che ci fece stare bene.

Per l'occasione erano stati invitati quattro cantori, ma io ci badai poco. I miei pensieri erano distratti dalla presenza della contessa, che seguiva la messa sul suo libro di preghiere.

Non indossava armi come Pierre Sarriod. Da dove attingeva allora il coraggio di opporsi persino al duca di Savoia?

«Dora, abbassa quegli occhi!» mi richiamò Rebecca, riportandomi al rito.

La lettura del vangelo di quella domenica ci raccontava l'efficacia della preghiera.

«Chiedete e vi sarà dato,
bussate e vi sarà aperto,
cercate e troverete!»

Era questo il segreto della contessa: sapeva chiedere? Ma a chi? Ai suoi soldati? A Pierre Sarriod?

Forse a se stessa disse la voce, e io per lo stupore di quella rivelazione spalancai la bocca.

«Chiudi quella bocca, sembri un'oca!» mi pizzicò Rebecca. Io però non lasciai cadere il filo delle domande dentro di me: È in questo modo che occorre agire per ottenere ciò che si desidera? Bisogna chiedere a se stessi, con fervore, con fiducia?

I pensieri correvano, non si trattenevano nella preghiera.

Non mi ero mai sentita una devota speciale.

Non assomigliavo certo a quella ragazza di cui una volta ci aveva narrato il parroco. Era così santa, che aveva giurato a Gesù di amarlo con tutto il suo cuore. Per il peso di tanto amore il cuore le si spaccò, e quando le donne le aprirono la veste videro che sul suo petto erano stampate in oro le lettere: *Amo te come il mio cuore…*

Sospirai: no, non possedevo quella dedizione. Non ci sarei riuscita neanche sforzandomi con tutta me stessa, neppure mettendomi in ginocchio sulle noci e con i capelli cosparsi di cenere.

Ma forse era meglio così.

Non mi sarebbe piaciuto morire giovane senza aver prima esplorato e scoperto.

La voce di dentro esplose: *Cosa, cosa vuoi scoprire ed esplorare?*

Aveva un impeto, una forza, quella voce, che ne rimasi sconvolta. A chi apparteneva? A me? Ma da quale me stessa veniva, se io non ero altro che…

Non ero altro che…

All'improvviso, di nuovo, come altre volte in quei giorni, provai un senso di straniamento. Ma non c'era più dentro di me un fuoco che bruciava senza sfogo. Come strati di roccia che cercano un equilibrio, quel giorno qualcosa in me si mosse, producendo un vuoto, uno spazio sconosciuto. Un baratro di mistero.

Un raggio di luce illuminò quel baratro con una domanda: esplorare se stessi, anche questo significava *chiedere*?

Chi sei, e quali sono i tuoi desideri? insisteva la voce.

Ero concentrata, in contatto con quello spazio

sconosciuto. Stavo per sciogliere il groviglio dentro di me…

«I desideri sono opera del demonio!» tuonò il parroco dall'altare, e lo spazio aperto si richiuse. Subito mi pentii dei miei pensieri, che dovevano certamente essere frutto di un peccato di superbia, e ne chiesi perdono a Gesù.

Alzai gli occhi verso la croce di legno ma, senza volerlo, incrociai lo sguardo di Mirò, che mi sorrise. Laurent invece era assorto nella preghiera, mastro Philippe si interessava ai profili delle dame, fratel Nicolas teneva il naso conficcato nel messale. Ogni tanto, però, gli occhi guizzavano tutt'intorno a osservare la chiesa e le persone.

Alla fine della messa il sacerdote gli chiese di cantare. Gli appartenenti alle confraternite erano noti per la bella voce, e questa conclusione del rito parve a tutti una buona idea, un omaggio alla contessa.

A piccoli passi decisi, fratel Nicolas raggiunse l'altare, si rivolse ai fedeli, le mani giunte, gli occhi socchiusi. Tutti ci predisponemmo all'ascolto di una voce d'angelo…

«Aaah! Peccatooores!»

Sant'Orso ci aiuti! Che sobbalzo facemmo sulle panche quando lui, sgranati gli occhi, ci trapassò le ossa con uno sguardo allucinato mentre dalla bocca usciva l'urlo straziato di una gallina a cui viene tirato il collo, il grido del maiale all'avvicinarsi del coltello!

Dame e cavalieri lo fissarono sgomenti, la contessa si portò una mano davanti alla bocca, qualcuno in fondo alla chiesa lanciò un gemito.

«Dies irae, dies illa,
solvet saeculum in favilla!»

cantò il confratello. Nessuno comprese il significato, ma il suono e il tono di quelle parole divine bastò a richiamarci alla mente i nostri peccati, e quando, come si usava in certe confraternite, fratel Nicolas iniziò a tradurle nella nostra lingua, le porte dell'inferno si spalancarono davanti a noi e le sue fiamme arrivarono a lambire i nostri piedi.

«Il giorno del giudizio,
sarà giorno dell'ira!
Ogni male è opera del demonio!
La notte il Maligno si aggira
come un leone ruggente,
a cercare voi peccatori!
Il fuoco vi catturerà,
le fiamme vi avvolgeranno!
Brucerete urlando di dolore,
le carni sfrigolanti!»

Fratel Nicolas, gli occhi che si catapultavano dalle orbite, estrasse un frustino dal mantello e iniziò a fustigarsi davanti a tutti. Si colpiva le mani, le gambe, perfino il viso, che incominciò a sanguinare macchiandogli la veste bianca.

Tutti lo fissavamo sconcertati. Non eravamo abituati a quelle scene di orrore, per noi la preghiera era un mite raccoglimento.

Per fortuna quell'esibizione durò pochi attimi, che però furono sufficienti a spaventarci e a invocare in cuor nostro l'ora di uscire.

5.

Ci radunammo davanti alla chiesa.

Era il momento del pagamento delle tasse. Pierre Sarriod e la contessa sedevano su due scranni, circondati dalle guardie. Davanti a mio padre iniziarono a sfilare gli abitanti del paese. Chi pagava l'imposta sulla vendita del pane dalla finestra, chi per il passaggio di merce attraverso le mura di Verrès, chi sull'uso di strumenti o terreni di proprietà degli Challant, chi sul numero di stanze della propria casa.

Chino su un tavolo, mio padre registrava i versamenti. Al termine annunciò al popolo una nuova franchigia.

«D'ora in avanti le spese del forno e della cottura del pane saranno a carico della contessa, che in cambio riceverà da voi tre pagnotte su dieci.»

Un mormorio serpeggiò tra la gente: «Tre pagnotte su dieci...»

Una voce si levò su tutte: «Con quello che ci costerà, nessuno di noi andrà a far cuocere il pane nel suo forno!»

A parlare era stato il maniscalco. Grande e grosso com'era non temeva di dire quello che pensava. Le guardie fecero l'atto di muoversi verso di lui, ma le trattenne un gesto di mio padre, che continuò il suo lavoro con voce grigia: «Pierre Sarriod ha stabilito che chi verrà colto ad agguantare qualcuno per i capelli con una mano sarà punito con un giorno di prigione, ma se le mani sono due allora i giorni diventeranno tre. Chi invece minaccerà con un coltello verrà punito con dieci, e così pure chi verrà sorpreso a introdursi in casa di un altro senza il consenso del padrone.»

Il maniscalco rise: «Anche le guardie andranno in prigione se entreranno nelle case dei poveracci?»

Scoppiò un applauso, seguito da un fremito di alabarde, ma mio padre passò oltre.

Annunciò che Pierre Sarriod voleva parlarci. Il luogotenente della contessa si alzò in piedi: aveva una grande spada luccicante appesa al fianco.

«Com'è diverso dal conte François, buon'anima!» sussurrò una voce.

«Il conte girava disarmato e alla domenica discuteva con noi di coltivazioni.»

Mi voltai. Ad aver parlato erano state due contadine, che per l'occasione avevano coperto le vesti rattoppate con scialli ricamati.

«Se la contessa l'ha scelto come luogotenente sarà di certo per il bene di tutti.»

«Macché! Lei vorrebbe governare in pace, Pierre Sarriod invece ama le armi e vuole la guerra.»

Guerra: allungai il collo, ma proprio allora Pierre Sarriod iniziò a parlare.

«Popolo degli Challant! I perfidi signori di Aymavilles, Ussel e Fénis pretendono dal duca di Savoia le terre che appartengono a Catherine di Challant. Ma è lei la vera contessa di Challant, e il solo modo per difendersi è quello di prepararsi agli attacchi fortificando i castelli del feudo. Pertanto a suo nome ordino che da domani tutti gli abitanti della valle prestino la loro opera gratuitamente, una volta alla settimana, per costruire ponti levatoi, fossati, mura.»

Ricominciarono i commenti.

Il mugnaio di Villa, che per venire al castello si era ripulito dalla farina e messo un cappello nuovo, disse in modo che sentissero tutti: «La contessa ci chiede di lavorare per lei, e noi non abbiamo mai negato aiuto agli Challant quando è giusto. Ve li ricordate invece, amici, quei signori che pretesero che i nostri nonni andassero a coprire con la terra le falde del ghiacciaio della Becca, perché col suo riverbero procurava fastidio alla pelle delle loro dame?»

«Quelle sì che erano prepotenze!» gridò la moglie dell'oste, che aveva il naso più rosso di quello del marito.

Altre donne del popolo annuirono, ma io notai l'espressione di sufficienza sul viso di Rebecca: lei di sicuro glielo avrebbe fatto ricoprire tutto il ghiacciaio, al popolo, pur di proteggere la sua carnagione candida!

«E vi ricordate i racconti dei nostri vecchi?» intervenne il proprietario del filatoio. «Quando, prima degli Challant, nella valle c'erano tanti signori, dovevano pagare le tasse a tutti, e alla fine non restava niente per le loro famiglie.»

«Oh, se è per questo» disse la lavandaia che lavorava lungo il fiume e aveva le mani contorte come rami, «anche quando i nostri padroni erano i monaci della prevostura dovevamo versare come tributo quasi tutto quello che coltivavamo.»

«Sì, però...» farfugliò una vecchia senza neanche un dente, «i monaci erano anche i soli a prendersi cura di noi durante le carestie e quando sulle nostre tavole non c'era niente da mangiare.»

«Preti o signori: quando c'è da arraffare nessuno si è mai tirato indietro» sentii sussurrare vicino a me, e c'era da scommetterci che si trattava del maniscalco.

Pierre Sarriod ordinava e decideva come fosse lui il padrone. La contessa era rimasta per tutta la discussione seduta in silenzio. Non capivo perché non avesse chiesto lei stessa l'aiuto della sua gente.

Di che ti stupisci? È solo una donna! suggerì la voce dentro.

Spalancai gli occhi: possibile che la legge che voleva le donne inferiori agli uomini valesse persino tra la contessa e il suo luogotenente?

Mio padre annunciò: «Per desiderio della contessa Catherine, ora andremo tutti a festeggiare il suo arrivo con una colazione nei prati!»

«Viva la contessa!» gridarono tutti, sventolando i cappelli. Anch'io gridai, e non avevo bisogno di suggerimenti per pensare: *Finalmente ci si diverte!*

6.

Mastro Philippe si offrì di accompagnarci, ma quando spalancammo il portone delle scuderie fratel Nicolas iniziò a guardarsi intorno aggrottando la fronte: non c'erano né cavalli né muli. In attesa, sulla paglia, solo lo strano carro di legno.

Con un balzo il maestro fu a bordo.

«Il nostro è il secolo delle invenzioni, caro fratel Nicolas. Per muovere il carro automotore occorre solo la forza delle mie braccia!» E iniziò a tirare verso di sé le cinghie che pendevano da un rullo sopra la sua testa.

Come per magia il carro si mosse. Io sapevo che era un sistema di ingranaggi a fare girare le grandi ruote di legno, ma ai miei amici sembrò un sortilegio. E quando, più lento di un bue all'aratro, il carro iniziò ad avanzare verso fratel Nicolas, lui prese a urlare come un matto: «È uno strumento del diavolo!» Agitava le braccia, tutto rosso in viso: «*Vade retro! Vade retro!*» Con uno scatto raggiunse l'uscita e si dileguò.

«Uomo di poca fede! Vede in ogni cosa l'opera del demonio, e non capisce che qui dentro» si toccò la fronte mastro Philippe, «c'è qualcosa di molto più potente, che viene da Dio e può fare del bene agli uomini.»

«Noi invece siamo pronti a partire» disse Laurent, e mettendo il piede sano su una delle grandi ruote gli si accomodò vicino.

Mirò gli fu subito compagno, ma per me, che avevo la gonna lunga fino a terra, l'impresa era più difficile. Fu Laurent a porgermi una mano senza che neanche avessi il tempo di chiederla, e quel contatto caldo fu come una sferzata che mi fece balzare a bordo.

Il corteo degli abitanti del castello e del seguito della contessa era pronto nel cortile: davanti i cavalieri, diritti sui loro cavalli, poi le dame, su carrette scoperte trainate dai muli, quindi un carro con i servi e infine il piccolo gruppo dei mendicanti, che non ci lasciava mai.

C'eravamo tutti, tutti dovevamo partecipare a quella festa, tranne mio padre, ancora una volta partito per affari.

Fratel Nicolas aveva trovato posto sulla carretta di Rebecca, dove erano seduti anche donna Serena e Alexis. Al nostro arrivo Madama Georgette, madama Henriette e madama Claudine si sporsero a guardarci, e anche le dame della corte di Catherine di Challant spalancarono gli occhi con tanti *oh!* e *uh!* di stupore.

«Diavolerie! Voltate gli occhi, o le fiamme del peccato verranno a bruciarvi!» intimava loro fratel Nicolas, non sapendo che le dame rapite dalla curiosità non temono neppure l'inferno.

Davanti all'ingresso aspettava una carretta vuota. Era giunta da Villa mentre eravamo in chiesa.

Diversa dalle nostre, aveva un'armatura di legno coperta da una tenda che riportava dipinto lo stemma bianco e rosso degli Challant. Le pareti laterali e gli sportelli erano ornati con fregi, e sul pavimento si intravvedeva un materasso per proteggere i passeggeri dai sobbalzi delle ruote. Era anche l'unica ad avere un cocchiere. Tutto doveva contraddistinguere la contessa, persino i cavalli, bardati con preziosi drappi di damasco!

Catherine di Challant stava visitando il castello, era molto tempo che non ci veniva, ma l'attesa non durò a lungo, poco dopo uscì con Pierre Sarriod, e solo quando salirono sulla carretta le guardie spalancarono il portone.

Con un colpo d'occhio che mi afferrò il cuore, la valle di Challant si aprì davanti a noi con il suo cielo splendente e i profili delle montagne a farle da corona. Più in basso, i prati e i campi coltivati scendevano fino alla rocca di Verrès e al fiume.

«Buongiorno!» applaudirono al nostro passaggio gli alberi con le loro foglie nuove, gli aghi sottili dei larici, le ghiande e le bacche appena formate delle querce e dei sorbi.

«Buongiorno, Dora!» salutavano le montagne, le punte ancora innevate.

«Buongiorno!» sussurrarono i prati, belarono le pecore al pascolo e trillarono gli uccelli.

Il mio cuore rispondeva a tutti: *Grazie, buongiorno!* Ed ero così felice che i presagi oscuri della guerra furono dimenticati.

7.

Le carrozze sferragliavano lungo la strada che scendeva al villaggio e che, dopo avere superato il fiume su un ponte di legno, risaliva verso i prati.

Al nostro passaggio le donne uscirono dalle case di legno agitando gli stracci come bandiere e chiamando a raccolta i bambini; i contadini nei campi alzarono la testa, chi faceva pascolare le pecore si spinse verso la strada. Persino le oche, dondolando sulle zampe, accorsero a guardarci.

A me non pareva vero che fossimo l'oggetto di tanta attenzione, proprio noi di solito così solitari e neanche un po' da invidiare per la nostra vita noiosa.

I bambini rincorrevano il carro automotore: erano più stupiti per quello strano mezzo o per il ragazzo dalla pelle nera che era a bordo?

Nei pressi della torre di Bonnod incrociammo i primi mercanti che, a piedi, sui cavalli o sui carri, trasportavano la loro merce da una valle all'altra.

Due guardie della contessa controllavano che versassero al gabelliere il pedaggio dovuto, poi li lasciavano riprendere il viaggio verso i mercati, le fiere e le botteghe della valle.

Nei prati davanti alla torre, fra l'erba e i fiori, i servi della contessa avevano allestito un banchetto.

Non riuscii a trattenere un grido di meraviglia: se non fosse stato per il sole caldo e il verde intorno, avrei potuto credere si trattasse del pranzo di Natale!

Focacce, ciambelle e biscotti ci aspettavano ammonticchiati su grandi piatti attorno ai quali si srotolavano lunghi cordoni di salsiccia, che andavano a contornare anche forme di cacio, taglieri con carne affumicata e lardo, pile di grandi pani rotondi. Sul prato alcuni servi stavano riempiendo di vino molte caraffe, altri avevano preparato vari spiedi su cui facevano girare file di polli; il vento portava dappertutto il loro profumo.

Erano state preparate anche coperte e cuscini, noi ci mettemmo seduti e fummo serviti di quel ben di dio. Per la contessa, invece, era stato predisposto uno scranno sotto un castagno, con un tavolo apparecchiato solo per lei e per Pierre Sarriod.

8.

Fratel Nicolas aveva radunato intorno a sé i mendicanti costringendoli in ginocchio.

«*Sursum corda,* fratelli! Sollevate i cuori!»

Quei miserabili lo stavano a sentire con gli occhi imploranti verso di noi, che ci stavamo ingozzando di focacce e vini. Mi facevano così pena che mi alzai e mi avvicinai a loro con un piatto di salsicce in una mano e nell'altra uno di ciambelle.

«Se tutti fossero signori, chi farebbe il pane? Chi lavorerebbe la terra?» proferiva fratel Nicolas con aria ispirata, rovesciando gli occhi. «Iddio ha ordinato che ci siano dei ricchi e dei poveri a questo mondo, e che i ricchi siano serviti dai poveri. A cosa servono i poveri? Affinché, grazie a loro, i ricchi guadagnino la vita eterna. Se i poveri non ci fossero, non ci sarebbe a chi fare l'elemosina, o praticare la misericordia e la pietà! Avete compreso, fratelli, quanto siete necessari?»

E quelli, gli occhi umidi di piacere, facevano *sì, sì* con la testa, divorando senza quasi respirare le ciambelle e le salsicce che avevo portato.

Nel tornare passai accanto a un gruppo di cavalieri.

Laurent mi vide, accennò un inchino e mi venne incontro.

«Voi sì che avete sollevato i cuori di quei poveretti…» mi sussurrò.

Mastro Philippe era al centro di una discussione. Teneva tra le mani la pagina di un libro scritta su entrambi i lati. Strano: sapevo che nella pergamena si utilizzava la parte più liscia per la scrittura, mentre all'altra, più rugosa, venivano riservate le illustrazioni.

«Questa pagina, signori, è fatta di carta bambagina, che presto prenderà il posto della pergamena.»

«Voi credete a queste frottole, messere?» chiese un cavaliere della corte di Catherine di Challant.

«Certo! La pergamena è ottima per scrivere, ma ha un costo molto alto. Sapete quante pelli di pecora dobbiamo usare per un libro? Greggi interi! E se i libri, anziché pochi e solo per alcuni, diventassero mille e mille, cosa dovremmo fare alle nostre povere pecore? Ucciderle tutte?»

Un gregge pascolava pacifico nei prati, e tutti girammo gli occhi a considerare la faccenda.

«La carta bambagina è fatta di stracci, ed è ugualmente buona. Osservate, signori, questa pagina che viene da Fabriano, dove lavorano i migliori cartai del mondo...»

«I libri sono pochi, il problema non si pone» intervenne messer Gilles, che aiutava mio padre nella compilazione dei documenti.

«Non per molto tempo, mio signore! Sempre più persone stanno imparando a leggere e hanno desiderio di informarsi e di studiare: dottori, notai, architetti, banchieri...»

«Voi vaneggiate! I costi di un manoscritto sono troppo elevati, oggi se li possono permettere solo i nobili che posseggono quindici manoscritti al massimo nelle loro biblioteche.»

Negli occhi di mastro Philippe brillò una luce:

«È proprio per risolvere questo problema che è pronta un'altra invenzione...» Si chinò ad aprire la cassetta che aveva ai piedi ed estrasse altre pagine di carta bambagina su cui erano impresse parole e disegni, distribuendole ai presenti.

Curiosa, allungai il collo, mi alzai in punta di piedi, il cerchio dei cavalieri però si strinse escludendomi. Sospirai delusa, mentre una mano delicata mi si posava su un braccio: «Volete dare un'occhiata, madamigella Dora?» e Laurent mi porse uno di quei fogli.

Si trattava di una pagina sulla quale la scrittura appariva regolare, strana, e glielo dissi.

«Mi stupite ogni momento di più, madamigella Dora. Siete una dama eppure avete interesse per i discorsi dei signori» mi sussurrò il cavaliere dagli occhi di ghiaccio, fissandomi come se avesse di fronte una creatura bizzarra e soffiandomi le parole in un orecchio. Sentii il viso infiammarsi. Mai mi era successo che un giovane mi si avvicinasse così tanto da potergli notare la peluria bionda che aveva sul mento.

«Devo confessare che mi piacciono molto, cavaliere.»

«Non avevo ancora incontrato una damigella attenta ai libri e alle invenzioni, e ne sono sorpreso...»

«Ciò vi capita perché non volete rassegnarvi al

fatto che anche noi donzelle abbiamo un cervello e sappiamo pensare.»

Che santa Brigida, protettrice delle dame che riescono a mortificare la lingua, mi perdoni: Laurent mi aveva provocato e non ero riuscita a stare zitta.

Lui però non si offese. Nei suoi occhi passò un lampo di ammirazione: «Siete voi a essere diversa dalle altre, e scommetto che questi argomenti vi interessano più delle compere della vostra matrigna.»

Mi voltai: Rebecca, madama Henriette, madama Georgette e madama Claudine chiocciavano intorno al carro di un mercante di scarpe, curiosando tra le ultime novità della moda.

«Ho indovinato?» Il suo sguardo, scheggia di fuoco, mi passò da parte a parte.

Rimasi senza risposta, senza pensieri e tremante. Ci si sentiva in questo modo quando si viene folgorati dal fulmine dell'amore?

Mastro Philippe, intanto, rispondeva alle domande dei cavalieri.

«Avete notato la regolarità della scrittura? Non dovete stupirvi, perché quelle che vedete non sono parole e disegni scritti da un copista. Non è stata una mano umana a fare il lavoro...»

«È un'opera soprannaturale?»

«È stata una macchina!»

«Allora è una diavoleria!»

«E no, signor mio, il diavolo non c'entra. È frutto di un'invenzione dell'uomo, e si chiama *stampa.*»

Mastro Philippe iniziò a spiegare: su stampi di stagno o piombo venivano riprodotti caratteri regolari con cui potevano essere composte delle parole che poi, disposte su forme e cosparse di inchiostro, davano luogo a intere pagine scritte.

«Con questa invenzione, un manoscritto, che di solito ha bisogno di anni di lavoro, potrà essere riprodotto in poche ore e in centinaia di copie.»

I presenti si guardavano perplessi, ma lui insisteva: «Nel nord dell'Europa mastro Gutenberg sta lavorando a un progetto straordinario: stampare la Bibbia, e forse a quest'ora l'avrà già finita. Ci pensate, signori? Tutti potranno leggere e imparare... perfino loro.» E indicò il gruppo dei servi che stava sparecchiando i tavoli poco distante.

Alcuni scoppiarono a ridere a quell'idea, ma il cavaliere più anziano della corte di Catherine aggrottò le sopracciglia: «I misteri della Bibbia ce li possono spiegare solo i sacerdoti, nessuno può leggere da solo il Libro Sacro, tanto meno dei servi. Questa è un'invenzione pericolosa!»

«Io penso invece che sia una possibilità di vita in più» replicò mastro Philippe.

Com'era intelligente il mio maestro, quante cose conosceva!

Non sapevo niente di invenzioni, ma solo a sentirle nominare il cuore mi si spalancò. Cominciai a battergli le mani, ma fui investita dagli sguardi di rimprovero dei cavalieri e smisi subito, allontanandomi e vergognandomi come se avessi commesso un peccato.

Com'era sciocco che tante novità venissero rifiutate, com'era ingiusto che una ragazza non potesse esprimere le sue idee e venisse esclusa da quei discorsi!

9.

Rebecca e le altre si erano rimesse a sedere sull'erba per confrontare i nuovi acquisti. Quando mi videro li infilarono svelte sotto le gonne.

«Cosa nascondete? Posso vedere anch'io?»

«Non sono cose che ti riguardano» rispose, brusca, Rebecca. «Cosa ci facevi laggiù? Ti sembra educato stare ad ascoltare i discorsi dei cavalieri?»

Ma non udì la mia risposta, troppo presa da una nuova occupazione.

Poco più in là sedevano le dame di compagnia della contessa. I due gruppi si tenevano d'occhio, come gatti che arruffano il pelo in vista della battaglia. Ogni particolare negli abiti, nelle pettinature, nell'atteggiarsi, veniva osservato, criticato, ritagliato e fatto a pezzi, ma negli sguardi delle *straniere* prevaleva il compatimento per i modi rozzi e i vestiti fuori moda delle avversarie.

«Gliela faremo vedere a quelle smorfiose come si sanno vestire le dame di Challant» mormorò Rebecca, picchiettando con la mano il misterioso acquisto nascosto sotto la gonna.

A metà pomeriggio iniziarono i giochi.

I bambini si divertirono a soffiare acqua da una cannuccia, i ragazzi più grandi organizzarono una gara di tiro alla fune, i cavalieri si sfidarono in un torneo con gli scacchi.

Laurent, che non poteva sforzare la caviglia, fu accettato in quest'ultimo gruppo, e Mirò si mise a suonare il liuto e a cantare, allietandoci tutti.

Le dame del nostro castello si erano disposte in cerchio per giocare, ma quando chiesi di partecipare Rebecca mi allontanò: «Il tuo compito sarà di andare a riprendere la palla.»

Alzai le spalle, rimettendomi a sedere sul prato: che m'importava di loro? Tuttavia divenni triste, non mi ero ancora abituata a sentirmi un'esclusa. Abbassai gli occhi, ma a un tratto mi colse una strana sensazione.

Qualcuno ti osserva.

«Cavaliere, un poco di attenzione! Se avete altri interessi possiamo smettere» disse una voce più in là. Era messer Gilles, impegnato a giocare a scacchi con Laurent a un tavolo non molto distante.

Si era distratto a causa mia? Era suo lo sguardo che avevo sentito su di me?

«Dora, sciocca ragazza con la testa tra le nuvole!» urlò la matrigna, mentre la palla stava rotolando lungo il prato verso il fiume.

«Ora vado a riprenderla, che sarà mai!» replicai soltanto, ma lei incominciò a riversare contro di me parole fitte e pungenti come chicchi di grandine: che ero maleducata, che non sapevo stare in società, e che questo era il risultato di un'educazione sbagliata, volta a proteggere la mia bruttezza.

Quest'ultima offesa non riuscii a digerirla. Scoppiai in lacrime e incominciai a correre giù per la china. Avrei voluto essere quella palla che inseguivo, gettarmi nel fiume e affogare.

Invece mi fermai sulla riva, fissandola mentre veniva portata via dall'acqua irruente dell'Evançon.

Mille domande mi tempestavano la mente.

Potevo sopportare ancora?

Ma che avrei potuto fare, altrimenti?

Fuggire?

Chiedere aiuto?

Tutto era inutile. Ero sola. Sola e senza via d'uscita.

«Dora, ti senti bene?»

Laurent mi venne incontro sul sentiero zoppicando.

Il suo sguardo azzurro era velato di preoccupazione. Mi aveva chiamata *Dora,* e non *Madamigella Dora.* Non aveva chiesto: *Vi sentite bene?* ma: *Ti senti bene?* come avrebbero potuto dire mio fratello o mia madre.

Un linguaggio dell'affetto… sussurrò la voce.

Finalmente qualcuno soffiava affetto negli spiragli della mia vita solitaria?

Spuntò il viso sudato di Mirò.

«Madamigella Dora, per fortuna vi abbiamo trovata! Non sapete che voglia avevo di afferrarla per il collo, quella gallina, quando l'ho sentita offendervi!» Fece una pausa, per prendere fiato, poi domandò di getto: «Non conoscete un'erba che sia utile a cambiare il cattivo carattere della vostra matrigna o almeno a farle venire il mal di pancia?»

Era talmente agitato che venendomi incontro inciampò in un sasso e mi cascò addosso. Rotolammo a terra e per poco non finimmo nel fiume.

Scoppiammo a ridere.

La rabbia e il dolore si erano sciolti al pensiero che Laurent e Mirò avevano lasciato i giochi per venire a consolarmi. Non era vero che ero sola. Non lo ero più.

Mentre risalivamo il sentiero di ritorno alla torre di Bonnod, Laurent raccolse una margherita e me la porse.

Allora mi sentii orgogliosa e felice come una dama alla quale il suo cavaliere, in una giostra o in un torneo, offre la propria manica o l'insegna del suo casato.

10.

Sbucai nel prato, dietro un cespuglio così vicino al castagno sotto il quale era seduta la contessa che senza volerlo ne ascoltai i discorsi.

«Non voglio la guerra, dovrete fare il possibile per evitarla, Pierre.»

«Ci sfidano ogni momento, signora. Ieri notte una banda armata è venuta sotto la mia finestra a minacciarmi... E due giorni fa il signore d'Aymavilles ha inviato un gruppo di arcieri sulla strada per Chatillon, dove passo di solito. Per fortuna sono stato avvertito da un servo, altrimenti...»

La contessa allungò un dito verso le sue labbra:

«Non ditelo! Non voglio neanche pensarlo...»

«Io sarò sempre dalla vostra parte, Catherine, anche se dovessi rinunciare alla vita. Ma i vostri vassalli non si sono ancora convinti. Temono di perdere i favori del duca d'Aosta, ma se prendessero posizione a vostro favore sono certo che i vostri cugini andrebbero più cauti con le minacce e gli agguati, e forse la guerra si potrebbe evitare.»

Catherine di Challant spinse indietro la testa, il suo sguardo brillò: «E se fossi io a convincerli?»

«Volete esporvi? Non è mai accaduto che una signora...»

«Ci ho pensato tanto, e ho capito che è mio dovere dire quello che penso ai miei vassalli, farmi riconoscere pubblicamente da loro come guida.»

Pierre Sarriod si alzò in piedi, rosso in viso: «Ma allora io, signora, non conterei più niente...»

«Voi sarete al mio fianco come sempre. Pierre, per me non sarà facile, ma loro ne hanno bisogno, e devo! Mi sento così... così...» Scosse la testa, alzò gli occhi e lo fissò. «Ma se vi saprò vicino, riuscirò a trarre da me stessa tutta la forza che mi occorre.»

Il volto di Pierre Sarriod si rischiarò: «No, voi la forza ce l'avete dentro sempre, mia signora. Siete la degna nipote del grande Iblet, e più di tutti sapete cosa è meglio per il vostro feudo.»

«Come vorrei che anche gli altri cavalieri la pensassero in questo modo! Vi prego, Pierre, cercate di non lasciarvi trascinare dalla rabbia, di trattare, di accordarvi con il duca di Savoia. Fatelo per me. Promettetelo!»

Pierre Sarriod si inchinò.

«Farò come desiderate, anche se il mio impulso sarebbe quello di sfidare i vostri cugini a uno a uno e di andare dal duca e costringerlo...» di nuovo stava diventando tutto rosso e con le vene che gli pulsavano sul collo.

«Pierre! Avete appena promesso!»

Lui mostrò un pugno a se stesso: «Ah! Il mio carattere è come un cavallo selvaggio! Per fortuna ci siete voi a domarmi, signora...»

Le voci si abbassarono, si fecero intime.

Le sussurrò qualcosa.

Lei sorrise. Lui replicò, gentile.

E quando la contessa annuì arrossendo, Pierre Sarriod le prese gentilmente la mano e se la portò alle labbra.

«*Mon amour*» le disse, «*mon amour...*»

11.

Tornai indietro, facendo segno a Mirò e a Laurent di imboccare un altro sentiero.

Sotto la torre i giochi erano terminati e i cortigiani erano di nuovo seduti sull'erba a chiacchierare.

Un rumore di carrette che sferragliavano e di cavalli che scalpitavano li fece voltare tutti verso la strada, dove un breve corteo di nobili stava risalendo verso il passo.

«È Marguerite di Challant» dissero le dame quando riuscirono a distinguere le insegne sulle carrozze e sugli stendardi portati dai soldati.

Come un vento baldanzoso, Pierre Sarriod montò a cavallo e galoppò incontro alla carretta della sorella della contessa Catherine, arrestandone il cammino.

Marguerite di Challant era diversa da Catherine, magra e incupita non godeva del portamento vivace e fiero della sorella.

Durante la lotta per la successione aveva tenuto un comportamento ambiguo: dapprima si era alleata a lei, rinunciando al titolo e alla sua parte di eredità in cambio di undicimila fiorini, poi invece, quando l'impegno contro il duca e i cugini si era fatto più pressante, l'aveva denunciata al balivo, accusandola di averla ingannata e pretendendo la restituzione dei suoi beni.

Ora viveva con la sua corte nel castello di Verrès, di cui si era riappropriata.

Marguerite odiava Pierre Sarriod. E lui odiava lei.

«Il castello di Verrès è un pugno nell'occhio di

Pierre Sarriod» sussurravano i cavalieri mentre ci avviavamo tutti verso la strada per assistere all'incontro tra i due.

Marguerite era seduta nella carretta tra le sue dame. Vedendo Pierre Sarriod avvicinarsi si irrigidì, parendo ancora più ossuta e arcigna.

«Felice di vedervi in salute, contessa» s'inchinò lui, con un tono di voce e uno sguardo che esprimevano il contrario.

«Salute anche a voi, messere.» La voce di Marguerite tremava, gli occhi erano sfuggenti.

«Spero che la permanenza al castello di Verrès non vi dia problemi...» Il cavallo di Pierre Sarriod era irrequieto e scalpitava.

«Nessun problema, messere, e ora se non vi dispiace vorremo proseguire...» Fece un cenno al cocchiere, ma Pierre Sarriod spronò il cavallo verso il centro della strada, impedendo alla carretta di muoversi.

«Ancora una parola, madama...»

«Non abbiamo più niente da dirci, messere.» La voce di Marguerite si era fatta stridula.

«Invece sì. È da molto che desidero dirvi quello che penso davanti ai vostri sudditi.» Il cavallo nitrì, Pierre Sarriod lo sovrastò: «Signora Marguerite, voi avete venduto il vostro onore in cambio di una manciata di denari. Non siete degna di portare il nome degli Challant, non meritate di possedere il castello di Verrès! Avete tradito la fiducia dei vostri sudditi e di vostra sorella, che ogni giorno è costretta a difendere ciò che le appartiene di diritto.»

Marguerite aveva il viso del colore della cera.

«Verrès spetta a Catherine, lasciatelo libero!» urlava Pierre Sarriod ormai fuori controllo, mentre le guardie di Marguerite lo attorniavano, spingendolo lontano dalla strada e permettendo al corteo di ripartire. A quella mossa i soldati di Catherine corsero in soccorso del loro signore, pronti ad attaccare, ma Pierre Sarriod con un gesto li fermò: «Ora vi lasciamo andare, ma un giorno brucerò il vostro castello!»

Il corteo di Margherite di Challant era già oltre la curva, verso il passo, quando Pierre Sarriod ritornò nel prato, dove la contessa Catherine lo aspettava.

Non aveva mosso un dito né pronunciato una parola, e ora lo fissava pallida. Dove era finita la promessa di pace che le aveva giurato poco prima?

In silenzio salirono insieme sulla carretta e, circondati dalle guardie, risalirono verso Villa.

Anche il resto dei cortigiani di Catherine di Challant si preparò a ritornare. Noi del castello ci unimmo a loro e io salii sulla carretta con Alexis.

Lungo il percorso, tra i cavalieri in sella ai loro

destrieri e le dame sulle carrette fu tutto un rimando di commenti.

«Pierre Sarriod ha ragione ad avercela con la contessa Marguerite: prima ha ceduto l'eredità a Catherine, poi però l'ha denunciata al duca d'Aosta, e ora finge di essere la migliore delle sorelle!» si diceva da una parte.

«Non era sua intenzione tradire gli Challant. Voleva solo che Pierre Sarriod non si intromettesse nelle questioni ereditarie» si rispondeva dall'altra. «Se ci fosse un erede maschio, tutto questo ci sarebbe risparmiato.»

Ero intenta ad ascoltare, e spalancai bene le orecchie quando iniziarono ad alludere al rapporto fra Pierre Sarriod e la contessa. A nessuno erano sfuggiti i gesti affettuosi, gli sguardi, ma solo io avevo udito le parole d'amore. Solo io conoscevo il segreto della contessa.

Però Catherine di Challant non voleva la guerra, mentre Pierre Sarriod, nonostante le promesse, la desiderava. Chi dei due avrebbe avuto la meglio?

Ma anche se non fossero stati loro a dichiarare la guerra, non ci avrebbero pensato i nemici della contessa? E allora che ne sarebbe stato di noi, che invece non potevamo decidere niente?

Stanca di pensieri, alla fine mi lasciai cullare dal dondolio della carretta che risaliva la strada verso il castello. Per consolarmi accarezzavo nella tasca la margherita che mi aveva donato Laurent.

Mentre il sole tramontava dietro il Mont Avic dipingendo il cielo di strisce rosse e arancioni, nel prato davanti alla torre i mendicanti si aggiravano tra l'erba e i sassi, saziandosi finalmente con gli avanzi.

Mirò Godret

1.

Il lunedì, fin dall'alba, sotto le mura del castello fu tutto un risuonare di richiami, di colpi e rimbombi. Nella nostra stanza però nessuno sembrava farci caso.

Fratel Nicolas pregava in ginocchio, il mio padrone se ne stava disteso sul letto a meditare, ma un ragazzo assetato di avventura come me, poteva mai fare finta di essere sordo?

Non stavo più nella pelle, i piedi non ne volevano sapere di rimanere fermi e misuravano avanti e indietro la stanza. Finché messer Laurent si alzò dal letto: «E va bene, Mirò, andiamo a vedere quello che succede.»

Corsi ad aprirgli la porta. Per fortuna la caviglia si era sgonfiata, e zoppicava appena.

Dopo avere chiuso con uno sbrigativo *Amen* il libro di preghiere, anche fratel Nicolas volle essere dei nostri, e, mentre sfilavamo nel corridoio, da una delle stanze si affacciò madamigella Dora: «Sono arrivati due famosi maestri d'armi!» ci annunciò, unendosi al gruppo.

Gli occhi mi dolevano dal tanto guardare che feci quella mattina.

Mentre un pugno di soldati innalzava terrapieni di difesa portando pietre e terra con le carriole, dei contadini scavavano un fossato intorno al castello. Alcuni abitanti del villaggio riparavano le mura nei punti in cui avevano ceduto, altri trasportavano a braccia, fin sui merli, sassi di tutte le misure.

«Sono pronti per essere scagliati con le fionde» disse messer Laurent, che la guerra l'aveva studiata. Io invece sentivo già nelle orecchie il fischio dei lanci e mi immaginavo a tempestare di colpi il nemico, a espormi durante il tiro per poi ripararmi dietro i merli.

Anche quelle due parole che aveva pronunciato madamigella Dora, – *maestro* e *armi* – erano troppo affascinanti perché non ci sognassi sopra. Sapevo che cosa fosse un fabbro perché anche nel nostro villaggio ce n'era uno, ma un *maestro d'armi* chi l'aveva mai visto?

«Andiamo a visitare la fucina» disse madamigella, per farmi contento. Lei, però, aveva occhi tristi, pareva non divertirsi affatto.

In uno dei cortili due file di uomini si stavano esercitando al tiro a segno. Una era composta da soldati in armatura e l'altra da abitanti della valle, scalzi e vestiti con braghe e camicie rattoppate. Su un muro era appesa una grande ruota di legno, contro la quale scagliavano le frecce.

«Dai, colpisci!» li incitavo, e: «Bravo!» esultavo quando il bersaglio veniva centrato. I soldati erano i più esperti e lanciavano con le balestre, i contadini, invece, a malapena riuscivano a tendere gli archi e sbagliavano sempre la mira.

«Eravamo meglio noi, quando giocavamo alla guerra da bambini» scherzai, ma il mio padrone aggrottò le sopracciglia: «Se la guerra scoppierà presto, questi uomini non faranno in tempo ad imparare...»

«Poco male, avranno le corazze a proteggerli» disse fratel Nicolas, seguendo con gli occhi le frecce in volo.

«Vi sbagliate, i contadini non posseggono armature, elmi e bracciali, solo i signori se li fanno fare su misura.»

«Allora cosa gli accadrà?» La domanda di madamigella Dora pareva un soffio spaventato. Neanche quel gioco le piaceva?

«Questi contadini saranno i primi a morire» chiuse il discorso messer Laurent, più cupo di un gufo, voltando le spalle e allontanandosi con gli altri due.

Quelle parole si portarono via tutto il mio piacere. Per la rabbia tirai un calcio a un sasso, mandandolo a colpire un pilastro con mira perfetta.

2.

Il fuoco crepitava sotto una grande cappa.

Due fabbri, i muscoli scolpiti nella roccia, stavano forgiando frecce percuotendo con un martello l'acciaio. Più in là, a un tavolo, alcuni garzoni intrecciavano corde con fibre di canapa e davano forma a balestre e ad archi. Scivolai alle loro spalle: «Sono rami di frassino e nocciolo, vero?»

Nel riconoscere gli alberi non mi batte nessuno, l'avevo detto solo per darmi delle arie con madamigella Dora. La mia bravura però impressionò quei giovani. Uno di loro, alzando gli occhi su di me, ebbe un soprassalto, e quello cui stavo dietro cambiò posto per l'emozione.

Mastro Floquet, in piedi davanti alla finestra a controllare il filo di una freccia, accennò un inchino: «Madamigella, signori, per servirvi.»

Lanciai una lunga occhiata alle spade appoggiate lì vicino.

«È lui il maestro d'armi, padrone? Chissà quanti tipi ne conosce! Avete mai visto lame più luccicanti?»

Più curioso di me pareva fratel Nicolas.

Zampettava nella fucina come una gallina, ficcando il naso dappertutto.

«Non toccate niente, non sono strumenti di chiesa» lo rimproverò Floquet. Fratel Nicolas allungò un dito verso il mucchio di balestre: «Ne farete ancora molte? Solo balestre o altro?» Ne sollevò una, appoggiandosela al petto. «Quanto è lungo il suo tiro? Quanti uomini può ferire un'arma come questa?»

Mastro Floquet alzò gli occhi al cielo: «Insomma, ho da fare, non vedete? E poi vi ho detto di non toccare niente!»

Allora il fabbro, che faceva risuonare l'acciaio come rintocchi di campane, fece tuonare anche la voce: «Ognuna di queste frecce è così aguzza che può trapassare anche due uomini.»

«Possono morire entrambi?» Gli occhi di fratel Nicolas riflettevano le lingue di fuoco con un'espressione di avidità che mi colpì. Sembrava più eccitato di me, che ero solo un ragazzo che voleva giocare.

Il fabbro alzò un sopracciglio: «Bene non gli fa di sicuro, fratello!»

Mi pareva una bella battuta e mi venne da ridere, ma poi mi cucii subito la bocca vedendo che madamigella Dora e messer Laurent non si erano divertiti per niente.

La porta che dava su un'altra stanza si spalancò:

«Mastro Floquet, venite per piacere, Mastro Catelina chiede un vostro parere» disse un servo.

Lo seguimmo, e quale non fu la mia meraviglia quando mi accorsi che dappertutto, là dentro, erano accatastate alabarde, lance, archi, balestre e una montagna di frecce.

«Quelle balestre piccole sono le manesche, e si possono portare a cavallo!» mi entusiasmai. Io non avevo un precettore come il mio padrone, ma nella biblioteca del nostro palazzo possedevamo un libro che raffigurava tutte le armi, e l'avevo consumato dal tanto sfogliarlo.

Mastro Floquet si voltò verso di me: «Te ne intendi di armi, ragazzo con la pelle nera. Allora forse saprai che questa invece è una balestra a crocco: per tendere la corda il gancio viene fissato al polso dell'arciere. E questa è una balestra a staffa, dove viene infilato il piede.» Mi indicò anche una balestra a ruota d'ingranaggio e una a martinello, con una ruota e una manovella, che dava più potenza alla corda con un piccolo sforzo.

Non avrei voluto uscire mai più da quella stanza.

«E questi cosa sono?»

In un angolo giacevano alcune lunghe canne di ferro. Erano colubrine che sparavano a distanza palle di pietra. Mastro Floquet mi disse anche quanto potesse essere pericoloso per un uomo riceverne una addosso, e che buchi apriva nel suo corpo!

«Ma come fanno a essere lanciate, se non c'è corda né arco?»

«Pare un prodigio, vero?» disse mastro Catelina, con l'espressione di un mago. «Tutto merito di una polvere speciale, che prima viene introdotta nella bocca della colubrina e poi accesa col fuoco. Lo scoppio provoca l'espulsione della palla a forte velocità. Queste armi sono molto più utili delle balestre, e sono certo che tra qualche anno, per combattere le guerre, non si useranno più archi e frecce. Non avete mai visto uno schioppo?»

Scossi la testa così forte per l'emozione che per poco non mi rotolò via.

«È una piccola canna di ferro che spara pallottole, ogni soldato può portarne una in spalla e colpire senza difficoltà.»

«Un vero miracolo!» esclamò fratel Nicolas.

«Non è un miracolo, è un'invenzione.» Mastro Catelina era molto soddisfatto, e lo ero anch'io, immaginando un futuro di eserciti di schioppettieri che marciavano allegri contro il nemico.

«Le invenzioni devono fare del bene alle persone, queste armi invece...» interruppe i miei pensieri madamigella Dora. Era pallida e sembrava turbata. Anche il mio padrone lo notò: «Non è detto che vengano usate. Servono solo a prepararsi alla difesa.» Ma lei non parlò più e corse via.

Fratel Nicolas continuava a far girare gli occhi

da falco tutt'intorno: «Cinquanta balestre e cinquanta colubrine significano perlomeno duecento nemici morti...» Fece per tirare la corda di una balestra, ma un dito gli restò incastrato e gettò un urlo. Si comportava proprio come un bambino, ben gli stava!

Mastro Catelina gliela tolse dalle mani: «Le armi non sono cose da preti, fratello, e invece che conoscere il numero dei morti fareste meglio a cominciare a pregare per i vivi.»

Fratel Nicolas si fece rosso e nascose la vergogna dietro il suo *latinorum*: «*Si vis pacem, para bellum*! Anche un uomo di chiesa come me deve sapere cosa succede in guerra, se vuole difendere la pace!»

«Toglietevi dalla testa la parola *pace*, fratello!»

«Qui si prepara la guerra per farla a lungo, se vogliamo conservare il nostro lavoro!»

Poi mastro Catelina pronunciò una frase che mi rimase impressa nella mente come il marchio sulle cosce dei vitelli: «La guerra non è una predica. La guerra è sangue, morti, pianto, dolore.»

L'aveva scandito così bene che all'improvviso mi parve di udirli quei pianti, proprio come avevo sentito la marcia degli schioppettieri che adesso non erano più allegri.

«Ma allora, se lo sapete, perché costruite tutte queste armi?»

«Perché è il nostro mestiere, da vivere ce lo

guadagniamo in questo modo e non ne conosciamo un altro.»

3.

«Venite tutti!»

La voce agitata di madamigella Dora ci chiamò in un'altra stanza.

Meraviglia delle meraviglie! Di fronte a me c'era una balestra grande quanto dieci balestre e composta da diversi archi tesi sul fusto. Le parti in ferro, cosparse di olio, brillavano come i muscoli di un mostro che per ora era addormentato, ma che se veniva svegliato poteva produrre stragi.

«È un'arma di distruzione potente, ora non resta che darle un nome» disse mastro Catelina.

«Potreste chiamarla *la draghessa...*»

Mastro Floquet mi batté sulla spalla: «Bravo ragazzo, *la draghessa* è il nome giusto!»

Fratel Nicolas girava intorno alla balestra con gli occhi fuori dalle orbite: «Ma... ma con solo tre di queste, l'esercito dei Savoia verrà sbaragliato in quattro e quattr'otto!»

Mastro Floquet e mastro Catelina annuirono, lui allora gli si appiccicò come una zecca, e senza tirare il fiato partì con una serie di domande a raffica: quanti soldati servivano per farla funzionare?

Quante frecce lanciava in una volta? Poteva lanciare anche palle? Quanti uomini poteva colpire?

Io stavo per conto mio. Non ero più interessato a quei particolari, mi erano venuti a noia.

Immaginavo la grande balestra in azione. Vedevo i soldati issarla fino sui merli del castello, tendere la corda lungo il fusto, farla scattare, scagliare le frecce che, come corvi neri, tagliavano l'aria oscurando il sole. Ma poi le vidi anche atterrare e andare a colpire la testa, le braccia, il petto dei nemici. Vidi il sangue scorrere…

A quel punto la fantasia scoppiò come una bolla di sapone, e non volli immaginare altro.

4.

Quella notte la valle risuonò di scoppi di spingarde e di colubrine provenienti dai castelli intorno.

Non facevamo in tempo ad addormentarci che venivamo svegliati, e quando ci alzammo non solo le gambe ma anche i pensieri risultarono pesanti da trascinare.

Qualcosa di importante, anche da noi, era già successo. Un servo ci informò che prima dell'alba erano state uccise due guardie della contessa, giù a Villa.

Il castello era in subbuglio, dame, cavalieri e

servi non la smettevano di raccontare il fatto, aggiungendo ogni volta qualcosa. Ne avevamo piene le orecchie.

Per non ascoltarli più, madamigella Dora ci propose una passeggiata nel bosco, ma messer Laurent disse che non sarebbe venuto perché la caviglia gli faceva ancora male.

Il bosco gorgheggiava di canti di uccelli, il profumo di resina e di fiori riempiva l'aria. Io non pensavo più a quello che era successo, camminavo, canticchiavo la ballata della primavera e mi guardavo intorno, lei invece era silenziosa e teneva la fronte aggrottata come se un topo gliela rodesse.

Quando ci sedemmo in riva al torrente che scendeva verso Verrès le offrii il pane e il formaggio che avevo portato con me.

«Non ne ho voglia» rispose.

Addentai il formaggio morbido e profumato di fiori. «Come si fa a non avere voglia di mangiare?»

«Dimmelo tu, invece, come si fa a mangiare con tutto quello che si sta preparando.»

La fissai per bene: quel topo le aveva proprio rosicchiato via tutta l'allegria. «Nonostante gli sforzi della contessa la guerra è già qui, Mirò.»

«Il vostro castello è protetto: non avete visto quante armi potenti e moderne si stanno costruendo?» Io avevo ancora negli occhi il luccichio della grande balestra, ma lei la vedeva in un altro modo.

«Non capisci, Mirò, che se possediamo noi quelle armi, di sicuro le hanno anche i nemici. Non capisci che moriremo tutti?»

«Voi cosa c'entrate, madamigella? Non salirete mica sui merli a tirare…»

«Attaccheranno il nostro castello, gli daranno fuoco, moriranno le persone che conosco, mio padre, mio fratello…» La voce inciampò e rotolò in un precipizio di lacrime.

Riposi il pane e il formaggio nella bisaccia. La fame mi era passata. Una cosa era la bellezza e il luccichio delle armi, una cosa le persone che morivano.

Mi chinai verso il torrente. Volevo riempire la borraccia per farla stare meglio, ma non ci riuscii. Il flusso dell'acqua stava diminuendo. Era come se qualcuno la stesse risucchiando, e dopo qualche minuto non ne restò neanche una goccia. C'era forse un gigante che si stava abbeverando sulla cima?

Madamigella Dora si mise un dito sulle labbra facendomi segno di tacere. Si udivano dei rumori provenire da poco più in alto sulla montagna.

Risalimmo la china nascosti tra i cespugli. Quasi in cima non c'era un gigante ma un gruppo di soldati. Stavano piantando una croce nel mezzo del torrente asciutto. Pierre Sarriod era con loro.

«Chiunque oserà togliere questa croce e ristabilire il corso dell'acqua dovrà vedersela con la mia spada!»

Aveva un'espressione minacciosa, la stessa del suo cavallo, che stringeva il morso sbavando ed era così nero da mettere paura.

«Andiamo» ordinò, «il castello di Verrès ci aspetta e la vendetta per quello che è successo stanotte sarà compiuta.»

«Se opporranno resistenza cosa dovremo fare, signore?» chiese il capitano.

«Non resisteranno, sono quattro soldati disabituati a combattere.»

Spronò il cavallo verso la strada, seguito dai suoi.

Quando se ne furono andati scivolammo fuori dai cespugli. Poco più sopra, le acque del torrente erano state deviate sull'altro versante e ora il suo corso era asciutto come un sentiero.

«In questo modo i campi e le case di sotto non riceveranno più acqua, Pierre Sarriod vuole mettere in difficoltà i contadini e conquistare Verrès!» disse madamigella, e aggiunse, afferrandomi una mano: «Andiamo, Mirò, se prendiamo per i sentieri nel bosco precederemo i soldati e li avvertiremo.»

«Ma, madamigella, voi appartenete a Villa, quelli di Verrès non sono vostri nemici adesso?»

Con questi signori, che prima erano alleati e poi nemici, non ci capivo più niente. Come risposta mi diede uno strattone al braccio con una forza che non avrei mai immaginato in una donzella: «Macché nemici, li conosco da quando sono nata e non voglio che qualcuno di loro si faccia male!»

Si mise a correre giù per il sentiero, trascinandomi con lei. Aveva un'espressione così decisa che di certo il topo nella sua testa era scappato via, e adesso c'era una tigre al suo posto.

5.

A strapiombo sul fiume, il cubo grigio del castello di Verrès ci veniva incontro con i suoi merli decorati e le colonnine che separavano le eleganti finestre a punta.

Con il cuore che mi batteva in gola come quello di un passerotto prigioniero di una mano, superammo il ponte levatoio e chiedemmo di poter entrare.

Fummo ricevuti dal capitano delle guardie, che si chiamava Udrieto da Solerio, al quale madamigella Dora riferì quello che avevamo visto e udito. E lui, che la conosceva bene, guardò fisso nei suoi occhi e credette alle sue parole.

«Alzate il ponte! Serrate le porte!» ordinò ai suoi soldati.

Un istante dopo dal corpo di guardia situato all'entrata fu tutto un accorrere di uomini armati, un precipitarsi al ponte e alle porte, finché il castello divenne isolato e imprendibile.

Fummo accompagnati in cucina. Io mi sentivo stanco, ma i miei occhi non smettevano di guardarsi intorno perché non si volevano perdere quest'altra novità.

All'interno il castello era imponente, molto diverso dalla semplicità di Villa.

Attraversammo il cortile, e a vedere nel mezzo la grande cisterna la gola mi si seccò per la sete che avevo. Attorno si attorcigliava una scala in pietra che conduceva ai piani superiori. Persi gli occhi a seguirne i gradini, che si innalzavano ripidi tra alte volte illuminate dalle fiaccole.

La cucina si trovava al piano terreno e consisteva in un'ampia sala con tavoli, panche e un grande camino dentro il quale, fatto ruotare da un servo, girava uno spiedo. Una serie di polli stavano rosolando, e fu la mia pancia ad avvisarmi che erano quasi cotti.

Altri servi erano seduti a un tavolo centrale intenti a sbucciare e a pelare verdure. Chiacchieravano fra loro, ma quando entrammo il mormorio cessò e tutti gli sguardi, come frecce, si puntarono su di me.

Da quando eravamo partiti da casa succedeva

sempre la stessa cosa: chi mi vedeva per la prima volta strabuzzava gli occhi come un asino che sta per tirare le cuoia. Proprio non riuscivo a capirlo un comportamento così poco educato.

«Madamigella Dora, da quanto tempo non vi vediamo!»

La cuoca spostò l'attenzione su madamigella, che era conosciuta da tutti e che mi presentò raccontando la ragione per cui ci trovavamo a Verrès.

I servi allora lasciarono il loro lavoro e tutti insieme, addossati l'uno all'altro, assistemmo all'arrivo di due degli uomini che erano nel bosco con Pierre Sarriod.

Le mie gambe tremavano, non ne volevano sapere di stare dritte e ferme. Cosa ci sarebbe accaduto se fossero riusciti ad assaltare il castello?, mi domandavano piene di paura.

Due soldati armati di tutto punto e con un pesante elmo in testa stavano salendo di buon trotto lungo l'acciottolato che portava al ponte.

Dal modo brusco con cui fermarono i cavalli comprendemmo che non se l'aspettavano di trovarlo sollevato.

Uno di loro si voltò verso il bosco. Fu allora che un luccichio balenò tra i cespugli, e aguzzando lo sguardo scorsi, appostati, Pierre Sarriod e i suoi soldati, pronti a intervenire a un cenno delle due staffette.

«Traditori! Serpi!» mormoravano i servi, mostrando i pugni contro i vetri chiusi.

Io capivo sempre meno quello che stava accadendo. Non erano quelli di Verrès ad aver tradito la contessa Catherine? Chi aveva ragione?

«Aprite!»

«Vogliamo parlare con la contessa Marguerite!»

«Veniamo a nome di Pierre Sarriod e della contessa Catherine. Fateci entrare!»

Udrieto da Solerio si affacciò alla prima torre di guardia.

«Cosa volete, signori?» Quell'uomo pareva una statua, tanto era calmo.

«Abbiamo un messaggio urgente per la contessa!»

«La contessa è fuori, possibile che non ne siate a conoscenza?»

I cavalli dei nuovi arrivati non riuscivano a stare fermi.

«Fateci entrare. L'aspetteremo.»

«Quando la contessa è fuori, il castello resta chiuso e non entrano estranei.»

I due cavalieri alzarono le visiere degli elmi: «Non siamo estranei, non ci avete riconosciuto, messer Udrieto?»

«Se foste venuti da amici vi avrei fatto entrare, ma siete armati come per andare in guerra, signori, e resterete fuori. Riferite a Pierre Sarriod e alla contessa Catherine che il castello di Verrès è aperto a chi viene in pace, ma è pronto a respingere chi prepara un assalto fingendosi amico.» E con queste parole il capitano si ritirò.

I due cavalieri non sapevano cosa fare. Se ne stavano lì, davanti al ponte alzato, a ballonzolare sui cavalli come pupi di teatro, mentre dalle finestre i servi gli facevano brutti gesti.

Alla fine uno di loro si tolse l'elmo, asciugandosi la fronte dal sudore: «Abbiamo fallito.» Sfilò un guanto e fece un ampio cenno verso Pierre Sarriod, poi afferrarono entrambi le redini e voltarono i cavalli.

Tra le grida di esultanza dei servi li vedemmo aggregarsi agli altri che aspettavano nascosti, e scorgemmo l'intero manipolo risalire lungo la strada verso Villa con la coda tra le gambe come cani bastonati.

6.

Il castello si trasformò in una tana di formiche brulicanti.

Una frotta di cameriere si riversò giù per le scale fino al corpo di guardia, per poi risalire trafelata, con le lunghe gonne che strisciavano sui gradini, riportando nelle stanze delle dame e dei cavalieri la notizia dell'agguato fallito.

Nella cucina era ricominciato il lavoro, ma insieme alle mani le bocche non erano mai stanche. Io stavo con le orecchie bene aperte, e intanto trangugiavo la tazza di pane e latte che ci aveva offerto la cuoca per farci riprendere dallo spavento.

I servi battibeccavano come fanno i merli da un ramo all'altro in primavera.

«Pierre Sarriod è un vigliacco. Quando la contessa Marguerite lo verrà a sapere, per colpa sua sarà la guerra tra Verrès e Villa» disse uno sguattero, sventolando come uno spadino il gambo di un sedano che avrebbe dovuto affettare.

Una donna sollevò la testa dal secchio in cui stava lavando i piatti: «La contessa Catherine ha un debole per lui, ce ne siamo accorti tutti. Eh, l'amore e la tosse non si possono nascondere.» Poi, con le dita che grondavano acqua e sabbia, iniziò a contare: «Sono tre le cose che levano dai sensi: amore, pazzia e mal di denti! Per accontentare Pierre Sarriod la contessa farebbe la guerra anche al Papa, non solo a sua sorella, ve lo dico io.»

«Cosa stai inventando?» si alzò in piedi una serva seduta accanto al camino. Teneva per le zampe una gallina e aveva piume bianche anche tra i capelli. «La contessa l'ho vista crescere, e sono sicura che non vuole che venga fatto del male a sua sorella, e neanche a noi.»

Le due donne cominciarono a litigare e a prendersi per i capelli. Volarono piume e acqua dappertutto, finché un'altra si mise di mezzo: «Smettetela! Sono sicura che la contessa Catherine non era a conoscenza dell'agguato, e che anche se ci sono stati dei litigi fra le sorelle, nessuna di loro accetterà che l'altra venga trattata come una nemica e magari imprigionata.»

«Farsi la guerra tra sorelle non conviene a nessuno» scosse la testa un cameriere.

«Cosa vuoi che importi ai signori di una guerra in più o di una in meno. I re fanno la guerra e i poveri bischeri ci muoiono» disse la cuoca.

«Pierre Sarriod ama combattere. È sempre in prima fila quando c'è da menare la spada.»

«Lui però indossa una corazza di acciaio, e noi il grembiule. Mio figlio alla guerra non ce lo mando, piuttosto lo nascondo in cantina!»

Allora la serva che era tornata a lavare i piatti alzò di nuovo le tre dita nell'aria: «Le disgrazie dell'uomo sono tre: carestia, guerra e quel buco che guarda in terra!»

Ero sempre più confuso.

Quelle erano faccende nuove per me: nel nostro castello al di là dalle Alpi non c'erano guerre in vista. Lo sussurrai a madamigella Dora, ma al posto suo mi rispose un uomo che stava seduto al tavolo vicino a me e sorseggiava del vino da un boccale.

«Fino a qualche anno fa neanche da noi si parlava di guerra. Ma adesso che la contessa Catherine è diventata l'erede legittima è come se fosse scoppiato un nido di vespe.»

Dal modo di vestire, un corsetto in velluto e brache colorate, capii che si trattava di uno scudiero, anche se non più giovane. Aveva rughe intorno agli occhi, nei capelli qualche filo bianco e un viso simpatico.

«Se le due sorelle si vogliono bene perché litigano?»

«I loro rapporti si sono troppo complicati, ragazzo, e molte persone, Pierre Sarriod per primo, soffiano sul fuoco per averne un tornaconto.»

«Quello che ci vorrebbe è un erede maschio!» gridò la serva con le piume nei capelli, alzando verso il soffitto la gallina come se fosse lei la soluzione.

«Ma perché volete un erede maschio, quando c'è la contessa Catherine? Cosa c'è in lei che non va bene?» chiese madamigella Dora. A lei quella questione delle donne che non potevano governare non andava proprio giù, l'avevo capito, io.

«È una donna, ci vuole altro?»

«Ci vorrebbe un erede, un maschio Challant, per mettere fine alle liti» ribadì la serva con la gallina.

7.

Un erede, un erede segreto…

Chiusi gli occhi.

Ormai mi era chiaro che ovunque in quella valle, che fossimo in un castello, a Villa o a Verrès, oppure nei boschi, o per strada o negli ospedali, la gente non faceva che pensare all'eredità degli Challant.

Pareva di stare in una di quelle avventure che avevo sentito raccontare dai menestrelli di passaggio, anche se qui draghi non se n'erano ancora visti, e neanche maghi.

Come potevo immaginare che, di lì a poco, ne sarei stato proprio io il protagonista?

Lo scudiero mi scosse un braccio: «Dormi, ragazzo?»

Riaprii gli occhi. «Oh no! Quello che accade qui mi interessa. Sembra di stare in una storia.»

«Sei un menestrello?»

«Sono uno scudiero. Ma mi piace anche suonare e cantare.»

«Da dove vieni, chi sei?»

Glielo spiegai, e dovevo essere veramente bravo

a raccontare perché a mano a mano che parlavo vedevo il suo viso farsi sempre più attento. Quando terminai mi abbracciò emozionato.

«Ehi, gente!» gridò una serva che mi aveva sentito. «Questo giovanotto dalla pelle colore delle castagne e dai capelli fitti come muschio è il figlio di madamigella Nathalie-la-piccolina! Ve la ricordate?»

«Era la dama di compagnia della contessa Anne, che venne al castello quella volta… piaceva a tutti, chi se lo dimentica?» ribatté la cuoca.

«Non c'è cosa più carina di una donna piccolina» disse il solito cameriere.

In un botto le discussioni sui conti si spensero, e fui io a diventare il centro dell'attenzione della compagnia. Da ogni parte della cucina mi sommersero di domande su mia madre. Io ne ero lusingato, iniziai a girarmi di qui e di là e a fare la ruota come un pavone, cercando di rispondere a tutti, anche a chi mi chiese la ragione del mio colore.

Ma quando li misi a parte della faccenda dell'incantesimo della pelle rivoltata, intorno a me si fece un silenzio di tomba.

Servi e camerieri mi fissarono, rimanendo chi con il mestolo sospeso, chi con la mano immersa nel sacco della farina, chi con un ciocco di legna a metà strada tra una cesta e il camino.

Erano sotto incantesimo anche loro?

Quell'atmosfera strana durò un attimo, poi si scatenò il finimondo.

Iniziò la serva che lavava i piatti: ruppe in una risata così fragorosa da farmi saltare sulla panca, seguita dallo sguattero, che puliva con una mano il pavimento e con l'altra si batteva la tempia con un dito. Si piegavano dal ridere tutti.

«È tonto o fa finta?»

«Per avere quindici anni è un poco indietro di cottura...» udii sussurrare la cuoca alla sua aiutante. Lei mi si fece vicina, mi squadrò da capo a piedi, e chiese agli altri: «Ehi, ma in quei giorni, al castello, oltre alla contessa Anne e a madamigella Nathalie-la-piccolina, non era ospite anche Jean di Challant con il suo seguito?»

«È vero!»

«Proprio lui!»

«Ma allora...»

«Allora, alla fine, madamigella Nathalie ha trovato il principe che sognava!»

«Eh, puntava in alto lei!»

«Più che in alto, puntava lontano...»

«Anzi lontanissimo: di là dal mare.»

E giù a ridere di nuovo.

«Mica si accontentava dei valligiani, vero Bastiano?»

«Poi però anche lei l'ha provata sulla pelle la storia dell'asino e del cavallo... ed è rimasta a piedi.»

«A piedi e con un pupo.»

«Eh, donna piccina, figli a dozzina!» disse il cameriere che parlava solo per proverbi.

Ma che cosa avevano da ridere? E che cosa c'entravano con me quelle storie dell'asino e del cavallo e del mare?

Mi maledii mille volte per avere raccontato i fatti miei. Sbirciai verso madamigella Dora, sperando che venisse in mio soccorso, ma era intenta a parlare con una delle cameriere e non colse il mio sguardo.

A darmi una mano fu Bastiano, lo scudiero.

«Non starli ad ascoltare, sono degli sciocchi. Vieni con me, invece. Hai mai visitato questo castello? Lo sai che è il più bello della valle?»

8.

Fuori della cucina, Bastiano mi chiese se mia madre era felice di vivere al di là delle Alpi. Quando risposi di sì, ci rimase male.

«Era la damigella più simpatica che avessi mai incontrato, io le volevo bene.»

«L'amavate?» Il cuore mi batteva forte: quell'uomo era uno scudiero, e anch'io lo ero, allora forse…

«L'amavo, ma lei non scelse me.»

«E chi scelse?»

Non stavo più nella pelle per l'emozione. La mamma non mi aveva mai detto chi fosse mio padre, e io non glielo avevo mai chiesto perché lei mi faceva da madre e da padre. Non era un uomo, ma scoppiava di coraggio. Però in quell'atmosfera animata di eredi e di padri e di figli, e con tutte quelle allusioni dei servi su mia madre, mi era nata dentro una smania di sapere...

«Questo lo devi chiedere a lei. Era una donna piena di gioia. Se hai ereditato anche solo una briciola dell'allegria di tua madre la vita ti sorriderà sempre.»

«Io le assomiglio: se mi arrabbio, dopo un secondo mi è passato tutto e sono di nuovo felice. Però a me piace suonare il liuto e ascoltare storie, lei invece è stonata come una campana rotta. Forse, in questo, ho preso da mio...»

Quel nome non lo riuscivo proprio a dire, mi faceva perdere per strada le parole. Ma lui non ci fece caso: «Vieni, ti mostrerò il castello dove tua madre è stata felice.»

Bastiano era un uomo di poche parole e dai sentimenti nascosti dentro. Non poteva essere lui mio padre.

Quello di Verrès era un maniero arredato con arazzi eleganti alle pareti. Nelle sale vidi anche i famosi camini, i più grandi della valle, in cui ci si poteva mettere allo spiedo un toro.

Più bella di tutte era la sala delle armi, con gli scudi appesi, le alabarde e le spade in ordine nelle rastrelliere.

«Questa è stata l'armatura di Iblet di Challant, completa di spalliere, gomitali, cosciali, guanti e celata. Mio nonno era il suo scudiero, e mio padre lo fu del conte François, suo figlio, e io lo sono della contessa Marguerite.» Bastiano mi indicò una fila di ritratti appesi intorno all'immenso camino. Quelli erano i signori.

Mi mettevano paura con quegli occhi che volevano comandare, e poiché a me piaceva essere comandato solo dal mio padrone, voltai le spalle e feci per andarmene. Nello sfilare via, però, uno di loro mi chiamò indietro.

Ehi, tu! Me, perché non mi hai guardato?

Il quadro era più piccolo degli altri e un poco discosto. Si trattava di un guerriero, indossava la corazza e teneva sotto braccio l'elmo.

Mi sollevai sulle punte dei piedi. Aveva uno sguardo come il velluto del vestito di mia madre. Robusto ma gentile. Dove avevo già incontrato quegli occhi?

«Lui chi è?»

«È Jean di Challant, fratello illegittimo del conte François. Dopo che se ne fu andato a combattere contro il duca di Milano tornò nella valle, ma nessuno di noi l'ha mai più incontrato. Jean di Challant era ospite con il suo seguito di amici e servitori nei giorni in cui c'era anche tua madre. Si videro spesso con la contessa Anne e con madamigella Nathalie...» S'interruppe. «Ragazzo, ti senti bene?»

Mi ero appoggiato a una sedia per non cadere. Avevo la faccia bagnata di sudore. Balbettai che era tutto a posto, nella testa però aveva cominciato a battere un tamburino e un ricordo aveva bussato alla mente.

Uscimmo dalla sala per tornare in cucina. Il ritratto mi riempiva ancora gli occhi e quel tamburino insisteva a dirmi: *Jean, il fratello del conte François di Challant, è tuo padre. E l'erede degli Challant, l'erede segreto che tutti cercano, sei tu!*

9.

«I fiori di sambuco, bolliti e messi caldi sulla guancia, fanno guarire gli ascessi ai denti. E queste piantine che crescono sui tronchi e sui sassi, sai a cosa servono, Mirò? A curare la tosse, e si chiamano licheni.»

Lungo il sentiero di ritorno a Villa, madamigella Dora raccoglieva erbe e fiori chiacchierando. Era contenta che per quel giorno la guerra fosse stata evitata.

Dentro di me invece non c'era spazio né per la

gioia né per il dolore. C'era posto solo per quel ritratto che avevo visto a Verrès e per una miniatura con dipinto sopra un viso preciso identico. Era la miniatura che mia madre teneva nascosta nella cassapanca dove erano riposti i nostri vestiti.

Io non ero stupido, e ormai avevo capito tutto.

Quando ero un bambino, la mamma mi aveva spiegato che quell'uomo era un signore speciale, che dovevo volergli bene e non avrei dovuto dire a nessuno che lei aveva quel ritratto. Mi aveva fatto giurare sulla medaglia di san Bernardo. Io ero tornato a guardarlo altre volte. Mi divertivo a imitarne l'espressione fiera, con la fronte alta e il mento spinto in fuori. Volevo essere uguale a quel cavaliere: ma tu guarda il caso!

Poi un giorno il ritratto era sparito.

Col passare del tempo mi ero dimenticato del cavaliere dipinto sulla miniatura. Ora però ne ero sicuro: quell'uomo era mio padre.

Cosa me lo faceva credere?

Semplice: non era stata proprio mia madre a dirmi di essere tornata dal soggiorno a Verrès con un bambino nella pancia? E quel signore, non era stato ospite a Verrès proprio quando era lì anche lei? E dopo alcuni mesi ero nato io.

Dunque ero figlio di quel signore, che si era innamorato di lei, le aveva regalato la miniatura e poi l'aveva lasciata per partire in guerra.

Era questo quello a cui alludevano i servi in cucina: ecco spiegato il mistero.

C'era una cosa però che non avevo capito nei loro discorsi e mi ero vergognato di chiedere a Bastiano. Forse, invece, madamigella Dora...

«Madamigella Dora, mi raccontereste, di grazia, la storia dell'asino e del cavallo? Quella cui alludevano i servi in cucina, parlando di mia madre...»

Ma lei mi stava fissando con occhi arrabbiati: «Tu non hai ascoltato niente di quello che ti ho detto da quando siamo partiti da Verrès!»

Arrossii. «Ero un poco distratto, sì... Colpa di quei servi, che mi hanno confuso...» sussurrai, fissando le dita dei piedi che si agitavano dentro i calzari.

Sbirciai in su.

La mia faccia doveva essere buffa, madamigella mi sorrise e mi sfiorò con affetto una spalla: «Ti sei lasciato impressionare dai loro discorsi, eh? Ma non li devi neanche considerare, quelli. Sono pettegoli come le dame, quando ci si mettono.»

Aspettai che il tepore percorresse la schiena tutta intera. Era stata piacevole, quella carezza. «Sapete, madamigella Dora, quando mia madre tornò da Verrès c'ero io, dentro la sua pancia... E dentro quella della contessa Anne c'era messer Laurent.»

«Davvero? La contessa era incinta di Laurent?»

«Sì, ma non ricordateglielo, per favore. Lui non vuole.» Non sapevo se continuare e rivelarle il nostro segreto.

«Non vuole perché né l'una né l'altra erano sposate? Non c'è niente di male, Mirò. La figlia del cuoco, l'anno scorso, è rimasta incinta del figlio del fabbro. Non hanno fatto mica tante storie: si sono sposati mentre lei sull'altare aveva una pancia come un cocomero! E quando Milli, una delle serve del castello di Verrès, ha avuto una bambina, tutti sapevano che era figlia del conte. Ma la contessa non se l'è presa, l'ha solo mandata a vivere in un altro castello.»

«Ma la mamma di Laurent era una contessa, non una serva...»

Si fece seria: «Hai ragione, alle donne nobili è proibito portare in famiglia figli illegittimi, e se lo fanno sono disonorate per sempre.»

«E della storia dell'asino e del cavallo, madamigella, ne sapete qualcosa?»

«È un'altra maniera per spiegare come vanno le faccende tra i signori e i servi.»

«Cosa significa?»

«Ascolta, la storia racconta così: una volta, tanto tempo fa, tutti i signori del mondo si riunirono e decisero che mai e poi mai avrebbero permesso a un servo di possedere un cavallo. Dicevano che i cavalli erano animali nobili, creati per la guerra e per le imprese, non erano adatti ai miserabili. D'altra parte ai contadini era necessario un animale forte come il cavallo, che lavorasse nei campi dei signori... Così incominciarono a incrociare cavalli alti e cavalli bassi, ronzini magri e puledri grassi, con le orecchie lunghe e senza orecchie... finché, un giorno, nacque un asino. I signori lo riconobbero subito: lui sì che andava bene! Era docile, lavoratore, sapeva riconoscere il suo padrone e non si lamentava mai, proprio come loro volevano che fossero i servi.»

La storia era finita. Ci pensai su qualche momento.

«Lo sanno tutti che gli asini non nascono dai cavalli...»

«È solo una storia inventata, un modo per scherzare dei servi, Mirò!»

Camminammo in silenzio, ma dopo un po' non ce la feci più a stare zitto: «Secondo voi, un asino potrebbe essere felice di fare il cavallo?»

«L'asino è un asino, e un cavallo è un cavallo!»

Rideva, ma a me non venne da ridere: tra breve tutti avrebbero saputo che ero un cavallo e non più un asino. Ormai ero un signore, eppure non mi sentivo più contento. Anzi, ero infelice.

Si vede che un po' dell'asino che mi è rimasto dentro non ne vuole sapere di diventare un cavallo. Che ne sarà di me?

Rimuginai per un po', poi quando sbucammo di fronte al castello di Villa decisi: un ragazzo lontano dalla sua mamma non poteva portare da solo quel peso sul cuore. Stavo per chiedere consiglio a madamigella Dora, intenta a risalire davanti a me il sentiero che ci portava fuori dal bosco, quando lei allungò un braccio: «Guarda, Mirò!»

Nascosto tra gli alberi fratel Nicolas stava parlando con due uomini che non avevamo mai visto.

«Forse sono pellegrini.» Subito dopo però notai che non indossavano il mantello e il cappello, e non portavano il bastone.

Fratel Nicolas sembrava conoscerli bene e aveva molto da dire, visto che gesticolava e si sbracciava come un salice tempestato dal vento.

Laurent de la Chavre

1.

Quando, quella mattina, Mirò e Dora uscirono dal castello mi alzai dal letto, infilai brache, camicia e farsetto e andai a cercare donna Serena.

Era nella sala dell'affresco a sorvegliare Alexis che giocava con un amico. I due bambini si rincorrevano sotto lo sguardo severo di fratel Nicolas, che pregava accanto alla finestra e ogni tanto sollevava gli occhi dal libro brontolando: «I bambini sono sporchi e fastidiosi durante l'infanzia, cattivi e bugiardi quando crescono.»

In cima a un ponteggio mastro Philippe stava bagnando con una spugna intrisa d'acqua una delle pareti preparando il primo strato di intonaco per un nuovo affresco. Vestiva una tonaca a larghe maniche che gli arrivava alle ginocchia, e aveva intorno alla fronte una fascia a trattenergli i capelli.

«Donna Serena, vorrei parlare un poco con voi, se non vi dispiace.» Sedendomi accanto a lei mi schiarii la voce. Non era facile trovare le parole adatte. «Vorreste, di grazia, raccontarmi della volta in cui mia madre fece visita al castello di Verrès?»

Lei sospirò: «Erano tempi felici, quelli! La valle viveva in pace e il conte François accoglieva i nobili dei dintorni con feste e giochi. Grandi fuochi crepitavano nei camini, le tavole erano sempre imbandite, la musica dei liuti e dei flauti risuonava nelle sale. Molti amori sbocciarono quell'anno, l'atmosfera era ideale per il corteggiamento.»

«Mia madre partecipava alle feste?»

«Le danze di corte non avevano segreti per lei. Era bella, e in molti cercavano la sua compagnia.»

Inghiottii: «Ricordate chi fu ospite al castello in quel periodo?»

Esitò, la fronte corrugata, le labbra arricciate. La memoria era un arco che nella foschia non riusciva a individuare la preda. Quando la nebbia si dissolse donna Serena disse: «C'era il conte François e la sua famiglia, naturalmente. E poi...»

«E poi?»

«Poi... ci venne a trovare anche il fratello del conte: messer Jean. Che giovane straordinario! Dove passava lui, l'allegria illuminava le sale. Era il preferito delle dame.»

«State parlando del conte Jean di Chatillon?» Avevo sentito parlare di quel cavaliere, ma mi pareva fosse un uomo anziano, forse già morto.

«Parlo di Jean, il figlio illegittimo di Iblet di Challant. Anche se non era un fratello legittimo il conte François lo trattò sempre con affetto. Era un bel giovane, pieno di spirito, desideroso di mostrare il proprio valore in battaglia. Figuratevi che ebbe il coraggio di marciare persino contro il duca di Milano e di combattere nelle guerre in oriente. Quante battaglie vinse, e non solo con la spada...» Vedendo la mia espressione perplessa scoppiò a ridere: «Ne conquistò di donne, Jean il bello! Ogni ragazza che lo conosceva cadeva ai suoi piedi.»

Lasciai che il silenzio riportasse il mio cuore impazzito a un ritmo più calmo. «Anche mia madre?» sussurrai.

«Non mi permetterei mai, signore... Vostra madre era una gentildonna... Li vidi diverse volte ballare insieme...»

Estrassi dal farsetto la miniatura e gliela misi sotto gli occhi: «È di Jean di Challant questo ritratto?»

Trattenne qualche secondo la miniatura in mano.

«Sì, è lui.»

Un grido si levò da un angolo della sala: «È mio! Me l'hai rubato!»

Alexis e il suo amico stavano litigando, contendendosi un cavallino di legno. Donna Serena intervenne a dividerli.

«Basta, smettetela!»

Ma il bambino non ne voleva sapere, si aggrappò ad Alexis e lo graffiò.

«Cattivo, non si fa così!» La nutrice lo prese per un braccio, e mentre il fratello di Dora piangeva li trascinò entrambi verso il corridoio. «Andiamo subito da tua madre, che ti punirà! E tu piccino mio, vieni con me, ti darò un dolce per consolarti.»

Uscirono, e io rimasi a pensare.

Jean di Challant, il fratello illegittimo del conte François, era mio padre. Se ero figlio di uno Challant, allora ero io l'erede maschio che tutta la valle sognava. All'improvviso mi mancò l'aria.

«Avete bisogno di aiuto, messer Laurent?»

I visi preoccupati di mastro Philippe e di fratel Nicolas si chinarono su di me. Mastro Philippe aveva una macchia di tempera sul naso, che iniziò ad allargarsi, a vorticare come una trottola.

«Messer Laurent! Messer Laurent!»

Quando riaprii gli occhi mastro Philippe mi porse un bicchiere con dell'acqua: «Siete svenuto, ma ora state riprendendo colore.»

«Va meglio» dissi, alzandomi in piedi. Fratel Nicolas mi reggeva per un gomito: «Vi accompagno in camera...»

Disteso sul letto a occhi chiusi, ripensando a quello che mi aveva rivelato donna Serena mi chiedevo se ci fosse un modo per avere la certezza che Jean di Challant fosse mio padre e se davvero avrei potuto essere io l'erede della casata.

Cosa sarebbe successo in quel caso? Che ne sarebbe stato della contessa Catherine? Come avrebbero preso la notizia i suoi cugini pretendenti al feudo? E infine, dove si trovava Jean di Challant in quel momento?

La voce di fratel Nicolas scacciò i miei pensieri: «Siete molto turbato, signore, e a volte confidarsi aiuta ad alleggerire il cuore. Ve la sentite di dirmi cosa vi è successo? Sono qui ad ascoltarvi, se volete.»

Quelle parole giunsero come acqua a un pellegrino nel deserto. Fratel Nicolas non mi aveva mai ispirato amicizia, però si mostrò compassionevole, ed era così grande il bisogno di ricevere consiglio che mi confidai con lui.

A mano a mano che gli rivelavo ciò che avevo scoperto su mia madre e sulla mia famiglia lo vedevo spalancare gli occhi, sempre più sorpreso. Quando terminai di raccontare si accarezzò lentamente la sottile barba a punta: «Se davvero siete figlio di Jean di Challant, un modo per scoprire dov'è vostro padre e se potete rivendicare diritti sul titolo ci sarebbe...»

«Per favore, ditemi qual è!»

«Nella biblioteca della prevostura sono conservati

tutti gli atti che riguardano questa valle. I monaci sono anche i trascrittori e gli archivisti della famiglia Challant. Se facessimo loro una visita, forse potreste avere conferma di quanto supponete.»

«Ci lasceranno entrare?»

«Non faranno difficoltà ad ammettere un fratello appartenente alla Confraternita del Santo Spirito in compagnia di un suo caro amico.»

Balzai dal letto: «Andiamoci subito, allora!»

Chiedemmo in prestito due cavalli allo stalliere e scendemmo a Verrès.

2.

La biblioteca di Saint Gilles si trovava all'interno della prevostura, vicino all'ospedale, ed era divisa in due parti: lo *scriptorium*, in cui venivano redatti i manoscritti, e l'archivio dove venivano conservati.

Il monaco bibliotecario ci accolse grazie a fratel Nicolas, che dimostrò di essere abituato a frequentare luoghi di cultura. Si chinò su uno dei tre monaci che stavano lavorando seduti al loro scanno.

Il tavolo, leggermente inclinato, era percorso da scanalature in cui erano poste boccette di inchiostro colorato, penne e pennelli. Accanto a sé, teneva uno zampino di lepre.

«Serve come spazzolino per spolverare le carte»

mi spiegò fratel Nicolas. «Nei documenti letterari le prime lettere di un capoverso o di un capitolo vengono abbellite con decorazioni. Ci sono monaci che sono degli artisti nel copiare testi antichi e moderni, li rendono dei capolavori di bellezza.»

Il bibliotecario intervenne: «La nostra biblioteca è specializzata nella redazione dei documenti che riguardano le proprietà dei conti di Challant, e non sempre i nostri monaci possono fare sfoggio delle loro capacità. Fra' Robert è uno dei più bravi. Sta lavorando alla copiatura di un messale per la contessa Catherine.»

«Un ottimo lavoro. Ma ora potremmo, di grazia, vedere l'albero genealogico degli Challant?» chiese fratel Nicolas.

Il bibliotecario posò su un tavolo un voluminoso rotolo di pergamene.

Gli Challant erano una famiglia antica e ramificata, che aveva ricevuto l'investitura da parte del duca d'Aosta. Con i secoli erano diventati sempre più ricchi e potenti, e si erano diffusi in tutta la valle, dalle Alpi alla pianura.

«Ci sono gli Challant Visconti d'Aosta, a partire da Bosone primo, ci sono i recenti rami di Fénis e di Varey, quello di Aymavilles, quello di Ussel, di Cly e di Chatillon e infine quello del contado di Villa. A voi quale interessa consultare?»

«Il contado di Villa» rispose deciso fratel Nicolas.

Fratel Nicolas mi mostrò la discendenza di Iblet, il nonno delle contesse Catherine e Marguerite. François, il primogenito di Iblet, aveva avuto alcuni fratelli e alcune sorelle legittime. Nella pergamena però erano segnati anche i figli nati fuori del matrimonio. Le gambe iniziarono a tremarmi quando scorsi il nome di Jean, mio padre, l'unico sopravvissuto.

«Ci sono notizie recenti su messer Jean?»

Il monaco non rispose subito, scrutò in viso fratel Nicolas quindi annuì in silenzio ed estrasse da un armadio una pergamena.

«Di recente messer Jean ha posto la sua firma sotto quest'atto, con il quale ha infeudato una delle proprietà ricevuta in eredità da Iblet di Challant. Pur non essendo erede del titolo, il padre gli lasciò nel testamento alcuni terreni.»

La firma di Jean di Challant era posta in evidenza alla fine del documento. Era stata vergata con inchiostro nero, ma a me parve brillare come se fosse oro e me la fissai nella mente come la prova della sua esistenza.

«Dove vive messer Jean?»

Fratel Nicolas precedeva il mio pensiero, era molto generoso da parte sua condividere le mie emozioni e in cuor mio gliene fui grato.

Il bibliotecario guardò il monaco che stava

scrivendo e che aveva alzato la testa a quella domanda.

«Fra' Robert, rispondete pure, dal momento che il documento di infeudazione l'avete composto voi e gli avete parlato.»

L'uomo strizzò i piccoli occhi celesti e indicò fuori della grande finestra: «Fino a qualche tempo fa viveva nel castello di Issogne. Lo sapete anche voi, fratello bibliotecario, cosa si dice in giro di lui...» Non aggiunse altro e si chinò di nuovo sul suo lavoro.

Il bibliotecario si grattò la fronte spaziosa: «Dopo aver trascorso una vita vittoriosa da capitano di ventura, messer Jean si ritirò nelle sue terre e nel suo palazzo a Issogne. Nessuno di noi l'ha più visto, a parte fra' Robert per piccole questioni amministrative... »

«C'è qualche mistero che lo riguarda?»

«Non si tratta di questo. Messer Jean vive una vita ritirata, lontano dalle lotte per la successione, non schierandosi per alcuno in particolare. È un atteggiamento anomalo per uno Challant che si è distinto tanto sul campo di battaglia... E poi si accompagna con personaggi, con uomini che... basta, non mi fate dire di più» tagliò corto, avviandosi verso l'uscita.

«Ha eredi?» sussurrò fratel Nicolas al monaco scrittore. La sua voce non tremava, le mie gambe invece erano foglie battute dal vento.

«No, grazie a Dio, con quel carattere… almeno non figli legittimi e riconosciuti.» Chinò di nuovo la testa, richiudendosi nel silenzio, e il bibliotecario ci fece segno di non disturbarlo più.

«Lasciamolo lavorare tranquillo, la contessa vuole il suo messale per Natale…» Alzò gli occhi al soffitto: «A Natale se, a Dio piacendo, saremo ancora tutti qui!»

Mentre lo seguivamo verso l'uscita percorrendo le grandi sale della biblioteca stipate di armadi con libri e pergamene arrotolate, fratel Nicolas lanciò una domanda di fuoco: «Se ci fossero eredi maschi illegittimi del ramo di Iblet di Challant avrebbero qualche diritto sulle terre della contessa?»

Il bibliotecario s'immobilizzò, la testa coperta dal cappuccio, le mani infilate l'una nella manica dell'altra. Quando, voltandosi, ci mostrò il viso, il suo sguardo era severo: «Perché me lo chiedete?»

«Dicevo così per parlare…»

«Non credete che ci siano già abbastanza guai nella nostra valle per questioni di eredità, senza andare a inventarsene altri?»

«Sono curioso di successioni in genere, solo per questo…»

«Se ne capite qualcosa, allora saprete certamente che nella nostra valle, in caso di assenza di eredi maschi legittimi, il nobile feudatario può lasciare in eredità il titolo e il diritto di primogenitura al figlio di un fratello, anche se illegittimi entrambi, purché il secondo provi con un documento la paternità di quell'erede, e il Consiglio dei maggiorenti del contado approvi l'atto. È un passaggio piuttosto complicato... ma è inutile parlarne perché non è il nostro caso» concluse brusco.

Fratel Nicolas insistette. «Mettiamo invece che *sia* il nostro caso, oh, è solo una supposizione, s'intende, ma mettiamo... che so, che messer Jean abbia un erede... Che ne sarebbe dei signori di Fénis, Aymavilles e Ussel che oggi reclamano per sé il contado? E il duca potrebbe opporsi?»

«Messer Jean è stato nominato da Iblet di Challant nel testamento, e pertanto il suo presunto erede supererebbe tutti gli altri dei rami collaterali della casata. Al duca non resterebbe che acconsentire alla sua nomina.»

Mi sentii mancare, e anche fratel Nicolas si fece più pallido. Era veramente generoso nei miei confronti essere coinvolto a tal punto.

«Esiste un documento, una legge che stabilisca questa possibilità?» domandò ancora, e io avrei voluto abbracciarlo per questa richiesta.

Il monaco si inalberò: «Non crederete che parli per sentito dire!» Aprì un armadio e ne estrasse una pergamena.

Fratel Nicolas la studiò parola per parola, leggendola lentamente col naso a un pelo di distanza.

«Non è il vostro caso, è vero, e nemmeno affar mio, però dovrete ammettere che la presenza di un erede maschio risolverebbe tutti i litigi, e i vostri problemi...»

«Un erede segreto? Credete sia questo di cui abbiamo bisogno in valle? È ora di finirla con le supposizioni, le farneticazioni e le rivendicazioni! Noi un erede ce l'abbiamo: è Catherine di Challant!»

«Ma è una donna, e...»

Il monaco ripose con furia quell'atto e ne prese un altro: «Per sfortuna della contessa le leggi di questa valle non permettono a una donna di governare. Sappiate, però, che non è vietato in assoluto: le donne possono succedere al padre, ma solo se il feudatario non è un nobile. Guardate qui, se non ci credete!»

E lo stupito fratel Nicolas, che tanto odiava le donne e amava le leggi, leggendo e rileggendo a voce alta quel documento dovette accettare il fatto.

Quando uscimmo dalla biblioteca, però, non smise un attimo di predicare contro il genere femminile, proclamando la sua inutilità sulla faccia della terra. Nel suo discorrere torrenziale inveì anche contro i figli illegittimi, contro l'adulterio e la lussuria, peccati mortali che portavano l'uomo all'inferno.

«Dove andremo a finire se le leggi permettono a

dei bastardi di governare?» Era così preso dai suoi discorsi da dimenticarsi che mi stava offendendo.

Ma io non espressi commenti. Ero molto confuso. La visita alla biblioteca mi aveva scosso, mille domande sul mio futuro mi opprimevano, e sulla via del ritorno a Villa, mentre lui si infervorava in quei discorsi gesticolando sul cavallo come un predicatore dal pulpito, nella mia testa vorticavano parole, pergamene e documenti come mulinelli di neve in una tormenta.

Quando arrivammo al castello mi rifugiai nella mia stanza. Fratel Nicolas mi avvertì che avrebbe fatto un giro nei boschi per pregare senza essere disturbato.

Dora Quey

1.

La mattina successiva all'agguato di Verrès il nostro castello pareva il mosto che ribolle nei tini.

La contessa Catherine aveva invitato a un banchetto i vassalli più ricchi del contado, i signori di Challant, Gressoney, Graines, Brusson e Ayas, e ora i suoi domestici insieme ai nostri, carichi di scope e di stracci, ripulivano il cortile e le stanze, correndo avanti e indietro dal pozzo con i secchi pieni d'acqua.

Ne avevano da strofinare quei poveretti, con tutta la polvere e le ragnatele che si erano accumulate in quegli anni di solitudine!

La sala della giustizia venne spazzata più volte, poi sul pavimento furono gettate erbe aromatiche e alle pareti appesi due arazzi nuovi, dono della contessa, che portarono allegria nel castello con i loro azzurri, verdi e cremisi.

Sotto la luce delle torce e dei candelabri brillarono finalmente i vetri lunghi e stretti delle finestre, i tavoli incerati e le sedie. Fu ripulito dalla cenere il camino e accatastata nuova legna, pronta ad ardere nel caso l'aria si fosse rinfrescata.

Agli angoli, i vessilli con gli stemmi gridavano al mondo la potenza degli Challant, mentre sulle panche lungo le pareti i cuscini di velluto rossi e bianchi ammonivano con i loro ricami nuovi: *Tutto è e non è nulla,* come recitava il motto della famiglia.

Impaziente, curiosa, mi domandavo la ragione di quel banchetto. Non c'erano fidanzamenti in vista, calendimaggio era passato e per la festa del sole mancava quasi un mese.

«Sai dove si trova il castello di Issogne?» mi chiese Laurent nel pomeriggio.

«Al di là del fiume, tra le terrazze coltivate a vigna. »

«Ci sei mai stata?»

«Nessuno di noi varca mai il ponte che porta oltre la Dora…»

«Cosa succede laggiù di tanto misterioso che nessuno ne vuole parlare?»

Mi strinsi nelle spalle, fissando i suoi occhi che ardevano. Stavo bene in quegli occhi, non avrei mai voluto allontanarmene. Fu la voce stridula di Rebecca a strapparmi da loro.

«Dora, rientra subito!» gridò da una finestra. «Stanno arrivando le contessine!»

Mi infilai tra le dame che aspettavano nel cortile, ma subito mi sentii trascinare per un braccio: «Vieni qui, non stare nascosta!»

Era Rebecca, che trepidava mettendosi in mostra davanti a tutti. Al suo fianco mio padre, che come al solito non si accorse di me, fissava il vuoto, assorto in chissà quali pensieri.

Preceduta da una schiera di soldati, una carretta chiusa da tende e trainata da quattro cavalli bianchi attraversò il ponte scricchiolando. La sentinella suonò il corno dall'alto delle mura, il cocchiere fece fare ai cavalli il giro del cortile e quando si fermarono un paggio avvicinò al portello una scaletta.

Dopo un poco la porta lentamente si aprì e due visi, occhi chiari e spaventati, si affacciarono dall'interno.

Una giovane e una bambina uscirono tenendosi per mano, vestivano abiti eleganti di seta turchina e un velo ricamato a coprire i capelli.

«Viva Louise e Jacquemine di Challant!» gridarono le guardie.

La bambina alzò gli occhi verso le mura, fece per guardarsi intorno, ma l'altra non gliene diede il tempo ed entrarono, accompagnate dalla nutrice.

A Louise e Jacquemine di Challant, nate dal matrimonio della contessa Catherine con il defunto Jean di Fénis, era stata concessa una visita alla madre. Erano state allontanate da lei alcuni mesi prima e rinchiuse in un convento, in attesa che il duca di Savoia si pronunciasse sulla loro sorte.

«Con chi andranno a vivere? Con il signore di Fénis, padre del loro padre e pretendente del contado degli Challant, o con la contessa?» chiese Rebecca.

«Dopo il banchetto ci sarà un incontro tra la contessa e i vassalli, che daranno il loro parere. Comunque la decisione finale spetta al duca, ed è quasi certo che le due giovani saranno portate a Fénis» rispose mio padre.

Ehi, si sta parlando di ragazze, non di animali al mercato! urlò la voce dentro di me.

«Ma padre, è giusto costringerle a vivere lontane dalla loro madre, loro che hanno la fortuna di averla? Se io avessi ancora la mia mamma non vorrei lasciarla mai! E non lascerei mai la mia casa!»

Mio padre rimase immobile, le labbra strette, il colorito del viso che si uniformava alla giubba verde e gialla. Aveva sentito la mia domanda?

Fu Rebecca a replicare con voce da papera: «Anche questo è un modo per convincere la contessa Catherine a rinunciare alle terre degli Challant.»

«Allora è un ricatto!»

Alzò le spalle, e io dissi a mio padre: «È questa la giustizia del duca di Savoia? Anche voi amministrate la giustizia, padre: cosa ne pensate?»

Ma lui, senza rivolgermi lo sguardo, dichiarò: «La guerra è alle porte, non c'è tempo per i sentimenti.»

Posai una mano sul suo braccio: «Com'è possibile farne a meno?»

Come se l'avesse toccato il fuoco, si allontanò con uno scatto. «Ora devo andare» disse con una smorfia e ci girò le spalle.

Mi voltai verso Rebecca: «Le contessine non hanno diritto a esprimere la loro volontà? Nessuno prova pena per loro?» Era una donna, non poteva non avere a cuore la faccenda!

Per la mia matrigna, però, tutto era materia di pettegolezzo: «Pare che quella bruttina di Louise abbia chiesto al duca di poter restare con sua madre... Ma lui deciderà quando ne avrà voglia e non secondo i capricci di una ragazzina.»

Figlie trattate senza alcuna considerazione! Come si poteva sopportare tutto questo? Lo dissi alla mia matrigna.

«Tutto è lecito in guerra come in amore. È ora che impari la lezione, Dora, e che la smetti di fare tante storie.»

«Ma io cosa c'entro? Per fortuna non sono nata

nobile, il mio destino è fuori dai giochi dei potenti.»

Rebecca mi tirò da parte: «Non ti agitare tanto, ognuno deve fare la sua parte in guerra, e anche in amore.» Fece una pausa e aggiunse, maliziosa: «Ce n'è per tutti, Dora, non ti illudere.»

Accennò al gesto di coprirsi la bocca, come se avesse svelato più di quanto le fosse permesso. Poi, prendendo a braccetto da una parte madama Georgette e dall'altra madama Claudine, si allontanò.

2.

Sin dal primo mattino un corteo di guardie, di signore nelle carrette e di signori a cavallo risalì la strada.

Noi tre li osservavamo affacciati alle finestre del primo piano insieme alle dame. Sotto, alle inferriate delle finestre delle cucine e delle scuderie, erano aggrappati i servi. Non avevamo mai visto venire al castello tanta nobiltà, tanti begli abiti e cappelli svolazzanti di piume.

Squilli di trombe, pifferi, corni e flauti annunciarono l'ingresso dei vassalli della contessa.

Il cortile si andò riempiendo e i miei occhi iniziarono a giocare con i colori: i verdi, i gialli, i blu delle insegne sui cavalli, gli arancioni, i neri, gli ori delle livree delle varie casate, a tinte diverse secondo il grado. Dall'alto dei merli i balestrieri di Pierre Sarriod erano schierati nelle divise degli Challant. Gli araldi sventolavano le bandiere.

Il bianco e il rosso prevaleva su tutto.

Con noi c'era anche Rebecca, ma non mio padre. Lo sorpresi mentre usciva dallo studio con un fascio di pergamene tra le braccia. Ero orgogliosa del prestigio di mio padre e della quantità di cose che conosceva, anche se non le condivideva mai con me. Gli andai incontro sorridendo: «Padre, vorrei presentarvi i miei due nuovi amici, sono i pellegrini che...»

«Non ho tempo» scosse la testa, e a occhi bassi mi sfilò accanto, allontanandosi frettolosamente.

Restai a fissare le sue spalle, il sorriso che moriva sulle labbra, lo sguardo che si velava. Non riuscivo ancora ad accettare la sua freddezza, e tanto più mi ferì il fatto che Laurent e Mirò ne fossero testimoni.

«Deve essere un uomo molto importante, vostro padre» mi disse Laurent.

Ingoiai le lacrime: «Ha incarichi di prestigio e oggi ha da fare più degli altri giorni. Perciò, vi prego, torniamo a guardare i signori con i loro paggi.»

Non mi importava più né dei signori né dei paggi, ma era l'unico modo per eludere il peso che sentivo tra la gola e il cuore. Cosa avevo fatto di tanto grave da meritare il disinteresse di mio padre? Mi chiesi ancora una volta.

Alla finestra capitai tra Laurent e Mirò, quel giorno stranamente silenzioso.

Laurent invece era di buon umore. Allungava continuamente il braccio verso i cavalli, descrivendone la razza e le caratteristiche.

All'improvviso, come era già successo alla torre di Bonnod, mi accorsi che mi fissava. Non sfacciatamente – niente di ciò che faceva era mai sfacciato. Mi guardava di nascosto, fingendo di sporgersi dal davanzale. E quando mi voltai verso di lui i suoi occhi scivolarono via.

Più tardi, quando scendemmo nella sala per la colazione, chiesi a Mirò di raccontarmi qualcosa di più del carattere del suo padrone.

«È un ragazzo timido? Non sorride mai, perché?»

«Negli ultimi tempi non è stato felice. Suo padre lo vuole mandare a studiare lontano da casa.» Mirò mi disse quello che era successo prima della loro partenza. «Il conte de la Chavre è severo con lui... ma io penso che sia fortunato ad avercelo, un padre» e fece un sospiro così profondo che pareva un singhiozzo.

«Sei strano, oggi, Mirò...»

«Ho un tormento dentro come una serpe che si dibatte, madamigella Dora, e vorrei...»

S'interruppe. Laurent era entrato nella sala e venne a sedersi vicino. Rimase in silenzio fino alla fine della colazione, ma prima di andarsene mi sorprese: «Non vergognarti se tuo padre si è mostrato sgarbato con te davanti a noi, Dora. Anch'io conosco l'indifferenza di chi vorremmo ci amasse, so come ci si sente e non ti giudico. Anzi, io ti capisco.»

Fu come se la fiamma del camino avesse sciolto il nodo di ghiaccio che sentivo nel petto. Avrei voluto ringraziarlo, ma si era già alzato ed era uscito. Allora mi voltai verso Mirò: «Il tuo padrone è una persona straordinaria. Ma tu cos'hai oggi? Hai detto che provi un tormento?»

Lui però rispose che doveva seguire il suo padrone, mi fece un inchino e se ne andò.

3.

A mezzogiorno la sala della giustizia splendeva come se il sole l'avesse scelta per casa.

Ovunque sfavillavano i candelabri, e sul camino un grande stemma degli Challant rammentava agli ospiti a chi andava attribuita sottomissione.

Anche la disposizione dei posti invitava a rispettare la gerarchia. Il grande tavolo centrale era occupato dai conti e dalle contessine. I baroni e gli altri vassalli con le loro dame erano seduti a un tavolo alla loro sinistra, mentre a quello di destra sedevamo noi del castello.

Un gruppo di musici rallegrava il banchetto.

Ovunque c'era sfoggio di magnificenza e di lusso, i miei occhi non riuscivano a saziarsi.

La contessa Catherine aveva indosso un abito di raso bianco, bordato di liste di broccato d'oro. Sul petto una collana di rubini, mentre i capelli erano raccolti in una rete ricamata con piccole perle. Al suo fianco, Pierre Sarriod portava brache nere e un corsetto di damasco, una catena d'oro, una giubba di raso, un berretto di velluto nero con pennacchio verde.

Le dame se lo mangiavano con gli occhi.

«Avete notato il leone ricamato sul petto?»

«Mi ricorda un famoso signore che andava in giro con dipinto sulla giubba lo scopettino con cui voleva spazzare via gli avversari» disse ridendo un cavaliere.

«Il nero è il colore più elegante, molto di moda fra l'aristocrazia, e Pierre Sarriod è il più aristocratico, il più coraggioso e il più bello di tutti!» si entusiasmò Rebecca, e a me venne da ridere: Pierre Sarriod aveva il naso grosso e la pelle butterata. Ma forse lei si riferiva a un altro tipo di fascino.

Quel giorno la mia matrigna si era messa d'impegno, e per arrivare prima nella competizione con le dame ospiti aveva indossato un vistoso copricapo di seta rossa a forma di corna ornato di nastri dorati, attorno al quale aveva acconciato i capelli.

Quando era entrata nella sala, seguita dal corteo delle dame sue amiche, avevo notato che camminavano tutte come gru ubriache, buttando rigide le gambe in avanti e poi fermandosi barcollanti a ogni passo.

Fratel Nicolas le squadrava accigliato. Era intervenuto al banchetto più per criticare che per divertirsi, e quando le dame si sedettero sollevando le gonne fece un salto sulla sedia: «Misericordia, che scandalo!»

Dalla prima all'ultima indossavano le scarpe che avevano comperato dal mercante alla torre di Bonnod: pianelle con tacchi alti una spanna.

Ecco svelato il misterioso acquisto che doveva suscitare l'invidia delle dame ospiti, che infatti mormoravano tra loro, osservando la novità.

«Roba da signore poco raccomandabili» le rimproverò fratel Nicolas, ma Rebecca era in brodo di giuggiole: «Adesso siamo più alla moda di loro!»

Faceva frusciare trionfante il suo abito di seta gialla, che aveva rispolverato dal giorno del matrimonio con mio padre, e si vantava: «È stato fatto venire apposta da Milano!»

Fratel Nicolas scuoteva la testa: «Alla corte dei Savoia i colori sono spenti, altro che oro e argento! E quegli strascichi, che vanno tanto di moda, sono banditi.»

«Cosa hanno per darvi tanto fastidio, fratel Nicolas?»

Lui alzò il dito indice: «Gli strascichi sono *serpens inferni*, code del demonio!»

Rebecca scoppiò a ridere, imitata dalle altre dame che per l'occasione avevano tirato fuori dalle cassapanche abiti che odoravano di muffa.

Ognuno, quel giorno, si era abbigliato al massimo delle sue possibilità, sovrapponendo le vesti per rinforzare il proprio prestigio: almeno cinque strati, se si voleva mantenere salva la reputazione.

Tutta quell'esibizione, tutto quel palcoscenico, ostentava ai forestieri la potenza della nostra corte, e al tempo stesso ci rafforzava. Ci specchiavamo l'uno nell'altro: non eravamo noi, adesso, i cortigiani più importanti e fortunati della valle?

Non potevamo immaginare che quell'illusione sarebbe durata solo una breve stagione.

Il banchetto fu imponente: venti portate tra carni, verdure, formaggi, dolci e vini. I tavoli erano carichi di cibo e l'aria del salone satura di profumi.

Mentre il cuoco portava in sala la torta, una costruzione ardita di cinque piani a forma di torre, alcuni cavalieri e alcune dame aprirono le danze al centro della sala.

Un paggio si avvicinò a Laurent, chiedendogli di seguirlo al tavolo dei conti.

Mi rallegrai per lui che la sua nobiltà di nascita venisse onorata, ma allora perché mi si strinse lo stomaco e rimandai indietro la fetta di torta che avevo nel piatto quando la contessa gli presentò sua figlia Louise e ordinò che venisse aggiunta una sedia in modo che lui terminasse il banchetto con loro?

Dal mio posto, con tutto quel frastuono e quel movimento intorno, non potevo udire i loro discorsi, però osservai Laurent rispondere alle domande che Catherine di Challant gli poneva. Lo vidi persino sorridere e rivolgersi alla contessina.

Piegarsi in un inchino.

Invitarla a ballare, nonostante il braccio fasciato. Perché si comportava in quel modo? Dove era finita la sua timidezza?

Mi agitavo sulla sedia: avrei voluto essere io al posto di Louise, non mi sembrava giusto che Laurent dedicasse a lei il tempo che avremmo potuto trascorrere insieme. In me si fece spazio un sentimento sconosciuto, che partendo dallo stomaco mi mandava in fiamme la testa.

Era questo ciò che nei libri chiamavano *gelosia*?

Laurent si inchinava alla sua dama ed eseguiva i passi della danza con precisione. La contessina Louise era impacciata, si capiva che non era abituata alla vita di corte, ma questo non fu un male, perché il suo imbarazzo donò colorito alle guance rendendola *meno bruttina,* come diceva Rebecca.

I miei occhi correvano avanti e indietro cercando Laurent tra i ballerini, lo trovavano, lo perdevano, lo trovavano ancora. Il mio cuore bruciava, la mente si dimenticava di tutto il resto.

«Dora! Dora, siete sorda?» Al richiamo di madama Georgette girai lo sguardo verso il nostro tavolo. «La vostra matrigna vi vuole.»

Rebecca era in piedi accanto a me, insieme a un cavaliere anziano.

«Messer Lodovico di Brusson ti chiede un ballo, Dora.»

«Veramente non ne ho voglia» risposi sovrappensiero, correndo di nuovo con gli occhi verso Laurent.

Ma la mia matrigna mi fece alzare: «Devi danzare con questo signore, è venuto apposta per conoscerti. È un notaio, come tuo padre.»

«Conoscere me? E perché mai?»

Un sorriso malizioso si affacciò sulle labbra di Rebecca: «Abbiate pazienza, messere, la mia figliastra è un'ingenua, non avvezza ai costumi del mondo, ma questo la rende più preziosa, non vi pare?»

Lui avvicinò alle labbra la sua mano: «Con il vostro aiuto sono certo che imparerà.»

Il notaio di Brusson era quasi calvo, aveva pozzanghere sotto gli occhi e la pelle del collo tutta a grinze, come quella di un pollo. Non era brutto, poveretto, ma era vecchio. E noioso.

Iniziò a inondare la mia matrigna di complimenti non degnandomi di uno sguardo, ma a me poco importava. Ero troppo occupata a ritrovare tra i ballerini la giubba azzurra di Laurent per sentirmi offesa.

Senonché, poco dopo, lei mi tirò da parte: «Sii gentile con lui, tuo padre e io siamo certi che sia un ottimo partito. È ricco abbastanza per non pretendere una dote e inoltre sta cercando una moglie giovane… non gli interessa che sia brutta. Non è una fortuna per te?»

La bocca mi si asciugò in un colpo: «Ma io non voglio sposarmi!»

«Non tocca a te decidere, lui è il marito giusto per te.» E mentre la voce dentro singhiozzava: *Sei perduta!*, mi afferrò la mano e la appoggiò su quella dello sconosciuto, che finalmente alzò lo sguardo su di me e trasalì senza riguardo. Fissando l'orribile macchia arricciò il naso con disgusto, poi voltò la faccia dalla parte opposta e mi condusse al centro delle danze.

«Donna, l'altrui mirar che fate, porge
agli occhi miei di lacrimar tal voglia…»

cantavano i musici pizzicando le corde dei liuti.

Anche i miei occhi erano velati di lacrime mentre guardavo Laurent e la contessina Louise impegnati in una danza che lo portava sempre più lontano da me.

4.

Il banchetto si concluse nel pomeriggio.

Le dame sciamarono nelle loro stanze, io invece cercai conforto in chiesa.

Al pensiero del futuro che mi aspettava mi sentivo svuotata di ogni sicurezza e più misera dei mendicanti che si aggiravano nel cortile, le bocche e le bisacce piene degli avanzi che avevano conteso ai cani, gli abiti così lisi che si intravvedeva la pelle.

Spinsi la porta della chiesa, ma mi arrestai sulla soglia. Si udivano delle voci provenire dall'interno, e allora mi ricordai della riunione che era stata annunciata tra i feudatari e la contessa.

Con cautela allargai uno spiraglio. La voce di Pierre Sarriod tuonava tra le pareti spoglie, prevaricando le altre.

«Non consegneremo le contessine al duca di Savoia, se ce lo chiederà non obbediremo!»

«Ma opporsi agli ordini del duca significherà essere attaccati» replicò il signore di Gressoney. Pierre Sarriod si alzò in piedi levando in alto un pugno: «Allora quello che non si è potuto ottenere col diritto lo conquisteremo con la forza!»

Dalle panche dove di solito noi ascoltavamo in silenzio la messa, i vassalli della contessa iniziarono a protestare: «Il duca è il più forte di tutti, non dimenticatevelo, messer Sarriod. Noi non vogliamo rischiare la vita e le nostre terre per la vostra smania di guerra!»

La chiesa rimbombava di grida. Il barone di Graines cercò di riportare la calma: «Signori, non litighiamo! Cerchiamo un accordo, stiamo uniti!»

«Vogliamo sentire il parere delle contessine!»

«Sì, che dicano dove preferiscono vivere!»

Alle spalle di Pierre Sarriod, su uno scranno davanti all'altare, la contessa Catherine taceva, stringendo le mani l'una nell'altra così forte che le nocche si erano fatte bianche. Aveva ancora indosso l'abito sontuoso del banchetto, ma il suo viso era del colore dei ceri che guizzavano fiammelle intorno, e i suoi occhi mi sembrarono ancora più piccoli e infossati.

Il signore di Ayas si sporse in avanti con un inchino: «Contessa, avremmo piacere di conoscere anche l'opinione delle vostre figlie. Ci potreste dire, di grazia, dove vorrebbero vivere?»

Lei abbassò gli occhi, inspirò come se volesse parlare, ma Pierre Sarriod l'anticipò: «La contessina Louise vuole restare con sua madre, anche se non sarà per molto, dal momento che è promessa sposa al signore di Chissé. La contessina Jacquemine è una bambina e non capisce quello che le sta succedendo, ma a maggior ragione ne ha diritto.»

Tirai un sospiro di sollievo: la contessina Louise era già impegnata, allora Laurent non correva pericolo…

I baroni però non erano soddisfatti.

«Pierre Sarriod non è uno Challant, ce lo deve dire la contessa cosa è giusto fare!» protestavano.

Ma Catherine fissava lo stemma di famiglia dipinto sul portone della chiesa e taceva.

«Contessa…» la invitò il signore di Graines.

Tra le mura sacre calò il silenzio. Lentamente lei alzò lo sguardo.

«Signori baroni…»

La voce era un filo che si spezzò. I piccoli occhi neri corsero come cuccioli da Pierre Sarriod e poi verso lo stemma degli Challant. Lì rimasero.

Trasse un respiro: «Il duca e i miei cugini rivendicano il mio titolo, il mio feudo e persino le mie figlie perché mi considerano *solo* una donna, e pertanto incapace di governare, priva di diritti, di saggezza e inutile, come ogni donna...»

S'interruppe ancora, socchiuse le palpebre. Perché esitava? Cosa le stava succedendo?

Si udì un brusio. I baroni fremevano.

Lei riaprì gli occhi. Bruciavano, carichi di fuoco. La sua voce acquistò forza: «Certo che sono una donna, ma sono anche la Contessa del feudo di Challant. Sono Catherine, educata fino da bambina a esserne la signora. Sono una donna, ma da Iblet e da François ho ereditato l'arte del governare, ho fatto miei i loro sguardi, ho imitato i gesti, ascoltato i discorsi. I miei avi erano grandi guerrieri, e io sono una Challant come loro: questo è ciò che conta. Per quale ragione non dovrei governare? Forse perché ho messo al mondo e amato due figlie?»

Ancora una pausa. Ma non era di incertezza. Questa volta il silenzio era un invito a seguire il suo pensiero, a lasciarci condurre dal suo sguardo, dalla sua voce, che si era fatta sempre più determinata.

«Vi chiedo, signori: un uomo possiede un cuore? Tolta la corazza di guerriero, gli è permesso di guardare con tenerezza i propri figli? O deve fingere di essere superiore ai sentimenti, non deve provarli mai?

Vi chiedo, signori: voi amate i vostri figli? E questo aggiunge o toglie qualcosa al coraggio e all'intelligenza? Non è un motivo in più per difendere il proprio feudo a costo della vita?»

I baroni tacevano, avvolti dalle sue parole, senza staccare gli occhi da lei, che iniziò a fissarli a uno a uno con quello sguardo che mi aveva punto il cuore la prima volta in cui l'avevo incontrato.

«Voi, signori baroni, non sapete anche voi amare i vostri figli e le vostre terre allo stesso tempo, con la stessa intensità? Non vi trovate anche voi, come me, a fare i conti ogni giorno con un cuore e con un feudo? E senza l'uno o l'altro, non vi sentireste privati di qualcosa?

Il duca immagina in me le debolezze di una madre, da sottomettere con il ricatto, vede in me una donna che vive solo delle occupazioni del focolare e dei pettegolezzi della corte, ma si sbaglia: io sono una Challant!» gridò «sono padrona del mio cuore e, quanto al feudo, non ho paura di governare!»

Si alzò in piedi, davanti all'altare. Non era più la piccola donna che aveva iniziato il suo discorso nel nido dello scranno. Era grande, era immensa. E dotata della potenza di una regina.

«Voi, vassalli audaci e generosi, siete voi gli scudi, voi siete le spade che difendono questa valle.

Non lasciatevi ingannare: non è me che il duca vuole colpire! È la libertà. La libertà di chi ha scelto di essere guidato non tanto da una donna, ma dall'erede di Iblet e di François di Challant. Il duca ha colto l'occasione, signori, per distruggere quel patto che i vostri avi e i miei hanno stabilito, quel governo che hanno costruito insieme per rendere questa valle potente e ricca.»

Appoggiò una mano sul cuore: «Sono la contessa di Challant e una madre e una donna, signori baroni! E l'amore per le mie figlie è una sola cosa con l'amore per la mia terra, il mio popolo e il mio casato. Le mie figlie rimarranno con me, e io non tradirò mai il patto tra i miei avi e i vostri. Non traditelo neppure voi, e insieme terremo uniti il nostro cuore e il nostro feudo per sempre.»

Si sedette.

Seguì il silenzio.

Immobile sulla porta, trattenni il fiato: come avrebbero reagito i baroni? Si sarebbero stretti a lei o l'avrebbero abbandonata per sempre?

Mentre le mie braccia si riempivano di brividi li vidi alzarsi dai banchi della chiesa, dirigersi in fila verso l'altare, inchinarsi e tra le sue mani giurarle fedeltà.

E anch'io, una ragazza che stava imparando a

stare al mondo, dentro di me giurai che avrei cercato di essere come lei nel coraggio e nella dignità.

5.

Mio padre uscì dalla chiesa per ultimo.

Il discorso della contessa mi aveva infiammato di coraggio, e lo aspettai nel suo studio carica di parole.

«Come ti sei permessa di entrare?»

Gli andai incontro, il cuore che batteva in gola.

«Padre, io non vi ho mai chiesto niente, non ho mai disturbato il vostro lavoro e ho accettato i vostri silenzi, ora però vorrei...»

Si precipitò verso il tavolo coperto di pergamene e le abbracciò: «Esci da questa stanza, vi sono documenti importanti!»

Lo fissai sgomenta: proteggeva quelle carte più dei figli.

«Padre, per una volta soltanto statemi a sentire, vi supplico!»

«Cosa vuoi?»

Era il momento che aspettavo da anni. Implorante, socchiusi le labbra... Ma troppo, troppo avevo da dirgli, le parole premevano per uscire, la gola era un imbuto riempito fino all'orlo, mi si chiuse e non riuscii a confessargli quanto mi sentissi infelice, che avevo bisogno di lui e del suo affetto... Mormorai solo: «Non voglio sposare quel vecchio.»

Mi regalò un sorriso storto: «Vai nella tua stanza, Dora, e stai buona buona...»

Trasalii. Come osava trattarmi come una bambina stupida?

«No, non me ne vado, non vi tolgo il disturbo di vedermi! Voi non mi amate, me ne sono accorta, ma non avete il diritto di farmi sentire meno di un animale, meno di un oggetto inutile!»

Mi guardò con disprezzo, fissando gli occhi sul mio mento. La rabbia si mutò in disperazione: «Qual è la mia colpa? Non mi amate perché sono brutta? Allora non guardatemi mai più, non parlatemi mai più, ma vi prego, non datemi in sposa a quel vecchio! Vi scongiuro, padre, ritirate la vostra parola, non rendetemi più infelice di quello che sono già! Io non voglio andare via da Villa, voglio restare ancora qui, nella mia casa, con Alexis, con voi!»

Il suo sguardo si andò trasformando. Dapprima mi osservò cupo, poi una luce di pietà apparve nei suoi occhi. Credendo di far presa su quella supplicai: «Se non lo volete fare per me, fatelo per la mamma...»

Non l'avessi mai detto. Gli occhi gli divennero di marmo: «Taci. Lei non esiste più, anzi, per me non è mai esistita.»

«Che dite? La mamma vi amava e anche voi...»

La sua voce affilata mi trapassò il cuore come una spada: «Io la odiavo. Tua madre era una donna da disprezzare.»

Con un gesto scomposto mi spinse fuori, chiuse la porta con un tonfo e tirò il chiavistello.

Nella penombra mi sorressi alla parete del corridoio.

Le sue parole erano precipitate nella mia testa come pietre e ora vi rotolavano dentro con un boato. Mio padre odiava mia madre... Ma perché?

Perché? Perché? singhiozzava la voce, e io mi persi nel labirinto di quella domanda.

Una mano mi strinse il braccio.

«Ragazza, perché piangi?»

Mi voltai tremando: gli occhi piccoli e scuri di Catherine di Challant mi scrutavano, e io mi coprii con le mani la faccia.

6.

Le mie mani erano di ghiaccio.

Le sue, calde.

C'era un lume acceso nella stanza dove le dame tessevano, mi accompagnò sotto la sua luce.

Ero come un cane che ha perduto il padrone.

«Chi sei, ragazza?»

Un singhiozzo. «Sono Dora Quey.»

«Dora Quey? Ma tu allora sei la figlia del nostro notaio e di madama Leda...»

Sedetti accanto a lei sotto la finestra. Fuori il cielo era nero.

«Perché piangi, Dora Quey?»

L'abito sontuoso frusciava e brillavano i rubini della collana. La sua però non era più la voce infuocata della signora che parla ai baroni. Era gentile e dolce, e nel viso minuto gli occhi brillavano di compassione.

Ma come potevo confidarle ciò che provavo? Come potevo ripetere le parole terribili che mi martellavano nelle orecchie?

«Mio padre non mi ama...» sussurrai soltanto.

Mi accarezzò i capelli. «È un uomo triste e molto solo. D'altra parte, la mancanza di tua madre al castello è palpabile.»

Spalancai gli occhi: «Voi ve la ricordate?»

«Era una dama colta e generosa, come potrei averla dimenticata?»

Colta e generosa, disse, come me la ricordavo anch'io. Non una donna da disprezzare.

«Era una donna buona, mia madre?»

«Ma certo, perché me lo chiedi?» Mi fissò indignata: «Chi ha osato sostenere il contrario?»

I miei occhi corsero verso la porta chiusa dello studio di mio padre.

Non chiese altro.

«Non credere mai a quelli che parlano male di chi ami, Dora. Fidati solo di te stessa.»

Erano le parole di cui avevo bisogno. Fecero scorrere via le pietre dalla mia testa. Liberarono il cuore.

«La mia mamma mi amava. Mio padre mi odia.»

«Perché lo dici?»

«Vuole che vada via dal castello, che sposi uno sconosciuto, il notaio di Brusson!»

«Ah, è questo!»

Mi strinse più forte la mano e tacque.

Allora accadde un fenomeno strano.

Il castello con le sue mura grigie, con le sue tradizioni e le leggi crudeli incombeva su di noi, ma da quel momento fu come se non avesse più alcuna influenza.

Ci ritrovammo circondate da una bolla. Separate da tutti.

Solo noi due.

Due donne di età diverse che incrociano le loro storie. E decidono di aprire il libro dei segreti.

«Dora, nessuna dama può sceglierso il marito al

quale restare accanto per tutta la vita, lo sai vero?» mi disse con voce sommessa.

«Mia madre me l'ha spiegato... ma quello è un vecchio!»

«Vecchi o giovani, il matrimonio è un calcolo che ha per protagonisti i padri. Noi figlie dobbiamo ubbidire, e sperare solo che scelgano per noi una persona che non ci faccia del male. Il notaio di Brusson non è cattivo...»

Mi asciugai gli occhi: «La mamma mi ha anche detto che le donne devono diventare forti, e costruire insieme una città dove vivere libere...»

La contessa trasalì: «Conosceva *La Città delle Dame*? Che donna straordinaria tua madre! L'ho letto anch'io quel libro, sai?»

Sentii tornare in me un filo di speranza: la mia mamma allora non era una donna sbagliata, e forse Catherine di Challant le assomigliava un poco nello spirito.

«Quando avevo la tua età coltivavo molti sogni...»

«Anche voi sognavate, signora? Come me?»

«Come te, come mia madre e mia sorella. Come tutte le ragazze...»

«Rebecca, no» dissi, dura. «Riesce a ottenere sempre quello che vuole!»

Lei alzò la mano: «Nessuna sceglie. Il mio primo marito...»

«Non avete scelto neanche Pierre Sarriod?»

Come avevo osato farle quella domanda? Mi coprii subito la bocca.

«Pierre Sarriod è il mio luogotenente, Dora.»

Abbassai la testa.

«È il mio segreto, ma tu l'hai capito...» Mi sollevò il mento. Un sorriso le sfiorava le labbra. «Ci sposeremo, ma non subito. Quando questo difficile periodo sarà finito. Hai ragione: Pierre l'ho scelto io. Ma la nostra è anche un'alleanza. Lo vedi quanto mi sta aiutando contro i miei cugini? Pierre è un uomo forte, e io mi sento forte quando sono con lui.»

«Ma voi siete Catherine di Challant, non avete bisogno di ricevere coraggio da un uomo!» protestai.

Si strinse nelle spalle, guardò verso il telaio che era al centro della stanza: «Sono anche una donna che ha trascorso la maggior parte del suo tempo a tessere. Quanto tessono le donne, prigioniere dei fili e dei pensieri? Filano da figlie, filano da mogli, filano da vedove. Io sono come tutte.»

«No, siete diversa! Siete come la regina Semiramide, siete come la regina Fredegonda! Avete imparato a governare fin dalla culla. L'avete detto voi ai baroni poco fa...»

«E tu come fai a saperlo?»

Diventai più rossa di una fragola: «Ero nascosta dietro la porta della chiesa...»

Scosse la testa, e le perline che trapuntavano i suoi capelli brillarono sotto la luce del lume, ma poi si spensero. «Non è solo il marito ciò che una donna non può scegliere» sussurrò, e all'improvviso di fronte a me ci fu una donna piena di solitudine e di pensieri tristi. Dov'era finita la dama coraggiosa che poco prima infiammava con il suo coraggio i vassalli del feudo?

«Posso confidarmi con te, posso fidarmi, Dora?»

Non finivo più di stupirmi. La signora della valle voleva confidarsi con me?

Ma eravamo nella bolla, e forse era questo che rendeva quel momento straordinario...

«Sono la contessa di Challant, così ha stabilito mio padre nominandomi sua erede. Ma non crederai davvero che immaginasse una donna a reggere le sue terre? Persino i baroni sanno che le sue intenzioni erano dirette a mantenere unito il feudo: solo che non prevedeva che il mio primo marito morisse tanto presto. Il conte sarebbe stato lui, la tradizione sarebbe stata rispettata, nonostante la mia presenza. *Nonostante,* capisci?» Allargò le braccia: «Ma poi il caso ha scelto me. Il caso, non mio padre o i baroni, e forse neanch'io.»

«Neanche voi?»

«Non è solo il marito quello che una donna non

può scegliere, è la vita intera. Una vita che non può mai fare sua veramente.»

«Ma voi…»

«Cosa voglio? Non lo so. A volte governare lo credo un destino possibile, l'unico giusto. Mi sento una guerriera, una ribelle, e lotterò fino alla fine per affermare il mio diritto. Per Diana, le ho lette anch'io quelle storie di regine eccezionali, perché non potrei essere una di loro? Ma altre volte, mi vedo con gli occhi dei pretendenti e del duca e non sono più capace di fare niente, e anche se sono al centro di una corte mi sento sola come se fossi in cima a una montagna.

Sola, e prigioniera di quel destino. Che senso ha tutto questo lottare? Guarda mia sorella: lei ha venduto la sua eredità e vive tranquilla. Non potrei farlo anch'io? In fondo, sarei molto più ricca di uno qualsiasi dei miei sudditi…»

Scosse la testa: «Ma chi sono io? Una contessa che difende ciò che è suo? Oppure una madre che vorrebbe solo curare le sue figlie? Una vedova che piange? Oppure una donna che si può innamorare?»

Non le sfuggì il mio sguardo confuso, allora trasse una moneta dalla borsa.

C'era il suo profilo inciso sopra, uguale su entrambi i lati, ma lei disse: «Da una parte c'è la fiera contessa che si batte contro il mondo, come faceva quella regina Semiramide che tu ammiri tanto, ma dall'altra parte si affaccia una creatura piena di dubbi. Sempre io, lo stesso identico volto. Sono una, eppure due...» Estrasse una manciata di monete: «Due... tre, dieci! In una lotta eterna.»

Chiuse gli occhi e si lasciò osservare. Il viso stanco era stato invaso da piccole rughe. Apparivano più accentuati i tratti irregolari, la bocca troppo grande, il naso troppo lungo... Mi parve brutta.

Ero sconcertata. L'avevo immaginata bellissima, ne avevo sentito magnificare le gesta, l'avevo vista cavalcare davanti alle guardie, l'avevo ammirata mentre parlava ai baroni: io mi figuravo sempre *quella* Catherine di Challant. Ma ora...

Com'era diversa, ora.

Un'altra Catherine di Challant era davanti ai miei occhi.

Stavo per sentirmi delusa da lei, ma poi...

Poi il suo cuore cambiò registro: «Per fortuna ho l'amore di Pierre!»

Sobbalzai.

«Ti stupisci? Ti pare strano che una contessa possa amare?»

«Io non so cosa sia l'amore...» Neanche la mamma mi aveva mai parlato in quel modo.

Mi strinse forte la mano: «Sei ancora una ragazza, ma anche tu lo vivrai, stanne certa. L'amore esiste, Dora, è qualcosa di vero e di vivo. Lo puoi toccare, l'amore, è come una montagna, un albero, un fuoco. Persino una donna può provarlo. L'amore non è solo per gli uomini o per i poeti.»

«Dove lo devo cercare?» chiesi, come una brezza timida. Mi rispose un vento che piegava gli alberi: «Verrà da solo. L'amore non percorre le strade delle convenzioni di corte, dei matrimoni combinati. Da lì non arriverà! L'amore è mistero, e segue i sentieri dei segreti. È conquista del tesoro! Incontrarsi tra cuori, non pare possibile. L'amore ci riesce. Uomini e donne che si ascoltano: questo è l'amore.»

Come una luce mi si accese nella mente l'incontro con Laurent, ma poi lei mi riportò via con le sue parole.

«Amore è anche giocare lo stesso gioco. Sai cosa vuole dire? Significa che una donna ha bisogno di un uomo e un uomo di una donna. È amore questo? Sì, è amore! Per me, è amore! Cosa avrei fatto se non avessi incontrato Pierre, se non ci fosse stato lui a credere in me quando tutti mi abbandonavano, a dirmi: *coraggio, vai avanti.* Lo so quello che bisbigliano tutti: Pierre vuole le mie terre e io la sua protezione. Ma io non mi curo di ciò che dicono gli altri. Io lo amo ed è questo quello che conta.»

Era tornata a essere una guerriera, una ribelle

anche nell'amore, sola contro tutti. Era quella la fonte da cui attingeva la sua forza? Le rughe erano scomparse. Di nuovo sprigionava bellezza.

«Quando sarò definitivamente la signora della valle sposerò Pierre e lui governerà i miei territori...»

«Non potreste essere voi a governare?»

Scosse la testa, le perline scintillarono un istante, poi tornarono mute.

«Le donne non posseggono niente. Non ereditano i beni della loro famiglia e non possono nemmeno conquistarseli con la guerra.»

Vide il mio sguardo scoraggiato: «Eh, Dora, la dobbiamo aspettare ancora a lungo la nostra *città delle dame!* Noi donne, dentro, siamo delle montagne, ma fuori, nel mondo degli uomini, siamo fili d'erba che tutti possono calpestare.»

Subito però assunse l'espressione della guerriera, quella che era sull'altra faccia della moneta: «Via, via, basta commiserarsi. Ognuna ha il suo mattone da portare per costruire la città delle dame!»

«Ma il mio qual è?» sussurrai. La contessa però non sentì.

Ora non ero più delusa da lei. L'altra Catherine, quella nella mia fantasia, era svanita, oscurata dalla luce di questa.

Questa Catherine non era il personaggio di un libro o di un affresco. Era una donna che soffriva, si confidava e aveva paura ed era incerta e chinava la testa.

Ma sapeva anche rialzarla, la testa, e darsi da sola il coraggio.

Questa Catherine mi diventava sempre più cara.

A *questa*, un poco, mi pareva di assomigliare già.

«Io non voglio la guerra, voglio trattare ancora. E voglio convincere non solo i baroni, ma anche il mio popolo a seguirmi. Anche se ancora non so come.»

Fu il mio momento per dirle: «Noi siamo con voi, signora, il popolo è con voi!»

Scosse la testa: «Il popolo vuole pace e lavoro e giorni sereni e ricchi. Come può comprendere la necessità di ciò che sto facendo? Come può buttare all'aria la pace per seguire il diritto di una donna?»

Mi ricordai che mio padre da bambina mi aveva detto che gli Challant avevano firmato un patto col popolo. Ma era successo tanti anni fa.

«Ci vorrebbe un patto nuovo» dissi.

«Un patto nuovo?»

Cosa avevo detto di tanto bizzarro da farle cambiare lo sguardo?

Lo squillo del corno risuonò da fuori e la bolla che ci aveva racchiuse scoppiò.

Lanciò un'occhiata dalla finestra: «Si è fatto tardi! Pierre mi aspetta... Non preoccuparti per il notaio di Brusson, Dora, convocherò tuo padre e gliene parlerò. Tu però devi avere pazienza e non perdere la fiducia nell'amore.»

È Laurent, è lui che ami! urlò la voce. Era già sera, ma all'improvviso il corridoio sembrò splendere come se fosse tornato indietro il sole. Amavo Laurent! Amavo Laurent ed era lui che volevo! Ora lo sapevo e avrei voluto dirlo alla contessa, ma lei si alzò, e anch'io mi alzai con un inchino e non parlai.

«Voglio darti una cosa prima di lasciarti...» Frugò di nuovo nella borsa, estrasse un piccolo specchio d'argento.

«È ora che cominci ad avere più cura di te stessa. Questi capelli strapazzati... questo petto...» Il suo, adesso, era lo sguardo indagatore di una dama. «Lo costringi con fasce?»

Arrossii.

«Lo facevo anch'io. Vedrai però che un giorno sarai fiera del tuo seno. Ci sarà l'occasione giusta...»

Mi porse lo specchio. Corrugai la fronte.

«La macchia sul mento è un ragno, dice Rebecca, e il naso una pera.»

«Non ascoltarla. Tu hai occhi luminosi. Hai lo

sguardo profondo della tua mamma. Credi che siano in tanti a possederlo? E poi sei fatta bene, sei alta, hai la vita stretta, due belle mani… »

Respinsi lo specchio: «La macchia cancella ogni pregio.»

Lo appoggiò sulla cassapanca: «A tutto c'è rimedio.» Tornò a cercare nella sua borsa, mi porse un piccolo vaso: «Quando mi sposto porto con me il necessario. Questa biacca per esempio, che serve a nascondere la stanchezza.» Se ne spalmò un dito sulle guance con un gesto veloce ed esperto, e le rughe come per magia scomparvero. «Usala anche tu: se quello che non ci piace non si può cambiare, lo si può rendere più gradevole… Però ascoltami con attenzione, Dora: c'è un'altra bellezza, più importante, che devi trovare. Come ho fatto io, tanti anni fa…»

Chinai la testa da un lato. Cosa voleva dire?

«Be', neppure io sono una Venere!» scherzò. «Cercala anche tu quella bellezza, e quando l'avrai nelle mani segui la tua speranza di felicità. Tu vuoi sapere qual è il tuo destino?»

Allora mi aveva sentito…

«È nell'altra bellezza che è racchiuso il tuo destino.»

«Catherine!» chiamò una voce dal fondo del corridoio, e poco dopo, nella penombra, si stagliò la figura imponente di Pierre Sarriod. «Mia signora, è tardi, dobbiamo tornare.»

Il viso della contessa si illuminò come le montagne di fronte a Villa quando sorge il sole.

«Vengo, Pierre, sono pronta!»

Rimasi sola. Chiusi gli occhi e mi spalmai la biacca sul mento: sapevo a memoria dove si trovava la macchia, la sentivo su di me ogni momento, non avevo bisogno di guardarmi per trovarla.

Quando lentamente sollevai lo specchio vidi che sul mio viso non c'era più. C'erano i miei occhi che mi fissavano.

C'è un'altra bellezza.

Ma non doveva essere qui, nello specchio, la mia bellezza?

Dove dovevo cercarla altrimenti?

«*Vieni*» mi disse la voce da dentro, «*vieni a conoscerla.*»

Oltre la finestra la luna, appena sorta nel cielo, illuminò le cime innevate delle mie montagne, allora dal profondo di me riaffiorò un ricordo, come un oggetto caduto nel lago che le alghe avevano trattenuto a lungo prigioniero e che ora si era liberato.

7.

Nella sala della giustizia, mia madre e mastro Philippe chiacchieravano.

Lei era seduta nel suo scranno, i piedi appoggiati su un panchetto, un cuscino a sostenere la schiena che, a causa della gravidanza avanzata, le doleva sempre.

Il mio maestro era in piedi.

«Ubbidienza e perseveranza, queste si dice siano le qualità per diventare un pittore, e in molti le hanno. Eppure, io dico, non bastano per essere bravi pittori.»

«Ci vogliono gentilezza d'animo e amore per l'arte» suggerì mia madre.

«È giusto, eppure molti ce li hanno e non sono bravi pittori.»

«Forse è necessario un bravo maestro, uno come voi, mastro Philippe...»

«Il maestro è importantissimo, madama Leda, ma non è sufficiente a dar vita a un bravo pittore.»

«E allora cosa ci vuole per diventare pittore? Non fatemi più stare in pena...» pregò mia madre, accarezzandosi la pancia che sporgeva sotto il vestito.

«Ci vuole il dono.»

«Il dono? Quale, maestro?»

«Il dono dello sguardo!»

«Misteriosa risposta, mastro Philippe! Io non so bene cosa significhi *lo sguardo* di un pittore, ma questa immagine m'incanta… E tu, Dora? Tu sai cosa sia il dono dello sguardo? Dora! Dora, hai ascoltato cosa ha detto il tuo maestro?»

Sobbalzai.

«Sì, mamma» risposi, ma solo per compiacerla. La mia mente era presa da altro, e i loro discorsi mi arrivavano come i fruscii degli alberi quando passeggiavo con lei nel bosco.

Ero poco distante da loro, di fronte all'affresco. Accanto a me il cavalletto di mastro Philippe, sul quale era in attesa una tavoletta cosparsa di polvere d'osso, la più adatta al lavoro di un principiante.

La mia mano stringeva uno stile dalla punta d'argento, sottile e pulita.

Era il regalo di mia madre per la mia prima lezione di pittura, e per me valeva più di un tesoro.

Mastro Philippe mi aveva chiesto di copiare una viola che aveva ritratto in un angolo dell'affresco, ormai concluso. Un disegno semplice, il primo di una serie che avrei dovuto eseguire come esercizio.

«Un poco ogni giorno, per non rimanerne infastidita» aveva consigliato a mia madre, che gli aveva chiesto quelle lezioni per me.

Non vedevo l'ora di dipingere, ne provavo un desiderio acuto, ma non avevo ancora incominciato neanche a disegnare. Lo stile tra le labbra, mordicchiandolo assorta, ero rimasta a osservare come la luce cadeva sul fiore, cercando di notare bene il contorno dei petali, la gentilezza delle ombre, l'esilità del gambo, lo spessore della foglia. La viola mi pareva viva e io l'ammiravo contemplandola.

Ero così concentrata che non solo non ascoltai gli altri discorsi di mia madre e del mio maestro, ma neppure mi accorsi quando uscirono, lasciandomi sola.

Finché, a un tratto, mio padre entrò nella sala gridando.

«Tua madre, dov'è?»

Mai l'avevo sentito tuonare in quel modo. Di solito era un uomo mite, gentile con tutti, soprattutto con mia madre. Ora invece i suoi occhi erano infuocati. Lo fissai spaventata: «Non so, padre.» Un tremore mi scosse le spalle. Non avevo mai avuto paura di mio padre. Fu per questo che cancellai quel ricordo?

Notò il cavalletto e lo stile che tenevo in mano, mi venne vicino: «Che cosa stai facendo?» La sua voce divenne beffarda: «Che cos'è questa novità? Dipingi? Vuoi essere pittrice, Dora?» Con una manata rovesciò il cavalletto: «Che assurdità, non è mestiere da donna dipingere! Non ci possono essere pittrici a Villa, solo figlie o mogli o vedove, ricordatelo!»

Non disse altro e uscì.

Io rimasi a guardare sgomenta il cavalletto e la tavola sul pavimento. Erano loro ad aver fatto mutare il carattere a mio padre?

Lo stile mi cadde dalla mano e scivolò a terra con un lieve tintinnio. Lo raccolsi, ma era diventato a un tratto un pezzo di metallo qualunque, inutile e stupido, e lo deposi sulla mensola del camino, tra i soprammobili, dimenticandolo.

Dipingere non era per me.

Non mi interessava più.

Il desiderio, spaventato, era fuggito via.

Mi chiusi nella mia stanza e cancellai il ricordo di quel giorno.

La memoria di quello che seguì divenne nebbiosa, si riempì di voci che giungevano dal corridoio. Grida sfocate di mio padre… di mia madre…

Non volli più seguire alcuna lezione di pittura, e il maestro, pochi giorni dopo, ripartì.

8.

In cima al ponteggio mastro Philippe stava smaltando la parete con la cazzuola per preparare il secondo strato di intonaco.

L'avevo aiutato a bagnare il muro sin dalla mattina presto, ma quest'altro era un lavoro da esperti: la calcina andava tirata di fino in modo che il fondo su cui avrebbe dipinto l'affresco nel pomeriggio risultasse liscio e senza rughe. Mi accontentavo di porgergli il secchio, e intanto pensavo a quello che era successo il giorno prima.

«Non hai ancora detto una parola, oggi, Dora. Non ti va di stare con me?»

Alzai le spalle. Non avevo voglia di chiacchierare, troppe domande mi giravano per la testa: cosa aveva inteso dire mio padre su mia madre? E la contessa mi avrebbe aiutata davvero a non sposare il notaio? Ma cos'era *quell'altra bellezza?* E io, io come avrei mai potuto essere *bella*?

Non era però solo quello a farmi chiudere in me stessa come un riccio.

Il maestro aveva steso per terra come lenzuola i disegni del nuovo affresco, e quando mi scappavano gli occhi sopra sentivo il cuore stringersi. Avevo paura di guardarli quei disegni, cercavo in tutti i modi di evitare di passarci accanto.

Lui notò il mio disagio: «Non ti piacciono?»

«Fino a oggi vi ho sempre aiutato, ma non so se adesso… se desidero…»

M'impappinai come una bambina, ma a mastro Philippe non sfuggì la paura che mi alterava la voce. Scese dal ponteggio. Aveva gocce di calcina dappertutto, sulla camicia, sulle braghe, sulla fascia che gli teneva indietro i capelli.

«Non è bella da guardare la guerra, ma c'è anche lei a questo mondo, madamigella, anche se non vorremmo. E a noi pittori tocca dipingerla.»

Mi guardava fisso, con gli occhi che premevano dentro i miei: «Se vuoi essere una pittrice, devi imparare a contemplare anche la bruttezza, persino l'orrore.»

Tu vuoi essere una pittrice? Domandò la voce dentro, e un tremito mi attraversò il corpo, mi scosse più del pensiero della guerra.

D'un tratto tornò a galla *quel* ricordo.

«Non ci possono essere pittrici a Villa, solo figlie o mogli o vedove» replicai, con il tono severo di mio padre.

Mastro Philippe aggrottò la fronte e le sopracciglia piovvero sul suo sguardo: «Cosa dici, Dora? Siamo nel 1450, l'era delle invenzioni e delle scoperte, è finito il periodo buio in cui i pittori ritraevano Madonne con gli occhi bassi! È giunto il tempo delle Madonne sorridenti, che guardano in faccia il loro bambino e il mondo!»

Non capisco dissero i miei occhi, e lui spalancò le braccia, facendo volare gocce di calcina dappertutto: «Alza gli occhi anche tu, apriti alla vita! Tu sei già una pittrice, ma devi trovare il coraggio di mostrarlo agli altri. Prima di tutto però devi dirlo a te stessa!»

Una pittrice?

Davvero ne era convinto?

Una pittrice! esclamò la voce, e a un tratto la speranza mi aleggiò di nuovo intorno; era un uccello bellissimo con le piume di mille colori leggeri, se avessi voluto l'avrei potuto afferrare. Ma quando allungai la mano un corvo nero si mise al suo posto: «Il mio destino è già scritto, non so se mio padre…»

La calcina volò tutt'intorno: «Nulla è scritto, per la miseria! Il mondo è nuovo ogni giorno e tuo padre se ne dovrà convincere!» Mastro Philippe risalì sul ponteggio sbuffando. Ma poi il suo sguardo si addolcì, depose la cazzuola nel secchio, ridiscese i gradini, mi prese per mano e mi portò alla finestra. Nel cortile le dame passeggiavano.

«Guardale. Appendono gioielli al collo, mostrando chi sono secondo la loro ricchezza. Ma tu hai più di loro, Dora. Tu sai andare oltre gli oggetti del mondo. Tu hai il coraggio di guardarti dentro. Cerca lì la tua ricchezza, vivila! Vivila da pittrice! Il mondo sta cambiando, non sono solo gli uomini a dipingere. Molte donne lo fanno, e tu sei una di loro. Me ne sono accorto da un pezzo, da quando eri bambina e mi seguivi curiosa e mi porgevi timida i pennelli.»

Mostrai le mani. Tremavano.

«Ma sono piccole, insicure…»

Scoppiò a ridere.

«Non sono le mani che fanno un pittore, Dora, è lo sguardo!»

Era come una cascata mastro Philippe quando rideva, trascinava tutto con sé, portava forza e allegria.

«Lo sguardo…»

Ripensai all'incertezza di mia madre.

Io, invece, sapevo bene cosa voleva dire *lo sguardo di un pittore.*

Lo avevo sempre saputo, era dentro di me e nessuno me l'aveva insegnato.

«Tu hai quello sguardo, Dora. Nessuno te lo potrà rubare mai, neppure tuo padre. Tu sola potresti spegnerlo, ma sono certo che non lo farai. Devi solo imparare a portarlo fuori, mostrare al mondo qual è la sua bellezza, e riconoscere di esserne parte. Rendi più bello il mondo, unisciti alla sua bellezza donandogli il tuo sguardo, la *tua* bellezza!»

La mia bellezza, di nuovo…

Il mio maestro era pieno di entusiasmo, sembrava non avesse aspettato altro che quel momento, e riprese a lavorare senza smettere di chiacchierare e di gesticolare: «Ti insegnerò io, ti svelerò la tecnica della pittura, ti spiegherò come si ritrae un albero, come si prendono le misure per disegnare un corpo, come si colora un viso. Cominceremo le lezioni prima della mia partenza per la Francia.»

Una fitta al cuore mi portò via quasi tutta la voce: «Andrete in Francia? Quando?»

«Tra due o tre settimane, quando questo affresco sarà finito. Starò via qualche mese, ma non temere, poi tornerò e ti trasmetterò tutto quello che ho imparato anch'io dai miei maestri. Farò di te la prima pittrice della valle.»

Io l'ascoltavo con un orecchio, ma con l'altro…

Con l'altro già accoglievo i nuovi sentimenti che mi si dipingevano nel cuore.

Laurent de la Chavre

1.

Jean di Challant. Mio padre.

Solo a sentirne il nome le persone si facevano sfuggenti.

Issogne si trovava nella bassa valle, sotto Verrès. Da Villa ne scrutavo i territori: il ponte sul fiume, i boschi lungo gli argini, le terrazze coltivate a vigna sulle pendici del monte ai cui piedi sorgeva il castello.

Era diverso dagli altri. Senza fossato e mura offriva agli occhi una visione pacifica, non appropriata in quei tempi di assalti e tradimenti, in cui i castelli diventavano fortezze.

La curiosità rodeva le mie ore. La caviglia era guarita e la ferita al braccio si era richiusa, non avevo più scuse per non raggiungere il nostro gruppo di pellegrini. Dovevo agire al più presto.

«Che cosa sta succedendo a madamigella Dora? È

forse partita? Non l'ho più incontrata dopo il banchetto, e dovrei chiederle un'informazione con urgenza» dissi a Mirò una mattina, mentre mi vestivo.

Dal suo letto giunse un borbottio incomprensibile. Non mi aveva preparato la bacinella con l'acqua, non era corso ad aiutarmi a indossare la camicia e il farsetto… Erano due giorni che se ne stava sprofondato sotto le coperte senza toccare cibo.

«Insomma, Mirò, si può sapere cos'hai? Non hai intenzione di alzarti nemmeno quest'oggi?»

Di nuovo un borbottio, e un colpo di tosse.

«Mirò!»

Come una lumaca dal guscio, lentamente la sua testa arruffata fece capolino dalle coperte: «Non mi sento bene, padrone. Forse ho la febbre…»

«Si sarà preso una malattia perniciosa. Da quando è una donna a governare, tutto va a rotoli in questa valle. Gli uomini si ammalano se è il demonio che comanda» disse fratel Nicolas, in ginocchio sul suo giaciglio, senza neanche alzare gli occhi dal libro di preghiere.

Mi chinai su Mirò: «Vuoi che mandi a chiamare il medico?»

«Mi sento debole, padrone.» La voce era sempre più flebile. «Mi gira la testa e ho la nausea…»

«Nel tempo che il medico impiegherà a salire da Verrès sarà morto senz'altro!» scosse la testa fratel Nicolas.

Mirò, la fronte imperlata di sudore, alzò su di me due occhi supplicanti: «Fate venire madamigella Dora, padrone. Conosce l'uso delle erbe per guarire...»

Non l'avevo mai visto in quel modo e mi agitai: «Fratel Nicolas, di grazia andate a chiamare madamigella!» La presenza di Dora avrebbe portato conforto a entrambi. Ma il confratello non si mosse di un passo: «Una donna? Che ne capisce una donna!»

«Fratel Nicolas, vi prego!»

A fatica si alzò: «Non volete che gli dia l'estrema unzione, prima?»

«Presto, correte a chiamarla!» gridai, spingendolo fuori dalla stanza.

«Muoio, signore, muoio...»

«Stai tranquillo, Mirò, vedrai che è solo un malanno passeggero...»

«No, signore, sto morendo...» Cercò di sollevare la testa, fece una smorfia di dolore e la lasciò cadere, rovesciando gli occhi all'indietro: «Chiamate mia madre... ditele che mio padre... mio padre... ma io non voglio... non voglio essere il conte di Challant!»

Delirava, povero ragazzo! La fatica del viaggio, le sorprese e le disgrazie di quella terra inquieta gli avevano consumato il cervello, e io mi sentii in colpa al pensiero di avercelo portato.

Dora entrò trafelata: «Cosa è successo? Come sta?»

«Ha la febbre, delira, crede di essere il conte di Challant...»

Gli afferrò una mano, ascoltò il polso – lo stesso gesto che avevo visto fare al medico dell'ospedale. Poi gli passò una mano sulla fronte.

«Non ha febbre.»

«Non vuole alzarsi dal letto, non vuole neanche mangiare...»

«Da quanto tempo?»

«Due giorni...»

Corse fuori e tornò poco dopo con un bicchiere e un pezzetto di canna di miele che sciolse nell'acqua.

«Questa gli darà forza.» Gli sollevò la testa: «Bevi, Mirò, bevi piano.»

Fratel Nicolas stava in piedi dietro di noi, curvo e appollaiato come un corvo: «Sta morendo, non può ingoiare niente.»

Invece il moribondo ingoiò. Bevve tutta l'acqua in un fiato e succhiò i pezzetti di canna di miele come un neonato il latte della mamma.

«Mirò, apri gli occhi!» ordinò Dora. E lui obbedì.

«Miracolo!» Urlò con voce stridula fratel Nicolas.

«Non dite sciocchezze! Non ha niente, è solo debilitato... Fratel Nicolas, potreste andare a chiedere alla cuoca una tazza di latte e del pane?»

E mentre lui usciva borbottando, sussurrò nell'orecchio di Mirò: «Non ti preoccupare, tra poco starai bene.»

«Se sapeste, madamigella, quanto ho pianto e patito! Non volevo più alzarmi dal letto, non volevo più vivere!»

«Non volevi più vivere? Per quale ragione?» chiesi subito io.

Ma lui richiuse la bocca, scuotendo forte la testa: «Non posso, padrone, a voi proprio non lo posso dire...»

Dora gli accarezzò una mano: «Mirò, cosa ti preoccupa? A me lo puoi confidare...»

Lui ci pensò qualche istante, poi si allungò verso il suo orecchio e abbassò la voce: «È per la questione del cavallo e dell'asino, madamigella. Io, vedete, vorrei tanto... ma proprio non ce la faccio... non sono fatto per i cavalli... io voglio stare con gli asini e cantare le mie storie...» Iniziò a scuotere la testa e a disperarsi.

«Ricomincia a delirare...»

«Non facciamogli più domande, è colpa della debolezza se sta così, quando farà colazione gli passerà.»

Aveva un tono rassicurante. Assomigliava a una donna, non più a una ragazzina.

Aveva raccolto i capelli in una treccia, che le faceva un giro intorno alla testa come una corona.

Quella pettinatura le stava bene. Metteva in risalto il collo slanciato, l'ovale del viso, gli occhi, grandi e profondi e la carnagione del colore di una rosa. Di solito cercavo di non trattenere lo sguardo sul mento, ma non potei fare a meno di notare che la macchia si era fatta più chiara, come se stesse sbiadendo.

Mi parve che la sua vita fosse più sottile. E che il seno… be', forse questo non dovrebbe essere il linguaggio di un cavaliere, ma là dove prima non c'era che una pianura, ora erano spuntate due tonde colline.

Indossava un grembiule cosparso di macchie colorate. Adesso che le guardavo, anche le mani erano piene di baffi di tanti colori.

Piccole mani gentili, con le unghie mangiucchiate. Mi sentii sciogliere il cuore: «Non ti ho più vista in questi giorni. Temevo che te ne fossi andata dal castello…» sussurrai.

«Sono stata impegnata con il maestro.» Un vivo rossore si espanse sulle sue guance. Mi ricordai solo allora dell'affresco che mastro Philippe doveva dipingere e che lei era la sua aiutante; stavo per chiedergliene notizia, quando fratel Nicolas tornò con un vassoio.

«Sono state le mie preghiere a resuscitarti, ricordatelo» disse, posandolo sul tavolino accanto a Mirò.

Il pane e il latte ridonarono vita al mio scudiero. Si mise a sedere e iniziò a trangugiare quella colazione con foga, e se ne lasciava scappare qualche goccia sul mento subito l'andava a ripigliare con la lingua.

Dora e io lo guardavamo incerti.

«Chissà per quale ragione non voleva più vivere. Forse si è spaventato a Verrès, per colpa dell'agguato. È da allora che è strano.»

«Adesso però è tutto a posto. Mi ha fatto prendere un bello spavento… per fortuna sei intervenuta tu. Sai, avevo intenzione di venirti a cercare questa mattina» le dissi, prendendola da parte.

Mi fissò arrossendo, e io, abbassando la voce in modo che gli altri non sentissero, le confidai il mio desiderio di recarmi a Issogne.

Scosse la testa: «Non so se in questo momento sia opportuno. Ci sono i soldati e le spie dei nemici della contessa che circolano per la valle. E poi a nessuno di noi è permesso varcare quel ponte.»

«C'è qualcosa da temere laggiù?»

«Dicono che Jean di Challant sia un tipo strano. Pare che sia stato ferito gravemente in battaglia e da allora non abbia più la testa a posto. Pierre Sarriod dice in giro…»

«Cosa?»

«Dice che è un codardo, perché non si schiera al fianco della contessa.»

A sentire parlare in quel modo di mio padre mi si rimescolò il sangue, perché ormai tutto ciò che riguardava lui riguardava anche me.

Ma se davvero fosse stato un matto? Oppure un codardo?

Non m'importava. Volevo conoscere Jean di Challant più di ogni cosa al mondo. Ero arrivato fino a lì per lui e niente mi avrebbe fermato.

«Non occorre che mi accompagni. È sufficiente che mi indichi la strada.»

«Io non credo che Jean di Challant sia un codardo. Ho visto il suo ritratto, non ha lo sguardo di un debole e neanche quello di un vile. Deve esserci un'altra spiegazione. Da noi la maldicenza è di casa, e certe persone sembrano non vedere l'ora di buttare fango sulle altre. Ma perché ci vuoi andare?»

Dora era una ragazza sensibile, non avevo mai incontrato una come lei, con quel suo modo generoso e schietto di parlare la sentivo sempre più vicina. Dovetti fare uno sforzo per nasconderle la verità.

«Per soddisfare la mia curiosità. Partirò domani mattina e tornerò nel pomeriggio. Mi presti il tuo cavallo?»

Mi fissò. Mi piaceva quando mi guardava in

quel modo diretto e frizzante, come una palla di neve tirata per gioco.

«Posso venire con te? Sono sicura che mastro Philippe mi concederà un giorno di riposo, e ci scommetti che nessuno al castello si accorgerà della mia mancanza?»

2.

Mirò alzò la testa dalla tazza che la cuoca aveva riempito per la seconda volta: «Andremo a Issogne, padrone?»

«Sì, vorrei dare un'occhiata a quel feudo. Dicono appartenga a Jean di Challant, il fratello illegittimo di ...»

Il latte gli andò per traverso e per poco il mio scudiero non si soffocò. Dora corse a battergli sulla schiena.

«Non ti preoccupare, Mirò. Se non starai ancora bene potrai rimanere qui a riposarti. Ci andremo Dora e io, e saremo di ritorno nel pomeriggio» lo rassicurai quando si sentì meglio.

«No, verrò con voi, padrone. Ora di domani sarò guarito.»

«Una gita a Issogne? Domani?» s'intromise fratel Nicolas.

«Verrete anche voi?» Mi avrebbe fatto piacere

averlo a fianco, sapeva molte più cose di me. Ma lui disse: «Non posso, ho un impegno.»

Ci rimasi male. Da quando eravamo stati alla biblioteca della prevostura avevamo parlato altre volte, mi aveva fatto molte domande e sembrava pieno di premure. Durante il giorno però si allontanava spesso dal castello per raccogliersi a pregare. Era un tipo solitario, non era strano che non desiderasse partecipare alla gita.

La mattina seguente fratel Nicolas si alzò molto presto; quando Mirò e io ci svegliammo il suo pagliericcio era vuoto.

Dora ci aspettava davanti alle scuderie in sella a Freccia. Aveva ottenuto dallo stalliere altri due cavalli, uno nero, alto e snello per me, l'altro più basso e massiccio per Mirò, che era tornato in salute sebbene mantenesse un atteggiamento un po' abbacchiato.

Ci avviammo lungo il sentiero nel bosco.

Issogne era un piccolo villaggio, con il castello e poche capanne di legno abitate dai contadini che coltivavano le viti. Per raggiungerlo attraversammo il fiume grazie al ponte costruito a metà strada tra Verrès e Arnad. Non ci furono guardie a fermarci per pagare il pedaggio al signore dei luoghi. Il passaggio era sgombro, ma facemmo rallentare i cavalli perché era stretto.

Cavalcavo davanti a tutti, gli occhi puntati sulle torri merlate che scorgevo in lontananza. Una volta arrivato avrei cercato di incontrare Jean di Challant, mi sarei presentato, e poi chissà… Concentrato nei miei propositi non mi accorsi del movimento tra i cespugli, non udii fruscii né bisbigli.

Mi trovai circondato all'improvviso.

Erano in tre, armati di coltelli e bastoni e con facce da briganti.

Ci costrinsero a scendere da cavallo. Uno di loro mi legò i polsi e mi imbavagliò. Mirò cercò di difendermi, saltò sulle spalle di quello che mi teneva prigioniero e gli strinse un braccio intorno al collo: «Lascia stare il mio padrone!»

Ma l'altro, un uomo grande il doppio, si liberò di lui con uno scrollone, gettandolo a terra.

«Io ti conosco!» esclamò Mirò quando riuscì a vederlo in faccia.

L'uomo fece una smorfia, si chinò verso di lui con un ghigno e lo colpì alla schiena con un bastone, poi tolse dall'interno della giubba un sacco e glielo infilò in testa.

«Così adesso non vedrai più niente, faccia di carbone.»

«Non fategli del male!» gridò Dora. Il brigante si voltò, fece un cenno agli altri due, che la presero uno per le braccia e l'altro per le gambe, mentre lei si dibatteva e urlava.

«Stai zitta o ti uccideremo» la minacciavano, ma poiché continuava a gridare spaventata, quello che aveva fatto il cenno e che sembrava il capo ordinò: «Fatela tacere!» e uno dei due la colpì con un pugno.

Mi sembrò di impazzire. Dora era scivolata a terra morta, e io mi sentii morire con lei. Ero legato, non avevo potuto fare niente per aiutarla. Nel dolore e nella furia mi scossi tutto, diedi uno strappo alle corde che si strinsero ancora di più, ferendomi i polsi, ma il bavaglio cedette e allora incominciai a urlare: «Maledetti, l'avete uccisa!»

Vidi che uno dei briganti si avvicinava con il bastone alzato: «Ora farò tacere anche te!»

Ma da dietro un albero qualcuno gridò: «Fermo!»

E poco dopo, con il suo lento passo curvo, venne avanti fratel Nicolas.

«Ci serve vivo» disse, e allungando un braccio cercò di fermare il brigante.

Ma quello non gli diede ascolto. Il bastone calò sulla mia fronte e non vidi più niente.

3.

Quando mi svegliai mi trovai disteso su un tavolato di legno, chiuso in una piccola cella con una sola finestra sopra la mia testa. Una torcia allungava ombre scure intorno a me.

«Ha aperto gli occhi…»

«Oh, padrone, che paura ci avete fatto prendere!»

«Come stai, Laurent?»

La calda voce di Dora mi rianimò del tutto.

Era viva!

Nella penombra intravvedevo il suo profilo che mi era caro più di ogni cosa. Accanto, si agitava l'inconfondibile testa di ricci di Mirò.

«Sto bene…» mi strofinai la fronte, «mi fa solo un po' male la testa.» Feci per alzarmi in piedi, ma tutto mi girava intorno e mi rimisi seduto.

«Alcuni briganti ci hanno teso un'imboscata vicino al castello di Issogne, padrone!»

«Siamo prigionieri di Jean di Challant, Laurent. È questa l'accoglienza che riserva a chi gli fa visita…»

Il cuore diede una stretta: mio padre era un violento, un senza legge?

Dora disse: «Mi sono risvegliata anch'io qui, dopo che mi hanno colpita. Mirò è il solo che ha assistito a quello che è successo.»

Il mio scudiero scosse la testa.

«Mica a tutto. Mi hanno messo in testa un sacco, non volevano che li vedessi, ma due di loro li avevo già riconosciuti prima. Erano quelli che stavano davanti al castello di Villa dopo l'agguato a Verrès. Ve lo ricordate, madamigella?»

«Stavano discutendo con fratel Nicolas…»

Un'immagine mi balzò alla mente: «Fratel Nicolas! C'era anche lui durante l'agguato!»

«Non mi è mai piaciuto quell'uomo» disse Dora.

«Però è strano... Sono sicuro che fratel Nicolas non conosce Jean di Challant.»

«Adesso mi ricordo, padrone: quando eravamo prigionieri sul carro ho sentito uno che diceva: "Conduciamoli al castello di Montjovet, ci penseranno gli altri a sistemarli!"»

Dora trasse le conclusioni di tutto quel ragionare: «Non siamo a Issogne, siamo a Montjovet, la fortezza di proprietà dei cugini della contessa da dove partono le guarnigioni che vanno ad assaltare i suoi castelli. A rapirci sono stati loro, e fratel Nicolas è una delle spie!»

«Che stupido a non accorgermi prima che il suo interesse non era dovuto ad affetto!» sussurrai tra i denti.

Mirò diede fondo ai suoi ricordi: «A un tratto il carro si è fermato, ho sentito risuonare dei colpi, rumori di spade, grida. Siamo ripartiti, ma c'erano uomini nuovi con noi, non più i briganti di prima, ma altri briganti che parlavano in una lingua sconosciuta... Quando mi hanno tolto il sacco dalla testa mi sono trovato qui.»

«Forse quegli stranieri erano dei mercenari. Ho sentito dire che, a Montjovet, i pretendenti al feudo di Catherine di Challant si servono di compagnie di soldati di ventura giunti da oltre le Alpi. Sono uomini pronti a tutto. Ma a quale scopo ci hanno rapiti?» si chiese Dora.

La voce di Mirò risuonò, cupa: «Forse fra noi c'è l'erede degli Challant…»

Spalancai gli occhi: possibile che avesse sospettato qualcosa?

Alla luce della torcia vidi brillare lo sguardo spaventato dei miei amici.

Mi dispiaceva che soffrissero per causa mia, e non mi sembrò giusto nascondere ancora il mio segreto. Raccontai la mia storia, da quando avevo scoperto che non ero figlio del conte de la Chavre fino alla visita alla biblioteca di Verrès in compagnia di Fratel Nicolas. Infine estrassi dal farsetto la miniatura con il ritratto di mio padre.

«L'ho trovata nascosta nella camera di mia madre. Si amavano» sussurrai, «e dal loro amore nacqui io.»

«Jean di Challant, il figlio di Iblet, ha un figlio, e sei tu, Laurent?» Incredula, Dora faceva correre lo sguardo dal viso dipinto al mio. «Sei tu l'erede che tutti cercano?»

Mi sarei aspettato la stessa reazione anche da Mirò, che invece iniziò a gemere, scuotendo la testa tra le mani.

«Oh, padrone!» esclamò levando lo sguardo al cielo, «non so proprio come dirvelo…»

«Dirmi cosa? Coraggio, se sai qualcosa parla!»

E lui, tutto d'un fiato, confessò: «Non siete voi, ma è un altro, l'erede degli Challant...»

«Un altro? E chi sarebbe?»

Si batté il petto, scoppiando a piangere: «Sarei io, signore. Sarei il futuro conte Mirò Godret Challant in persona. Il ritratto che avete in mano non appartiene a vostra madre, ma alla mia, e perciò Jean di Challant è mio padre non il vostro. Ma io non voglio essere un cavallo! Però, non so se vorrei tornare a essere un asino! Oh, non ci capisco più niente: io voglio essere solo il vostro scudiero, messer Laurent!»

Un asino? Un cavallo? Cosa stava dicendo?

Districare la realtà tra le nostre fantasie non fu semplice. Mettendo insieme i frammenti dei ricordi e analizzando i discorsi che avevo udito tra mia madre e Nathalie, alla fine convenimmo che la miniatura era stata donata a mia madre. Madama Nathalie aveva fatto solo da tramite tra lei e Jean di Challant, che pertanto era *mio* padre.

Dora accarezzò i riccioli dello sconsolato Mirò: «Sei una persona speciale, Mirò, un figlio amato da sua madre e un amico come ce ne sono pochi, non importa se non sei un conte.»

«E sei anche uno scudiero fedele che sa cantare e rendere allegro il suo signore, non hai bisogno di un feudo per essere di animo nobile» aggiunsi io.

Ma lui continuava a disperarsi: «A me non importa di non essere conte, ve l'ho già detto! Anzi, ne sono contento. Quasi stavo morendo per la preoccupazione, non vi ricordate? Non è per questo che sono infelice.»

«E allora perché?»

Ci fissò, gli occhi scuri pieni di lacrime: «È che mi sono accorto adesso che un padre qualsiasi sarebbe stato meglio che nessun padre.»

Povero Mirò! Per alleviare un poco la sua infelicità, a Dora e a me non restò che tenergli strette le mani, e volergli bene.

Anche se ciascuno di noi, dentro di sé, si chiedeva cosa fosse meglio: essere senza padre, avere un padre che non ti considera, oppure averne uno che nemmeno sa che esisti?

4.

Come avevo potuto non accorgermi del doppio gioco di fratel Nicolas?

Il fatto che avesse misteriosamente perduto il lasciapassare e che si fosse unito a noi con tale prontezza, ansioso di entrare nel castello di Villa, alla corte di Catherine di Challant, e anche certi suoi atteggiamenti intransigenti, certe parole violente contro la contessa, la strana curiosità mostrata nei miei confronti… tutto avrebbe dovuto insinuarmi il dubbio che potesse essere una delle tante spie sguinzagliate dai cugini della contessa nei suoi territori per carpire informazioni.

Ma più forte di tutto era il sentimento di sfiducia che provavo. Mi stringeva il cuore l'idea che io, che non avevo mai rivelato a nessuno il mio segreto, mi ero confidato proprio con chi poi mi aveva tradito.

A mano a mano che le ore trascorrevano, mi appariva sempre più chiaro il nostro destino: saremmo stati uccisi, io perché per i pretendenti era necessario eliminare qualsiasi erede del feudo, soprattutto se maschio, e Dora e Mirò perché testimoni di fatti che non avrebbero dovuto essere raccontati.

Ormai era notte fonda, dall'esterno nessun rumore arrivava alla nostra prigione. Muti, fissavamo il buio oltre la piccola finestra, temendo l'alba.

Fu Dora a rompere il silenzio.

«Perché non ci canti una ballata, Mirò?»

Dolce Dora, che cercava sempre un modo per reagire a quello che di male capitava! La fissai con tenerezza, ma Mirò non era dell'umore giusto e si rifiutò. Senza perdersi d'animo lei propose: «Vi racconterò io una storia. La mamma ne aveva sempre una per me quando non stavo bene. Diceva che era meglio di una medicina. La volete ascoltare? È una vicenda d'amore, la più bella di questa valle. È la storia della Castellana di Vergier, la mia preferita.»

5.

Strani effetti produsse quella storia al cuore e alla mente.

Mentre Dora ne pronunciava le ultime parole, Mirò e io avevamo gli occhi umidi. Ma la mente ora era più leggera, e tornava al presente come se fosse stata lavata dai pensieri e dalle angosce.

Intanto era giunta l'alba.

Dalla finestra filtrava il primo chiarore del giorno, al di là si individuavano i contorni delle montagne. Mirò salì sulla panca e si aggrappò all'inferriata: «Il castello di Verrès è molto lontano da Montjovet, madamigella Dora?»

«Abbastanza, considerato che per raggiungerlo bisogna superare una montagna.»

«Perché, allora, mi pare di poterlo quasi toccare?»

«Ti confondi, Mirò. Probabilmente quello che hai di fronte è il castello di Ussel. Ora salgo da te e te lo mostro.»

Dora non credette ai suoi occhi quando si trovò davanti il grande cubo di Verrès, al di sopra del quale, aggrappate alla roccia come artigli di un'aquila, si stagliavano le torri di Villa. Il viso le si tinse di rosso per lo sforzo: «Non siamo a Montjovet, Laurent, il castello in cui ci troviamo è quello di Issogne!»

«Ma allora siamo prigionieri di mio padre...» feci in tempo a dire, prima di essere richiamato dal rumore del chiavistello che scorreva e dal cigolio di cardini che ruotavano.

La porta si spalancò e sulla soglia apparve un cavaliere.

Non aveva armi con sé. Era un uomo anziano, con un occhio coperto da una benda, una barba quasi bianca e l'aria pacifica. S'inchinò.

«Madamigella, messere: vi domando perdono per avervi trattenuti in questa cella tutta la notte. L'ho dovuto fare per proteggervi dai vostri rapitori, che avrebbero potuto avere dei complici desiderosi di seguirvi fino a qui. Ora, però, potete stare tranquilli: chi voleva farvi del male è prigioniero nel mio castello, e nessun altro vi minaccia. Ho inviato un messo a Villa, per assicurare che state bene e che siete miei ospiti.»

L'emozione di trovarmi di fronte all'uomo per il quale avevo intrapreso il mio viaggio mi rubò le parole. Restai a fissarlo muto e con il cuore in tumulto.

«Scusateci, signore, potreste spiegarci meglio, di grazia, quello che ci è successo?» mi tolse dall'imbarazzo Dora.

Jean di Challant scrutò i nostri occhi pieni di confusione: «Ieri, mentre con il mio scudiero tornavamo dall'ispezione alle vigne, abbiamo sorpreso alcuni briganti che vi caricavano a forza su un carro. Eravamo a piedi e disarmati, perciò siamo tornati al castello e, presi i nostri cavalli e altri uomini, li abbiamo rincorsi e arrestati. Questa notte le mie guardie li hanno interrogati...» Esitò, e dopo avermi fissato si inchinò di nuovo: «E ora che so chi siete, conte de la Chavre, vi saluto con rispetto e anche, se permettete, con affetto, sebbene a voi queste parole possano sembrare strane, poiché non mi avete mai incontrato e non sapete chi io sia.»

Il mio cuore continuava a battere come un tamburo e la mente era un falco impazzito. Non sapevo come comunicargli quello che avevo scoperto su di lui e stavo male. Ancora una volta Dora venne in mio aiuto.

«Voi siete Jean di Challant, figlio del nobile Iblet e signore di questo castello. Vi conosciamo perché abbiamo ammirato il vostro ritratto appeso nel maniero di Verrès e non solo.»

«Non solo?» ripeté Jean di Challant, incuriosito.

Trassi un profondo respiro e con le mani che mi tremavano mostrai la miniatura: «Mia madre ha conservato questa per quindici anni, signore, esattamente la mia età.»

Jean di Challant fece correre lo sguardo sul ritratto e le guance gli si fecero di fuoco mentre confessava: «Non osai donarla a lei. La diedi a madamigella Nathalie perché la portasse a vostra madre, con la promessa di intervenire in suo aiuto quando ne avesse avuto bisogno. Il destino, però, mi allontanò da loro e non rividi più nessuna delle due.»

Stavo per approfittare di quella pausa e svelare il segreto custodito da mia madre, quando qualcuno bussò alla porta.

Nella stanza irruppe un soldato: «I prigionieri hanno aggredito la guardia e sono scappati! Li hanno rincorsi, ma ne hanno ripresi solo due!»

Era un uomo piccolo e di corporatura robusta; vestito con cotta di maglia di ferro portava un elmo in testa. Quando, con un gesto deciso, se lo tolse, ci apparvero i suoi capelli neri e crespi, e la pelle scura del viso.

«Che ne è dell'altro prigioniero?» chiese Jean di Challant.

Il moro incominciò a parlare in fretta, facendo mille gesti con la mano libera. Non capivamo più quello che diceva, ora parlava una lingua mai sentita. Le parole, anziché uscire dalla bocca accompagnate dal respiro, pareva che venissero afferrate dalla lingua nell'aria intorno, aspirate e fatte risuonare dentro la gola.

Jean di Challant si voltò verso di me: «Due briganti sono al sicuro nelle nostre prigioni, il terzo, invece, quella specie di prete, è riuscito a raggiungere il bosco, e chissà dove si è nascosto. Karim l'ha inseguito, poi ne ha perso le tracce.»

Il moro annuì: «*Katah tariq... katah tariq...*»

«Questa parola l'ho già udita!» gridò Mirò. «È la stessa che sentivo ripetere mentre ero legato sul carro e con il sacco in testa: *Katah tariq! katah tariq!*»

Jean di Challant spiegò: «Significa: *briganti*, ragazzo, nella lingua in cui io e il mio amico Karim parliamo quando non vogliamo che altri capiscano. È la lingua egiziana.»

Il mio precettore mi aveva parlato del popolo egiziano, dai costumi molto diversi dai nostri e che viveva oltre le montagne e il mare.

«Però a volte succede che Karim parli egiziano anche quando qualcosa lo agita, perché quelle parole gli vengono dal cuore.» Guardandolo con affetto Jean di Challant aggiunse: «Ci siamo conosciuti quando combattevo in oriente. Lui era divenuto schiavo di un re, ma durante una battaglia mi ha salvato la vita e io l'ho comprato dal suo padrone.»

«È il vostro schiavo, adesso?» chiesi.

Scosse la testa: «Nessun uomo deve essere schiavo di un altro. Non appena il re me l'ha affidato, Karim ha riacquistato la sua libertà e, finita la guerra, fu lui a decidere di seguirmi nel mio paese. Da allora vive con me.»

«Anche voi, signore, parlate l'egiziano?»

Sapevo di studiosi che parlavano il latino, qualcuno anche la lingua dell'antica Grecia, ma mai avevo udito di uno che avesse studiato quella degli infedeli.

«Karim è il mio migliore amico; è per conoscere meglio lui e la terra che gli ha dato la vita che ho imparato la sua lingua.»

«Ma è la lingua degli infedeli!»

«Infedeli?» sorrise ironico Jean di Challant. «Caro Laurent, sono stanco di giudicare il mondo dividendolo in buoni e cattivi, fedeli e infedeli, e quelle guerre che hanno ucciso migliaia di uomini in nome di Dio non mi rappresentano più. Un tempo, forse...» Si sfiorò la benda che gli copriva l'occhio e tacque.

Lo scudiero dalla pelle scura si inchinò, e con una voce calda e profonda disse: «Onorato di fare la vostra conoscenza, conte.» Poi si voltò verso Dora, si inchinò di nuovo. Infine si rivolse a Mirò: «E tu chi sei, ragazzo?»

«Mirò Godret, per servirvi, signore...»

«Tu sei diverso dagli altri...»

«È il mio scudiero» spiegai. «È il figlio di madama Nathalie, la dama di compagnia di mia madre. Ve la ricordate, messer Jean?»

I due cavalieri si fissarono. Poi lo sguardo di Karim si posò su Mirò.

«Quanti anni hai, ragazzo?» ruppe il silenzio Jean di Challant.

«Quindici, signore. Sono nato lo stesso anno di messer Laurent.»

«Non sapevo che madamigella Nathalie avesse avuto un figlio...»

Karim non lasciava Mirò. I suoi occhi, così scuri da sembrare ombre, lo percorrevano dalla testa ai piedi, pareva volessero catturarlo. Poi, però, lo sguardo si allontanò verso la finestra, s'incantò, e allora fu come se l'uomo non fosse più con noi, ma abitasse dentro di sé altre stanze, altri luoghi. Tra le labbra sussurrava qualcosa, ripetendo un suono, a metà tra una preghiera e un canto: «Ebn... ebn... ebn... ebni... ebni... ebni...»

Jean di Challant disse: «Da vent'anni Karim mi segue ovunque. È stato il mio fedele compagno durante le battaglie, al servizio di signori potenti. Abbiamo combattuto insieme, rischiato e sofferto. Qualche anno fa ci siamo ritirati in questo castello che mio padre ha avuto la bontà di lasciarmi in eredità, e ora viviamo in pace, coltiviamo la vite e ne ricaviamo ottimo vino. Era anch'egli ospite a Verrès, quella primavera.»

Karim non disse niente, concentrato nel suo canto. Jean si rivolse a Mirò: «Ragazzo, come ti ha spiegato tua madre il colore della tua pelle?»

Mirò ripeté la storia dell'incantesimo. Jean però

non lo prese in giro come facevano sempre tutti, lo lasciò finire e disse: «Non deve essere stato facile per lei...»

In quel momento gli occhi scuri e grandi di Karim si scossero dal sogno e si velarono di tristezza. Si rivolse a Jean, in egiziano, sottovoce.

Jean di Challant annuì: «Diglielo, Karim. Fai la cosa giusta.»

«Enta ebni! Enta ebni!» disse Karim a Mirò.

«Devi dirglielo nella sua lingua, così non ti capisce» sussurrò messer Jean.

Allora il moro si avvicinò a Mirò, e stringendogli con una mano la spalla gli disse: «Tu sei mio figlio!»

6.

«Ebni... figlio mio! Ebni!» ripeteva Karim in quella lingua dagli accenti che parevano singhiozzi. «Non sapevo che Nathalie avesse avuto un figlio... Scusami, scusami se non ti ho mai cercato!»

Mirò rimase senza parole. Fissava suo padre e taceva. Ma dopo un poco iniziò a prendere confidenza con lui, e come un bambino piccolo allungò una mano per toccargli il contorno del viso, la forma del naso, degli occhi. Lo accarezzava lento, lo faceva suo.

Intanto Karim gli narrava di quando lui e madama Nathalie si erano incontrati per la prima volta e di come si erano amati da subito. Gli disse che avere un figlio era la più bella esperienza che gli potesse accadere, e che non l'avrebbe mai più lasciato.

Fu incredibile la velocità con cui Mirò si adattò a quel ritrovamento straordinario. Tutto in lui scorreva con la rapidità di un fiume. Passati i primi momenti di sorpresa fu preso interamente da suo padre e si confidò con lui come se l'avesse sempre conosciuto. Mentre lasciavamo quella stanza e ci avviavamo verso la sala da pranzo gli raccontò di sé, di sua madre, del nostro castello. Gli disse persino del cavallo che avrebbe ricevuto al ritorno e di come amasse suonare e cantare.

«Anch'io non me la cavo male, sai?» esclamò Karim, quando l'altro fece una pausa per riprendere fiato.

Si alzò, uscì dalla sala e poco dopo tornò con un liuto. Cantò nella sua lingua una melodia malinconica. Mirò non staccava gli occhi da suo padre.

Quanto a me, frugavo nel viso di Jean di Challant cercando in lui qualcosa che mi somigliasse.

L'espressione serena, il sorriso aperto, i modi gentili mostravano un aspetto dell'animo maschile che non conoscevo. Anche quel castello rispecchiava la personalità del suo padrone. Con grandi finestre luminose che si affacciavano su un giardino. Sopra il portone d'entrata era impresso il motto: *Amor dell'Armonia*. Quanto era diverso da quello dei conti de la Chavre, e quanto era più vicino al mio modo di vedere il mondo!

Era questa la conferma che ci scorreva lo stesso sangue nelle vene?

Jean di Challant mi accompagnò a visitare il giardino, al centro del quale cresceva un albero.

«È un melograno. A fine estate dà frutti fitti di chicchi rossi. Karim mi ha detto che in oriente piantarne uno nel proprio giardino è di buon auspicio, significa augurare prosperità e fertilità alla casa, e io vorrei che diventasse il simbolo di questo castello.»

Jean era innamorato della natura e mi disse che amava invitare gli abitanti del villaggio per condividere con loro il vino, il formaggio, la frutta che offrivano le sue terre.

Issogne era un luogo di incontri, un luogo di pace. Era strano, considerato che il suo proprietario era stato un famoso condottiero che aveva trascorso molta parte della sua vita a combattere.

«Ma voi, signore, non avete nostalgia delle battaglie?»

Una nube, scura ma veloce, attraversò il viso di Jean di Challant. Istintivamente si portò la mano sull'occhio coperto: «Credere che la guerra rafforzi lo spirito di un uomo è un errore. Nel migliore dei casi, la guerra regala la consapevolezza che non bisogna mai più combattere.»

«Ma il prestigio della vittoria, il coraggio, l'onore...»

«Guerra significa polvere in bocca, sangue di altri uomini sulla corazza e sulla terra, grida di chi saccheggia, urla di chi muore. Ho chiuso con la guerra, Laurent. Le armi che abbiamo appeso nelle sale servono a rammentarmi giorni che non voglio più vivere.»

Mi guardai intorno: «Questo castello è molto diverso da quello di Verrès o da Villa. Qui non ci si prepara alla guerra.»

Mi fece un cenno compiaciuto: «Dalla nostra torre non verranno mai scagliate frecce, né palle di cannone. Issogne significa *sogno*. Il mio sogno. Un sogno di pace. L'ho capito grazie a un prete che incontrai a Pavia, di ritorno da uno dei miei viaggi al servizio dei signori della guerra. Ero stanco, la testa che rimbombava morte e desideravo morire anch'io. Ma lui mi ridonò speranza. Si chiamava Niccolò Cusano ed era un uomo eccezionale, che sapeva ragionare di filosofia e faceva discorsi che incantavano la mente e pacificavano il cuore. Parlava sempre di uno stato personale e universale di armonia al quale ogni uomo dovrebbe tendere per tutta la vita e cercare di rendere vero intorno a sé. Quei suoi discorsi mi cambiarono, e quando tornai a Issogne decisi che la concordia, l'armonia e la tolleranza, non l'odio, fossero i valori per cui vivere.»

«*Amor dell'Armonia* è il motto che ho letto all'ingresso del castello!» esclamai.

Jean di Challant annuì: «E spero che anche nel resto della valle tornino presto la pace, la concordia e l'armonia, caro Laurent.»

Quell'uomo mi affascinava. Ciò che diceva mi affascinava.

Com'era diverso dal severo conte de la Chavre, che per troppo tempo avevo creduto mio padre. Questo cavaliere gentile era il padre giusto per me!

Improvvisamente mi si colmò il cuore di un sentimento mai provato prima: a Issogne, vicino a lui, mi sentivo a mio agio, senza le tensioni e le insicurezze che avevano disturbato i miei giorni fin da bambino. Per la prima volta fui a casa, una casa trovata col cuore e per la quale avevo sofferto tanto.

Ora, però, dovevo trovare il coraggio di rivelargli quale destino ci legasse l'uno all'altro.

7.

Fu lui a dare inizio a quel discorso.

«Laurent, ora che vi siete rasserenati, è venuto il

momento per me di indagare sulla ragione del vostro rapimento. Sono cose che purtroppo accadono da qualche tempo nella nostra valle, ma io non voglio che nelle mie terre si eserciti la violenza, perciò ti chiedo di rispondere alle mie domande. Da quanto tempo conoscevi quel confratello che ti ha teso l'agguato?»

Eravamo seduti al lungo tavolo ancora apparecchiato con i bicchieri e i piatti della colazione. Non mi ero ancora abituato all'idea che fratel Nicolas fosse un rapitore e una spia, e raccontai con la voce che vibrava per l'emozione quello che sapevo su di lui.

Jean di Challant mi ascoltava scuotendo la testa.

«Non capisco ancora la ragione del rapimento. Karim, non ti hanno spiegato niente le guardie?»

Il moro disse: «Non ho parlato con le guardie, ma ora scendo subito a chiedere.» Si alzò e uscì, se pure con un certo rammarico di dovere lasciare anche solo per pochi minuti il figlio appena ritrovato.

Intanto io fremevo, desideravo rivelare il mio segreto e nello stesso tempo ne avevo paura: e se lui non mi avesse voluto?

Poco dopo la porta si aprì, Karim entrò e disse in egiziano a Jean quello che aveva appreso. Il volto del cavaliere si infiammò.

«Fratel Nicolas era una spia dei pretendenti e si

era intrufolato con una scusa nel castello di Villa, dove diceva di avere scoperto l'esistenza di un erede, un nipote illegittimo di Iblet di Challant, e dopo avere assoldato alcuni sicari lo stava portando da loro. Io però non credo a una sola parola. Tutto quello che è accaduto è certamente una sua invenzione per ottenere i favori dei pretendenti.»

Alle sue parole seguì il silenzio. I miei compagni tacevano, Dora mi incoraggiava con lo sguardo.

«È tutto vero. Sono io l'erede maschio degli Challant» dissi con la voce che tremava.

Jean spalancò gli occhi: «Ma come è possibile? Conosco bene tua madre e anche tuo padre, il conte de la Chavre...»

Trassi un respiro profondo: «Non sono figlio del conte de la Chavre. Ho scoperto di essere vostro figlio, signore, e come tale sono l'erede del feudo di François Challant.»

A occhi bassi, non riuscendo a sopportare il suo sguardo sgomento, raccontai quello che era successo da quando avevo udito la conversazione fra mia madre e madama Nathalie. Quando il vaso dell'emozione fu svuotato, tacqui e lo fissai.

Ora tocca a lui mi dissi. Sarebbe successo nello stesso modo che a Mirò? Mi avrebbe stretto a sé e mi avrebbe sussurrato *Figlio mio*?

Con tutto me stesso rimasi in attesa di quell'abbraccio.

Ma Jean di Challant restò immobile, gli occhi che fissavano oltre la piccola finestra con le grate da cui si scorgevano le montagne.

Tutto, intorno a me, aspettava.

Mirò, Karim e Dora, seduti intorno al tavolo, pareva che neanche respirassero.

Si udiva solo il fuoco che crepitava nel camino.

Finalmente Jean si alzò in piedi e venne a sedersi accanto a me. Il suo viso mostrava un'espressione grave, intorno all'occhio sano e alla benda notai piccole rughe che si aprivano a ventaglio, come chi ha tanto riso o tanto sofferto.

Il mio cuore batteva in fretta.

Questo è mio padre mi ripetevo, *questo è mio padre.* Tra poco avremmo cercato insieme, l'uno nell'altro, i tratti che ci rendevano simili... Allora la sofferenza sarebbe finita per sempre.

Pazienta ancora un poco. Ancora un poco... mi incoraggiavo.

«Laurent, quando tua madre e madama Nathalie giunsero a Verrès, quell'anno, erano così belle e sfolgoranti di vita che, al vederle, la primavera sbocciò in un colpo, i rami degli alberi e dei cespugli si coprirono di fiori e il cielo si riempì di voli d'uccelli.

Il cuore di Karim e il mio furono catturati per sempre.

Ci innamorammo entrambi, e alle due dame dedicammo, in quei giorni, ogni pensiero, ogni emozione, lottando come antichi cavalieri per conquistarne l'amore.»

A quelle parole così intime s'imbarazzò lui stesso, e dovette donarsi una pausa. Si alzò, andò alla finestra, poi tornò indietro e si sedette di nuovo.

«Laurent, tu non sai quale gioia sarebbe per me avere un figlio come te, che sei un giovane così coraggioso da affrontare un viaggio pericoloso per guardare in faccia la verità su te stesso. Ma, purtroppo, la verità non è quella che hai immaginato, anche se tutto te lo faceva pensare. Io non sono tuo padre, non posso esserlo, perché anche se ho amato tua madre, anche se avrei dato la vita pur di averla, quella primavera a Verrès, quando le ho proposto il mio amore, lei l'ha rifiutato. E sai per quale ragione?»

Non riuscivo a muovermi. Niente stava andando come me l'ero figurato. Come aveva potuto mia madre rifiutare un uomo così straordinario?

Mi fissò con occhi tristi: «Era il conte de la Chavre che Anne amava...»

«Lui!»

«Proprio lui, l'uomo che hai tanto duramente giudicato. Aveva perso la testa per la bella Anne, che lo ricambiava con la stessa passione. Si erano conosciuti da qualche mese, si amavano già quando lei venne ospite nella nostra valle. Tentai ogni espediente, ma nulla, né gentilezze, parole infuocate o giuramenti riuscirono a farle cambiare i sentimenti che nutriva per lui. Anche se ti è difficile crederlo, quei due erano fatti l'uno per l'altra e nulla avrebbe potuto dividerli. Così» aggiunse con un sospiro, lanciando un'occhiata complice a Karim, «mentre il mio più caro amico conquistava il cuore di madama Nathalie, io invece uscivo sconfitto da quella battaglia.»

Non poteva essere, Jean si sbagliava! Mi ribellai alle sue parole: «Ho sentito mia madre e madama Nathalie dire che il conte de la Chavre vi odiava, che non voleva neanche sentire il vostro nome e la ragione non poteva essere che...»

«Avevo cercato di portargli via la donna che amava, lo avevo fatto davanti a tutti, senza pudore, come poteva non odiarmi? Poco dopo che madama Anne tornò a casa da Verrès si accorse di aspettare un bambino, ma solo io e lei potevamo sapere con certezza che non ero io il padre di quella creatura. Lei ti portava in grembo già prima del viaggio...

Si sposarono, ma dalle tue parole capisco che a tuo padre rimase sempre il dubbio. Era molto geloso, però non ne aveva ragione: tua madre ha sempre e solo amato lui. Ma il fatto che, ancora oggi, non possa neppure nominarmi, dimostra che non ha dimenticato e che la ama con la stessa passione di allora.»

«Ma il ritratto...»

«Speravo che forse un giorno avrebbe rimpianto quel bel giovane che ero... Le dissi che ero pronto a correre in suo aiuto in qualunque momento mi avesse chiamato... ma non mi chiamò mai. A lei bastava il suo sposo, che è sempre stato tutto ciò che il suo cuore desidera.»

Tacque, pareva invecchiato. Poi, però, con un gesto fiero tornò se stesso: «Ma io ho mantenuto fede al mio giuramento! Anche se inconsapevolmente, ieri ho salvato ciò che ha di più prezioso al mondo, e questo è sufficiente a rendere di nuovo il mio animo sereno.»

Ora le piccole rughe si erano raggruppate in raggi alle tempie e le labbra si erano distese in un sorriso.

Non c'era in me quella serenità.

«Se quello che dite è vero, signore, che cosa significa ciò che ho udito di nascosto?... il suo atteggiamento ostile verso di me... l'amore esclusivo per mio fratello... sembrava tutto così evidente!»

Mi guardò con un viso che esprimeva compassione: «Anche a me è capitato di fuggire da ciò che non volevo comprendere. Non parlo di una fuga a cavallo, ma di un altro tipo, molto più potente, che si opera col pensiero. E quando questo mi è successo, magicamente tutto quello che mi circondava pareva darmi ragione. Ma era una realtà falsata, costruita da me, che non volevo vedere davvero.»

Mi ero inventato tutto, ma perché? Non riuscivo a rispondermi. La mia testa, coi suoi pensieri, era come immersa nell'acqua. Fu Jean a spiegarmi: «Anche tu, amico mio, non volevi vedere. Non volevi accettare che un padre, *tuo* padre, potesse trattarti in quel modo. Ma tu non hai colpa di ciò che è successo...

«Tuo padre appartiene a una categoria di uomini che non può provare sentimenti. C'è come un corpo di guardia davanti al suo cuore, che lo tiene sbarrato. *Mai tornare indietro*: questo è il motto ferreo della sua casata, vero? Lui non l'ha scelto, ma per dovere l'ha fatto suo fino in fondo. Cavalieri come lui sanno combattere, soffrire, morire, persino, per il proprio feudo, la terra, il popolo, ma non sanno dire *Ti amo* al proprio figlio. Sono fatti così. Sei un ragazzo coraggioso, e un giorno capirai...»

No, non avrei mai capito. Non volevo.

Jean mi descriveva un padre che non corrispondeva ai ricordi che portavo scavati nel cuore.

Il conte de la Chavre non era un timido! Era un uomo duro, che non si era mai curato di me, che quando da bambino piangevo mi prendeva in giro e che, ora che ero cresciuto, voleva allontanarmi dalla mia casa pur di affermare il suo potere. Ero io a non volerlo più.

Lo dissi a Jean, lo gridai a tutti, mostrando la mia rabbia. Le mie parole risuonarono nella stanza, rimbalzarono sui muri e tornarono da me, colpendomi come uno schiaffo.

«Tu sei un ragazzo coraggioso, Laurent, e devi accettare la realtà.» Messer Jean posò una mano sulla mia spalla, ma io la scrollai via, chinai la testa sul tavolo e scoppiai a piangere.

Non m'importava se questo non era un comportamento da cavaliere, da guerriero che non teme niente. Io non volevo più essere né l'uno né l'altro. Non ero più nessuno in quel momento, ero senza nome e casato.

Ero un ragazzo che, avendo perduto la speranza, aveva perduto tutto.

8.

«Laurent... Laurent...»

Sentii arrivare quella voce da lontano, come un'onda gentile che dal largo, dove mi aveva gettato la tempesta, mi riportava a riva.

Alzai la testa.

Dora era china su di me.

«Laurent...»

Mi guardai intorno. Non c'era nessun altro nella stanza.

«Messer Jean ci ha detto che è meglio che tu rimanga da solo, ma io sono tornata da te perché...» esitò «so come ti senti, e voglio starti vicino.»

Mi asciugai gli occhi con il palmo della mano. Il suo sguardo occupò tutto lo spazio intorno a me, il suo respiro aveva il profumo del bosco.

«Laurent, anch'io credevo di essere sola, troppo diversa da chi mi circondava, e soffrivo. Ma da qualche giorno la mia vita è cambiata. È come se avessi aperto una finestra e ora scorgo fuori un mondo che può accogliermi. Fallo anche tu, apri quella finestra e non restare chiuso nelle tue illusioni.»

Sapevo che la vita di Dora non era stata facile, lei aveva ricevuto molto meno di me. La fissai confuso.

«Ci sono stati incontri importanti in queste ultime settimane, persone con cui sto bene e che sento vicine: tu e Mirò, mastro Philippe, la contessa Catherine... Lei è diventata il mio modello, ora che mia madre non c'è più. Anche tu potresti...»

Chiusi gli occhi. Ora capivo, scossi la testa: «Non si può scegliere un padre.»

«Invece sì: si scelgono col cuore i padri e le madri simili a noi.»

«No, no, non si può.» A occhi chiusi continuavo a scuotere la testa, ma lei cercava di farmi reagire: «Se si abbandonano le illusioni, quello che si pensa debba essere in un certo modo solo perché noi lo vogliamo, si spalanca un mondo nuovo davanti. Guardami, ti prego...»

Riaprii gli occhi. Il suo sguardo si era acceso di mistero: «Non noti niente di nuovo in me?»

Non mi lasciò dire, lei stessa spiegò: «Ho un segreto che mi rende felice.»

Chiedimi quale brillavano i suoi occhi.

«Quale?»

«Voglio dipingere.»

Mi tornarono in mente le macchie sui suoi vestiti e gli schizzi di colore che le avevo notato sul viso.

«Ti rende felice fare l'assistente di mastro Philippe?»

Scosse la testa: «Lavorare con lui mi piace. Anche quando è venuto al castello la prima volta gli facevo da assistente, ma ora qualcosa è cambiato. È tornato in me il desiderio di essere pittrice... Ce l'ho sempre avuto, veramente, ma l'avevo dimenticato. L'avevo perduto, sacrificandolo a una persona che pensavo volesse solo il mio bene e che non potevo deludere...»

«Tuo padre?» sussurrai.

Si strinse nelle spalle: «Lo credevo un uomo eccezionale, invece è un debole, che non ha saputo tenersi stretta neppure la sua, di felicità...» Alzò gli occhi: «Ma ora il desiderio è tornato. È forte e mi spinge a dipingere le cose come le vedo io, capisci? Dare forma a quello che sento e che vedo...» Fece una smorfia buffa, picchiando una mano sul tavolo, stizzita. «Com'è difficile da spiegare!»

«Continua a parlarmi, ti prego» sussurrai.

«Nei giorni scorsi, dopo avere aiutato il maestro, mi ci sono messa da sola, chiusa nella mia stanza...»

«Ecco perché non ti vedevo più in giro...»

«Ero agitata come se avessi la febbre. Ho preso colori avanzati, pezzetti di tavole impannate che il maestro aveva scartato, e mi sono messa a dipingere. Piccoli oggetti: una margherita, uno dei libri della mamma, un angolo della mia finestra con l'azzurro del cielo tra le grate. Ho dato loro il mio sguardo, capisci? Non è stato semplice tirar fuori qualcosa da quel pennello, ho molto da imparare, ma mastro Philippe mi ha promesso che mi insegnerà tutte le tecniche della pittura.»

«Ti dava soddisfazione?»

«Ne ho ricevuto un piacere che non so spiegare. Anche ora, se ci penso, mi prende un desiderio così urgente di dipingere che mi fa formicolare le dita e lo stomaco.»

C'era una luce che le veniva da dentro e che la illuminava tutta.

Era bella. Per me era sempre stata bella, ma ora lo era di più.

Mi dava speranza. Il suo racconto aveva messo distanza tra me e i miei pensieri, e quello sguardo ebbe lo spessore di una carezza. Rese più mite il dolore.

«Quando hai sentito per la prima volta questo desiderio?»

Si mordicchiò le labbra: «Dopo avere parlato con mastro Philippe e dopo avere incontrato la contessa, alcuni giorni fa. È stata lei a dirmi di cercare la mia...» arrossì, s'interruppe. Cosa stava per dire?

Ma compresi che il suo segreto non bisognava sciuparlo con parole dette male... Allora tacqui e aspettai.

Corrugò la fronte: «Vorrei dipingere un quadro vero. E il soggetto sarà qualcosa che sta fuori di me, ma che è anche dentro di me. Non so ancora bene, non ho deciso.»

Era bella anche in quel modo, pensosa e seria.

«Mi piacerebbe portarlo sempre con me quel dipinto!» esclamai d'impulso.

Spalancò gli occhi, io cercai le parole giuste: «Hai il carattere di un guerriero, Dora...»

Rimase incerta: «La mia signora è una guerriera...»

«Anche tu lo sei. Siete due ribelli. Molto simili.»

«Lo credi davvero?»

«Due vere guerriere. Tu combatti sempre, e per te le cose non sono mai facili perché ti ribelli a tutto ciò che non segue le regole del tuo cuore.»

«Sono soltanto una ragazza che cerca dentro di sé un luogo che fuori non esiste…»

Non riuscii più a tacere: «Quando tornerò da Roma ti porterò con me, e questo luogo, questo posto di libertà, lo costruiremo insieme!»

Trasalì. Si vedeva che era combattuta se credermi o no. Non era abituata a sentirsi amata.

Neanch'io.

Le presi una mano. Era morbida. Avvicinai le labbra.

«Ti amo.» Una luce di stupore le illuminò il viso. «Dora, tu che osservi ogni cosa al mondo, possibile che non riesci a vedere quanta bellezza c'è in te?»

Indicò il mento: «Anche con questa?»

«Sì.» Poi ancora un bacio, su quella mano così piccola. «Quando tornerò da Roma mi donerai quel quadro?» e le sussurrai in un orecchio il soggetto che avrei voluto dipingesse per me. «Poi ripartiremo insieme per la Francia.»

Nei suoi occhi una nuvola oscurò la luce, forse era emozione, ma poi si dileguò e la sua bocca si posò sulla mia guancia: «Ti amo anch'io.»

Il tragitto che avevo davanti era davvero troppo breve per non percorrerlo: inclinai la testa e incontrai le sue labbra.

«Tu dipingerai quello che vedono i tuoi occhi» dissi poco dopo, scostandomi dalla mia Dora, «e io sarò gli occhi che vedono te.»

9.

Karim aveva steso in un angolo del giardino un tappeto, si era inginocchiato con il viso rivolto verso sud e aveva iniziato a pregare.

«Karim è musulmano, tutti i giorni a quest'ora interrompe ogni attività per parlare con Dio» disse Jean.

«Non è cristiano mio padre?» chiese Mirò. C'era ansia nella sua voce.

«Non ti dare pena, ragazzo. Gli uomini possono esprimere il loro bisogno di Dio in molti modi, non dobbiamo prestare attenzione al nome con cui lo chiamano.»

Nello sguardo di Jean di Challant brillava la serenità che ammiravo tanto. E la certezza di un mondo che poteva essere meno aspro di come l'avevo conosciuto finora.

«Quando tornerai da Roma e ripasserai da Issogne ripartirò con te. Andremo insieme da tua madre» disse Karim a Mirò quando ebbe finito di pregare.

Jean di Challant ordinò a due guardie di scortarci fino nei pressi di Villa, infine, sulla porta del castello, mi salutò con un abbraccio: «Tu rappresenti la rinascita, Laurent, la possibilità di una vita migliore.» E aggiunse: «Per me sei come un figlio, e se in futuro avrai bisogno sarò pronto ad aiutarti di nuovo.»

Io indugiavo, non ero ancora pronto a lasciarlo: «Jean, pensate che il mio viaggio sia stato inutile?»

«A questa domanda puoi rispondere tu solo. Io ti posso dire che, in confronto a tanti cavalieri che si considerano degli eroi perché combattono e uccidono, tu hai dimostrato un coraggio più vero: quello di guardare in faccia la realtà su te stesso.

Perciò, Laurent, se saprai far nascere da te un pensiero nuovo, per un modo nuovo di essere, più corrispondente al tuo spirito, allora questo viaggio, che forse adesso ti appare inutile, ti avrà invece cambiato per sempre.»

Lasciandomi alle spalle l'uomo che avrei voluto come padre avvertii un senso di vuoto. Ma, mi dissi, avrei ricominciato a partire da quel vuoto. L'avrei riempito. In me era maturata una convinzione: volevo conoscere posti nuovi, nuove persone. Volevo imparare modi diversi di vivere e pensare, come aveva fatto Jean di Challant. Per questo avevo deciso di continuare il pellegrinaggio e di unirci al più presto al nostro gruppo. Anche se lasciare Dora sarebbe stato un sacrificio, ero certo che tornando da lei qualche mese dopo sarei stato migliore.

Ero un ragazzo diverso da quello che aveva iniziato il viaggio, e con questi pensieri abbandonai Issogne, insieme alle inutili illusioni.

Dora cavalcava accanto a me. Come stelle nelle notti più buie, nuovi sogni si accendevano nel cuore.

Mirò Godret

1.

Che cosa era preso a quei due?

Parlavano fra loro sottovoce, chinati l'uno verso l'altra con i cavalli così vicini da farli quasi inciampare. Sentivo ridere madamigella Dora e, cosa più straordinaria di tutte, sentivo ridere il mio padrone!

Ma quando allungavo il collo per ascoltare, ecco che si zittivano mettendosi diritti e impettiti come sentinelle. Volevano giocare? Ma chi ne aveva voglia, con tutto quello che avevo da sistemare nella testa!

Ho un padre anch'io! gridavano i pensieri. *E che padre! Un guerriero forte, coraggioso, che ha la pelle del mio stesso colore e non deve spiegarne la ragione a nessuno.*

Cavalcavo in silenzio, con i due soldati di scorta di messer Jean a fianco e il futuro che mi faceva le capriole dentro.

Mi figuravo l'espressione della mamma vedendomi tornare a casa con mio padre, e sorridevo fra me.

Prima, però, c'era da andare a Roma, farsi benedire dal Papa e ripercorrere all'indietro tutta la strada a piedi. Non stavo nella pelle, avrei voluto partire subito per fare più in fretta, ma il mio padrone prendeva tempo. "Raggiungeremo il nostro gruppo di pellegrini alla Festa della Trinità!" aveva detto.

La Festa della Trinità era il trentuno di maggio. Cioè fra quattro giorni.

Ah, se avessi avuto per un attimo i poteri del mago Merlino avrei fatto passare le ore in un baleno!

Ora chiudo gli occhi, e quando li riapro saranno già trascorsi tre mesi…

Macché, stavo sempre lì, sul sentiero a metà strada tra il castello di Issogne e quello di Villa, con le guardie di messer Jean ai lati e dietro quei due che, con tutto il rispetto, andavano così piano da fare perdere la pazienza anche a San Cristoforo, patrono dei pellegrini dal fiato corto.

Ogni tre passi fermavano i cavalli: prima perché madamigella Dora aveva visto un fiore dal colore speciale e lo desiderava tra i capelli, poi era la volta del mio padrone, che doveva controllare che al cavallo il morso non stringesse troppo.

«Vai avanti, Mirò, poi ti raggiungiamo!»

Una volta, due, tre.

Mi credevano stupido?

Le guardie ghignavano. Poco prima di Villa ci salutarono e tornarono a Issogne. Loro però se ne accorsero molto più in là.

«Ma le guardie dove sono finite?» mi chiese il mio padrone. E io dissi, con accondiscendenza: «Perdonatemi, padrone, ma voi due mi sembrate proprio messer Lancillotto e la regina Ginevra, che erano stati resi ciechi da Amore e non vedevano niente di quello che gli succedeva intorno.»

A quelle parole scoppiò a ridere ancora – com'era bello quando rideva! – e ricominciò con madamigella Dora il loro gioco.

Finché, una sosta dopo l'altra, finalmente entrammo a Villa.

Il villaggio era in subbuglio, l'unica strada che lo attraversava era occupata da una piccola folla. Impigliati come uccelli nella rete fummo spinti verso la piazza dove si affacciava la chiesa e anche la Casa Sala, in cui era ospite la contessa.

La gente mormorava, raccontava di un fatto avvenuto quella notte: i soldati dei pretendenti si erano introdotti nel paese e si erano battuti con i servitori della contessa. Due di loro erano stati feriti gravemente, uno era stato rapito e all'alba l'avevano trovato morto nel lago.

Ora però stava accadendo qualcosa di nuovo.

Dall'alto del cavallo vidi che, davanti alla chiesa, un banditore, con lo stemma ducale sul petto e due araldi a fianco, stava leggendo a voce spiegata una pergamena. Gli araldi lo interrompevano continuamente con scoppi di tromba, e le parole che usava erano molto difficili:

«Il Duca Ludovico di Savoia, sentito il segretario ducale e notaio Pietro de la Porte d'Avrieux, dalle cui inchieste risulta chiara la colpevolezza di Pierre d'Introd e della signora Catherine di Challant per i seguenti reati: preparativi guerreschi contro il duca medesimo, prepotenze nei confronti degli altri feudatari, insulti ai pubblici ufficiali,
ingiunge
alla magnifica signora Catherine, figlia del conte di Challant, e a Pietro Sarriod d'Introd, di comparire il giorno 30 maggio dell'anno 1450, nell'ora dei vespri, presso il castello di Bard per sottoporsi a giudizio per i suddetti reati,
pena
il pagamento di mille marchi d'oro e la confisca di ogni e qualunque bene essi posseggano quali vassalli del duca di Aosta.»

Tornò a ripeterlo più volte, passando da un portone all'altro. La folla lo seguiva rumoreggiando come nuvole nel temporale. Finché giunsero alla Casa Sala.

Ma era sbarrata. Non c'era neanche una finestra aperta. Nessuno rispose ai suoi richiami. Il banditore si accontentò di affiggere la citazione alla porta.

La gente intorno non era per niente d'accordo che fosse mandata a giudizio la signora Catherine, e quando il banditore e gli araldi giunsero all'ultima curva del paese due contadini, con le mani piene di pietre, gli tagliarono la strada e, fingendo di giocare a piastrelle, gliele tirarono addosso facendoli scappare a gambe levate.

La folla si diradò e noi tre finalmente proseguimmo verso il castello.

I due innamorati non ripresero il loro gioco. Erano pensierosi. Cavalcammo insieme, loro due ai lati e io in mezzo.

«Laurent, secondo te alla contessa verranno confiscati tutti i beni?»

«Succederà se la sera del trenta di maggio non si presenterà a giudizio, ma temo che anche se si presenterà sarà lo stesso: il duca d'Aosta è contro di lei e la sua sorte è segnata.»

«Allora dovrà lasciare la valle e un altro signore prenderà il suo posto…»

«A meno che lei non dichiari la guerra.»

«La contessa non vuole la guerra…»

«Se però la situazione precipiterà potrebbe cambiare idea.»

Al mio signore era spuntata una ruga sulla fronte. Era preoccupato, ma di sicuro non per se stesso o per me. Era in ansia per madamigella Dora, e quell'ansia gli era venuta a galla come un graffio sulla pelle.

Noi ce ne saremmo andati a Roma, ma lei sarebbe rimasta a Villa, dove avevo capito persino io che il cielo stava per riempirsi di frecce e la terra si sarebbe coperta di sangue.

2.

Vivevo circondato dai misteri.

Perché mia madre, mio padre e io non eravamo mai stati insieme, come le altre famiglie? Perché nessuno mi aveva mai parlato di lui?

Primo mistero.

Anche tra messer Laurent e madamigella Dora risuonavano i misteri.

Tre giorni prima che partissimo per Roma eravamo seduti sul muricciolo fuori della scuderia. Mentre loro due chiacchieravano a voce bassa io strofinavo con una spazzola i nostri calzari, tenendoli d'occhio.

«Quando torneremo da Roma mi fermerò a Villa, chiederò il permesso a tuo padre e verrai con noi. Ti farò conoscere i miei genitori. Visiterai le mie terre e il mio castello» sussurrò il mio padrone, senza staccare lo sguardo dal viso di madamigella Dora e neanche le mani dalle sue mani.

Lei, invece, le sfilò piano e le nascose dietro la schiena.

«L'umore di mio padre è sempre più nero… la contessa forse lascerà la valle… non credo di poter venire… se prima avevo qualche speranza, ora non ce l'ho più.»

Messer Laurent divenne triste: «Cosa mi nascondi, Dora? Da quando siamo tornati da Issogne non sei più felice con me?»

«A Villa ci sarà la guerra, Laurent. Tu te ne andrai, ma io…»

«Allora vieni a Roma anche tu, lascia qui la guerra!» La ruga era sempre più scavata sulla sua fronte, avrei voluto cancellarla come stavo facendo con i graffi sui calzari. Perché, mi chiedevo, se prima erano così allegri adesso era nato tanto dolore tra loro?

Questo fu il secondo mistero.

«Adesso non posso venire con te, Laurent, e quando tornerai da Roma forse non sarò più qui.» Madamigella chinò il mento: «Non pretendiamo troppo da noi stessi. Abbiamo già fatto tanto l'uno per l'altra, e io ho avuto molto più di quanto sperassi.»

Il mio padrone protestò, lei allora rispose che c'era una cosa che lui non conosceva, qualcosa che non era riuscita a confessargli prima, ma adesso era giunto il momento. Quando glielo disse a voce bassa io non capii cosa fosse, però lui sì, e non gli piacque affatto, perché gli occhi gli si riempirono di disperazione. Si alzò di scatto e uscì dal portone.

Terzo mistero.

Madamigella Dora si mise a piangere.

Venne da piangere anche a me, anche se non ne capivo la ragione. Appoggiai i calzari sul muretto: «Madamigella Dora, non amate più il mio padrone? È per questo che non volete venire con noi in Francia?»

Mi lanciò uno sguardo così triste, ma così triste che non ci fu bisogno delle parole per capire che non avevo indovinato. Allora qual era il motivo della sua infelicità? Mi feci coraggio e osai chiederglielo, ma lei non rispose. Rispose madama Rebecca, arrivata silenziosa alle nostre spalle.

«Dora!» urlò, facendoci trasalire.

Che modi sgarbati, quella dama! Pareva che si divertisse a fare soffrire madamigella Dora.

«Dora, vai subito a cambiarti d'abito: nella sala della giustizia c'è tuo padre insieme al tuo promesso sposo e ti vogliono parlare. Vedi di non farli aspettare, tuo padre è inquieto con te, dopo il tuo viaggio a Issogne.»

Un promesso sposo dentro il castello? Ma il mio padrone era uscito dal portone, non era lui il promesso sposo di madamigella Dora?

E questo fu il quarto mistero.

Mentre correva via mi dissi che non ce la facevo più. La vita nel mondo era decisamente più complicata di quella nelle storie.

Decisi di aspettarla per chiederne spiegazione a lei.

Cantai una canzone o due per tenermi compagnia e non lasciarmi prendere da brutti pensieri. Poi vidi che c'erano delle more che spuntavano da un cespuglio davanti alle scuderie e andai a raccoglierle.

Ne riempii un cestino, non avevo ancora incominciato a mangiarle che fu di ritorno. Aveva raccolto i capelli in una lunga treccia che le dondolava sulla schiena e si era cambiata d'abito. Era elegante adesso, ma gli occhi erano rossi e avevano ancora voglia di piangere.

Mi disse che si sarebbe sposata con quel vecchio che aveva ballato con lei al banchetto.

«Vi piace?»

Scosse la testa.

«Allora perché non lo mandate via...»

«Non posso. Non si è mai sentito di una ragazza che non ha accettato il marito deciso da suo padre.

E se c'è stata, ha fatto di sicuro una brutta fine.»

Sciolse le mani che teneva aggrappate l'una all'altra e mi mostrò l'anello che le aveva donato come pegno del matrimonio.

Mi sentii torcere le budella dalla rabbia contro quel vecchiaccio che impediva al mio padrone e a madamigella Dora di ridere insieme, e contro madama Rebecca che giocava con loro come facevano i nobili con le pedine degli scacchi.

Infilai le mani nei capelli, me li tirai strappandomi un ricciolo. Madamigella Dora mi fermò: non serviva a nulla disperarsi, era il destino di ogni ragazza, così mi disse, di sposarsi senza amore.

Restammo muti, muti come il muro su cui ero seduto.

Però io rimuginavo fra me: Madamigella Dora e messer Laurent si amavano, ma non potevano stare insieme... Mio padre e mia madre si erano amati, ma non avevano costruito una famiglia...

Cercavo di capirci qualcosa, invece non ci capivo niente. E mentre mi sporcavo le dita con le more che finalmente mi ero deciso a mangiare, mi fu chiaro che un povero scudiero come me non avrebbe potuto aiutare il suo padrone e madamigella Dora.

Erano more deliziose, ma cosa m'importava con tutta quella tristezza che avevo addosso?

Dora Quey

1.

La contessa Catherine aveva ben altro da pensare in quei giorni, eppure era l'unica che avrebbe potuto aiutarmi a sfuggire al mio destino.

Il caso volle però che non fosse necessario il suo intervento per mandare all'aria il mio matrimonio con il notaio di Brusson.

Il pomeriggio del giorno in cui il mio promesso sposo mi aveva consegnato l'anello che mi legava a lui per sempre accadde un fatto straordinario che rovesciò le sorti già segnate della mia vita.

Mirò ed io eravamo seduti in silenzio sulle rocce poco lontano dal castello a osservare il passaggio dei pellegrini lungo i sentieri di sotto.

Laurent non era con noi. Dopo che gli avevo confessato di essere promessa sposa a un altro se n'era andato nel bosco e non l'avevo più incontrato.

Eravamo tutti e tre tristi, e io non scorgevo alcuna possibilità di ritrovare la felicità che ci aveva sfiorato a Issogne.

A un tratto il portone si socchiuse e da uno spiraglio scivolò fuori qualcuno, furtivo e veloce come un gatto che ha rubato il lardo in cucina.

«Quello là non è il vostro promesso sposo?» mi tirò un braccio Mirò.

Si trattava proprio del notaio di Brusson, ma aveva un aspetto ben strano… capelli in piedi come aghi di porcospino, braghe a mezza coscia, camicia slacciata e farsetto sotto il braccio. Ci passò vicino.

«Messere, cosa vi è accaduto?»

Anziché rispondermi, fece un gestaccio verso il castello, poi filò giù lungo il sentiero per Verrès come fosse inseguito dai cani.

Mi voltai verso Mirò: «Chissà cosa è successo…» iniziai a dire, ma all'improvviso il portone si spalancò del tutto. Un cavaliere al galoppo si precipitò fuori, pareva un fulmine e mancò poco che ci travolgesse. Chino sulla criniera, mi sfiorò senza rivolgermi un'occhiata, lanciandosi verso la strada per il paese.

«Padre!» gridai.

Nemmeno si voltò, fu il vento a portarmi una sua frase molto sconveniente per lui di solito così composto: «Quella Rebecca, quella sgualdrina!»

Mirò fischiò d'entusiasmo: «Potrei sbagliarmi, madamigella Dora, ma ho l'impressione che ci siamo tolti di mezzo per sempre il vostro promesso sposo!»

Non ci voleva un gran ragionamento per capire quello che doveva essere successo. Da un gruppo di servi che chiacchieravano nel cortile ottenemmo conferma che mio padre aveva sorpreso Rebecca ad amoreggiare con il notaio di Brusson, e l'aveva cacciato dal castello. Poi però, non potendo sopportare i pettegolezzi, era partito di furia per un viaggio di affari.

Questa volta la mia matrigna l'aveva davvero combinata grossa: l'onore di mio padre era a brandelli, ma io non potei fare a meno di rallegrarmene.

Sono tornata a essere libera dissi a me stessa, mentre il cuore batteva un colpo in più per la felicità.

Trascorsi il resto del pomeriggio nello studio di mastro Philippe a impannare le tavole per i ritratti. Ne avevo già preparata una per ogni dama, ma il mio maestro desiderava tenerne qualcuna di scorta.

Tagliai delle strisce da un panno di lino vecchio ma pulito, poi le inzuppai a una a una nella colla. Quindi ricoprii le superfici di legno delle tavole, tendendo le strisce e spianandole con i palmi delle mani in modo da togliere ogni movimento sul fondo. Lavorare mi aiutava. Concentrata a far bene, si attenuò l'agitazione per quello che era successo.

Non altrettanto accadde alla mia matrigna, che trascorse la giornata a sfogare la sua rabbia. Le sue urla si udivano risuonare nel castello, smettevano, poi ricominciavano.

Mi faceva compassione e nello stesso tempo ero curiosa. Dopo aver messo le tavole ad asciugare decisi di andare a farle visita nella sua stanza. Mi accompagnò Mirò, e ci seguì anche Laurent, che si era riappacificato con me.

La matrigna, scarmigliata e in vestaglia, sedeva su uno scranno davanti alla finestra, in mano un fazzoletto imbevuto di lacrime.

«Che equivoco! Che malinteso!» spiegava alle dame che le stavano intorno. «Come ha potuto il mio caro sposo fraintendere? Forse la stanchezza per il tanto lavoro gli ha appannato la vista, facendogli vedere quello che non c'era?»

Le dame annuivano, ma noi non eravamo d'accordo.

«L'abbiamo ben visto, il malinteso» sussurrò Laurent.

«Un malinteso in mutande» sghignazzò Mirò.

Mi venne da ridere, ma subito mi coprii la bocca perché Rebecca ci aveva sentito e mi fissava con sguardo malevolo. Si alzò in piedi, mi venne incontro minacciosa, puntandomi un dito contro: «Cos'hai da divertirti tu, che sei la causa di tutti i miei guai? Cosa credi? Era per parlare di te che l'avevo invitato in camera mia. Altrimenti, come pensi che ti avrebbe presa, con quel tuo muso da rospo?»

Per la vergogna sarei scappata via, se Laurent non si fosse messo tra me e lei.

«Signora! Come vi permettete di offendere madamigella Dora?»

Lei lo guardò sprezzante: «Voi chi siete? E perché siete entrato nella mia camera?» Si calmò: «Ah, siete uno dei pellegrini… il figlio del conte de la Chavre che l'altro giorno è stato ospite di Jean di Challant insieme con la mia figliastra… Siete il benvenuto al castello, signore, ma non entrate in questioni che non vi riguardano, di grazia.»

«Mi riguardano, se riguardano madamigella Dora!» replicò Laurent con sentimento. «Nessuno ha il diritto di offenderla!»

Rebecca si voltò di scatto verso le dame: «Avete udito? Possibile, mie signore? Possibile che un gentiluomo si interessi alla mia figliastra?» Di nuovo a Laurent: «Cavaliere, ascoltate il consiglio di chi conosce le circostanze: voi discendete da una famiglia nobile, lasciate questa giovane al suo destino, non occupatevi di lei, perché potrebbe venirvene molto male.»

La risposta di Laurent fu dura: «Non avete nessuna autorità per dirmi chi devo frequentare, signora, soprattutto considerando il vostro comportamento…»

Rebecca si fece paonazza: «Il mio comportamento? Come vi permettete? Che ne sapete del comportamento di quelli che vivono in questo castello? La famiglia di questa ragazza, che voi difendete con tanta foga, cosa ne sapete di lei? Credete che i vostri genitori sarebbero felici di sapere che la frequentate se venissero a conoscenza...» una smorfia di disprezzo le si dipinse sul viso.

«A conoscenza di cosa? Perché la offendete ancora?»

«La sua famiglia non è nobile come la vostra, messere, e inoltre...» Un lampo di cattiveria: «Inoltre sua madre era una poco di buono!»

Mi sentii morire: «Cosa state dicendo?»

«Tua madre, mia cara, se la intendeva con un cavaliere ospite del castello! Ecco la ragione della scenata di tuo padre di quest'oggi. Povero vecchio! Segnato dall'esperienza con la sua prima moglie, ha creduto di viverla di nuovo stamane e ha frainteso un gesto innocente del notaio. Quattro anni fa, invece, non ci furono equivoci quando sorprese un amante nel letto di madama Leda. E di chi è, se non dell'amante, il figlio che è nato nove mesi dopo? Da allora messer Quey non ha mai più voluto parlarle, e lei è morta di vergogna!»

Il mondo mi si mise a girare intorno come una trottola. «Non è vero! Mia madre è morta di parto!»

«Chiedilo alle dame, avanti, chiedilo a loro se ti ho mentito!»

Mi voltai verso le dame, aspettandomi che difendessero mia madre. Ma a una a una le vidi chinare gli occhi davanti al mio sguardo supplicante.

2.

Quella notte il sonno non venne.

Troppe domande si ripetevano all'infinito nella mia testa tenendomi sveglia.

Alla fine mi alzai dal letto, accesi il lume e uscii dalla mia stanza.

Il castello era immerso nel silenzio, la porta della sala di giustizia lanciò un cigolio acuto come un grido quando l'aprii.

L'affresco dipinto da mastro Philippe mi aspettava nel buio. Avvicinai la luce e, a uno a uno, sfiorai i personaggi che vi erano dipinti.

Eccola mia madre, ritratta davanti al castello in mezzo alle dame, i tratti dolci del viso che amavo, l'atteggiamento riservato che la faceva apparire ancora più bella.

Le altre chiacchieravano, lei sedeva appartata a leggere. Di sicuro si trattava del suo libro preferito: *La Castellana di Vergier*.

Da cosa si ritraeva mia madre? Da un gruppo di

persone troppo diverse da lei e con cui non riusciva a tessere legami? Da un marito molto più anziano, acquisito per contratto, troppo timido e indaffarato per occuparsi di una moglie giovane? Lei era allegra e piena di vita, mio padre un uomo triste.

Non ero più una bambina. Ero una giovane donna che conosceva l'amore, e mi ritrovai a considerare l'ipotesi che mia madre avesse cercato in qualcun altro l'affetto che non riceveva da suo marito. Se, come mi aveva suggerito la contessa Catherine, tutti hanno diritto all'amore, perché lei avrebbe dovuto privarsene?

La testa bruciava dal desiderio di sapere. Chi mi poteva dare risposte?

Fu allora che, cominciando a osservare con attenzione nuova il suo viso, mi accorsi che non stava leggendo, come avevo sempre pensato. La testa era lievemente chinata sul libro, facendolo credere, ma i suoi occhi erano diretti oltre il libro, in alto, verso qualcosa che non avevo mai notato prima.

Il suo sguardo mi accompagnò al di sopra del gruppo dei signori riuniti poco distante e pronti a partire per la caccia. Tra di loro, un giovane cavaliere biondo si rivolgeva verso il castello tenendo un braccio alzato. Seguii il braccio come una freccia e giunsi a una colomba, che volava diretta verso mia madre.

Presi una sedia, vi salii sopra, avvicinai la lampada: la luce rivelò che l'uccello portava qualcosa legato a una zampa. Sfiorai con il naso l'affresco, per vedere meglio... Non c'erano più dubbi che... un fruscio improvviso alle mie spalle mi fece voltare.

Vacillai. Subito una mano mi strinse la spalla: «Dora, sono io...»

«Mastro Philippe!»

«Ho udito un rumore e mi sono alzato. Ero certo che prima o poi saresti venuta a chiedermi dell'affresco, dopo quello che è successo oggi.»

Era già al corrente. Niente restava nascosto al castello.

In silenzio indicai la colomba.

«Sì, reca una lettera. Un messaggio per tua madre, che era una dama sensibile e molto sola.»

Trattenni le lacrime, non volevo lasciarmi sfuggire neanche una parola del suo racconto.

«Tutti immaginavano l'amore fra tua madre e il giovane cavaliere, tranne tuo padre, che quando lo scoprì non la mandò via dalla sua casa, ma non le parlò mai più. Lei soffriva, avrebbe voluto essere perdonata, ma messer René la cancellò dalla sua vita come un errore di conto nel bilancio del castello.

Prima che accadesse, veniva spesso a farmi compagnia mentre dipingevo l'affresco. Scrutava i volti, come fai tu ora, e mi raccontò di come nei libri che leggeva esistessero amori meravigliosi che restavano nascosti. Un giorno incominciò a parlarmi di sé come se fosse la storia di un'altra.

Mi disse di lui, *il cavaliere biondo*, che comunicava il suo amore con le colombe, e c'era una tale passione che si sprigionava da lei che non potei fare a meno di dipingere la loro storia felice e infelice a un tempo.»

Mastro Philippe mi asciugò con un dito le lacrime che ora scorrevano libere sulle guance.

«Non giudicarla, Dora, lei seguì il suo cuore.»

«Chi era lui? Dov'è adesso?»

«François apparteneva a un ramo laterale di una delle famiglie nobili fondatrici della valle, i De Verretio, i cui territori furono acquisiti dai Savoia e poi dati in feudo a Iblet di Challant. Era un cavaliere giovane...»

«*Era*... non è più?»

«Morì in battaglia, pochi mesi dopo avere conosciuto tua madre. Era gentile e bello. Lei se ne innamorò subito.»

Esitai. Un dubbio terribile aveva tormentato la mia notte, cavai fuori tutto il coraggio che avevo in corpo per riuscire a condividerlo con mastro Philippe: «Mio fratello è figlio di quel cavaliere?»

Corrugò la fronte: «Nessuno lo sa, tranne lei, che però ha portato il segreto con sé. È uno dei tanti nascosti tra queste mura, e stai certa che non verrà mai rivelato. Di fronte a un evento di questo tipo, dame, cavalieri e servi del castello di Villa si compattano e nulla è mai uscito e uscirà di qui. Tuo padre è un uomo che conta, nessuno vuole inimicarselo.»

«Ma Rebecca...»

«Rebecca è una forestiera. Non c'era, non sa. Provoca, vorrebbe conferme, ma anche se le dame non la contraddicono, non giungerebbero mai fino al punto di rompere il silenzio. D'altra parte la sicurezza di ciò che è stato non ce l'ha nessuno, tranne forse tuo padre.» Mastro Philippe mi fece una carezza: «Lei ti voleva bene, questo è ciò che conta, al resto non pensare più.»

Dalla finestra stavano entrando le prime luci dell'alba. Si stiracchiò: «Chiudiamo con il passato, è ora di pensare al presente e di ricominciare a lavorare. Questa mattina continuerò lo spolvero del nuovo affresco.» Mi indicò i cartoni dei disegni che aspettavano di essere trasferiti sulla parete dove aveva già dipinto una parte dell'affresco.

Cavalli che nitrivano terrorizzati contro il cielo. Soldati morti tra le loro zampe farneticanti, o nel fango, infilzati da lance e da spade. Occhi sbarrati che imploravano pietà, che gridavano orrore. Sul fondo si alzavano alte colonne di fumo in mezzo a campi devastati.

Rabbrividii pensando che in quella sala, uno di fronte all'altro, mastro Philippe aveva dipinto il passato e il futuro della nostra valle.

«Nel pomeriggio inizierò anche le miniature delle dame. Sei pronta a farmi da assistente?»

3.

Aiutavo Mastro Philippe nello spolvero, sorreggendo un cartone con il disegno dell'affresco punteggiato di fori, mentre lui, con una pezzuola colma di polvere di carbone, lo riportava sulla parete.

La canzone della colomba risuonava dentro di me:

«Una colomba più che neve bianca,
della cui bella piuma innamorai.
Or pena dammi, ed or diletto.
Levu gli occhi ver' me, a ora a ora
con dolce sguardo.»

Era la preferita da mia madre, adesso ne comprendevo la ragione.

All'improvviso una domanda, come un tuono, scosse la mia mente. Si sprigionò con una forza tale nella mia testa che non potei fare a meno di ripeterla da alta voce. Mastro Philippe sollevò dal disegno la pezzuola: «Che cosa hai detto, Dora?»

«Se François era un De Verretio, e Alexis è figlio suo, potrebbe essere lui l'erede tanto atteso?»

I De Verretio erano gli antichi proprietari della valle e, poiché la casata degli Challant di Villa non aveva eredi maschi, non avrebbero potuto rivendicare anche loro il feudo e il titolo?

Gli raccontai ciò che Laurent aveva scoperto nella biblioteca della prevostura. Il principio che anche i figli illegittimi potevano ereditare sarebbe stato valido anche per mio fratello?

Mastro Philippe si grattò il mento, perplesso: «C'è una tale rivalità per la conquista di questo titolo che non mi stupirei se anche i De Verretio vi concorressero, avvalendosi di ogni cavillo notarile. Se il vecchio Martin De Verretio venisse a conoscenza dell'esistenza di un figlio di François, non si tirerebbe certo indietro. Non si è dato pace dopo la sua morte, aveva grandi progetti su di lui.»

«In questo caso cosa succederebbe a Alexis?»

«Quello di tuo fratello potrebbe essere un destino fortunato, se diventasse il signore della valle anche tu e la tua famiglia ne ricevereste un grande vantaggio...»

«Ma Alexis sarebbe oggetto di odio, di invidie!»

«Be', certo... All'inizio i pretendenti Challant lo lusingherebbero utilizzandolo come pretesto per scalzare la signora Catherine, ma poi, una volta eliminata dal gioco la contessa, la loro avidità potrebbe rivolgersi contro di lui.»

Mi tornò in mente fratel Nicolas, la spia dei pretendenti, il tentativo di rapire Laurent, quello che avevamo passato a causa dell'equivoco su di lui, e fui presa dal panico: «Quando Rebecca capirà non starà certo zitta, non si lascerà sfuggire l'occasione di essere la matrigna di un conte! Parlerà con persone esterne...»

«Calmati, Dora. Non ci sono prove. Madama Rebecca è una pettegola, lo sanno tutti, nessuno le crederà!»

«Vi supplico, mastro Philippe, aiutatemi a fare in modo che questo segreto rimanga chiuso tra le mura del nostro castello. Alexis dovrà essere solo mio fratello, nient'altro!»

Mastro Philippe mi fissò: «Sei una giovane coraggiosa, Dora. Ma se invece le cose andassero diversamente? Se fosse un'occasione...»

Ripensai al viso timido di mio fratello, al suo profumo di bambino, ai suoi giochi, ma subito alla sua immagine si sovrappose quella della grande balestra in agguato nelle scuderie. Dissi con forza: «Sono giovane, mastro Philippe, ma ciò che ho visto in questi giorni mi è stato sufficiente per capire a cosa porta il desiderio di potere.»

Non avevo dubbi. Avrei difeso con tutte le mie forze la serenità di mio fratello. Non sarebbe stato

Alexis la ragione di nuove battaglie sanguinose nella valle. Non era questo quello che mia madre avrebbe desiderato per lui.

Il mio maestro di bellezza annuì. Mi aiutò ad appoggiare il cartone per terra, prese in mano la tavolozza e si avviò verso l'affresco: «La penso come te, ma volevo che fossi tu a dirlo. Qui, davanti al ritratto di tua madre, ti giuro che non tradirò mai il suo segreto» e con un colpo di pennello cancellò il biglietto legato alla zampa della colomba.

Mio fratello era salvo. Ora ero sicura che nessuno di noi avrebbe svelato ciò che mia madre custodiva, neanche mio padre, che teneva al proprio onore più di ogni cosa.

Sfiorai con una carezza il viso di mia madre. I suoi occhi guardavano in alto. D'un tratto chiesi: «Mastro Philippe, dove sono quei messaggi portati dalla colomba?»

La fronte del maestro si riempì di rughe: «Nessuna donna distrugge le lettere del proprio innamorato. Tua madre non l'avrebbe mai fatto, erano l'unico ricordo di un tempo felice. Volesse il cielo che non sia proprio lei a tradire il suo segreto.»

C'era un unico posto, oltre al suo cuore, al quale mia madre avrebbe potuto affidare i suoi segreti.

Corsi nella mia camera e presi la cassetta di ciliegio. L'aveva lasciata a me come sua unica eredità, ma sapevo che madama Rebecca aveva l'abitudine di frugare tra le sue cose. Le lettere erano certamente lì dentro, e io dovevo trovarle prima di lei.

Nella cassetta erano riposti i suoi libri, anche quello che stringeva fra le mani nell'affresco, *La Castellana di Vergier*. Lo sfogliai in fretta, ma senza speranza, se le lettere fossero state tra le pagine le avrei già trovate prima.

Chiusi il libro: «Dove hai nascosto le sue lettere, mamma?» sussurrai, stringendolo forte tra le mani. La copertina di pelle rossa era morbida, aderiva al mio palmo come un guanto. Fu allora che sentii che non era perfettamente liscia. C'era un rigonfiamento di cui non mi ero mai accorta prima.

Scollai la copertina e dentro, tra due cartoni, mi apparvero i biglietti d'amore del giovane François. Piccoli quadrati di pergamena, vergati da una calligrafia fitta.

Mia amata… i tuoi occhi sorridono… i nostri baci… un amore eterno…

Non mi sorprese che mia madre si fosse persa in quel sentimento così intimo, così diverso da ciò che le manifestava mio padre, in quell'amore che aveva portato colore alla sua vita, anche se per poco, e che era stato sacro quanto un matrimonio. Lo seppi con certezza in quel momento, in cui mi sentii unita a mia madre come mai prima perché anch'io nascondevo un amore grande ma che aveva un futuro impossibile.

Il loro amore ora era dispiegato davanti a me, mi avvolse una sensazione di imbarazzo per averlo riportato alla luce, di rispetto per loro che l'avevano provato. Fu questo che mi spinse a non terminare la lettura dei biglietti, lasciando che fossero gli occhi di mia madre gli unici ad avere scorso quelle righe.

Mi alzai e li gettai nel camino in cui ancora ardeva la brace.

Una fiammata e le lettere d'amore scomparvero. Scomparve nel fuoco la prova del tradimento di mia madre, insieme alla possibilità che mio fratello fosse l'erede a cui i cugini della contessa davano la caccia.

Sulla porta mastro Philippe annuì silenzioso.

4.

L'episodio della relazione fra Rebecca e il mio mancato sposo fu dimenticato presto.

Nella vita del castello qualsiasi avvenimento veniva macinato dalle chiacchiere delle dame come grani di orzo sotto la ruota del mulino: si sbriciolava, diventava farina e il vento lo soffiava via.

Il giorno dopo l'attenzione della mia matrigna

era già concentrata su altro: sulle miniature che avrebbero immortalato lei e le sue amiche per sempre.

Le dame andavano e venivano dalla sala del cucito con ceste di vestiti da provare e ampolle per il trucco da sperimentare.

Io me ne stavo alla larga. Ero ancora sottosopra per quanto avevo scoperto e preferivo trascorrere qualche ora da sola, approfittandone per preparare la tempera per i ritratti, come mi aveva chiesto il mio maestro.

Non era un'operazione difficile, ma richiedeva la concentrazione di cui avevo bisogno per dimenticare.

Infilai il lungo grembiule che mi ero cucita da sola con gli avanzi di diversi abiti. Vestire in quel modo mi piaceva. Lasciavo i panni della vecchia Dora e indossavo quelli di un'altra Dora, diversa da quella che ero sempre stata o che gli altri volevano che fossi. Mi sentivo una persona libera, una che – se pure per poche ore – aveva una vita sua da inventare.

Mettendoci tutta la forza che mi ritrovavo nelle mani, iniziai a triturare con un pestello i pigmenti che mastro Philippe aveva acquistato dallo speziale. Prima macinai l'ocra, poi il verdeterra e infine l'azzurrite, perché per il mio colore preferito, il blu, mastro Philippe aveva deciso di non utilizzare il lapislazzuli, un minerale raro e molto costoso che veniva usato solo per dipingere il manto della Madonna.

Preparai poi in una tazza un battuto di rosso d'uovo. Per fortuna, dopo la pausa invernale, le nostre galline avevano ricominciato a depositarne, e me ne ero procurate alcune belle grosse. Aggiunsi nella ciotola di ciascun colore parti uguali di uovo e mischiai bene il tutto. Versai quindi i temperati in ampolle diverse. Ora erano pronti per essere distribuiti sulla tavolozza di mastro Philippe, che sosteneva che non c'era niente di meglio che l'uovo come legante per i colori. Con questa preparazione avrebbero brillato per sempre e non sarebbero mai ingialliti.

Più tardi, tornando nella mia stanza, vidi Mirò nel corridoio. Era andato a raccogliere le more e, col cestino pieno tra le mani, stava in ginocchio, a spiare attraverso una fessura della porta della sala del cucito rimasta socchiusa.

«Le dame preparano intrugli nei crogioli come streghe, poi se li spalmano sulla faccia e sembrano galline impagliate. Venite a guardare!»

Mi tirai indietro: «Preferisco di no. Le loro moine le conosco tutte.»

«Farsi quattro risate alle loro spalle non è sconveniente. Su, venite!»

Mirò aveva negli occhi un'aria birichina, e io serbavo nascosto un tale desiderio di scherzare e ridere dopo quello che mi era successo, che mi convinse.

L'uno vicino all'altra ci mettemmo a spiare come bambini.

Le dame avevano facce tinte di tutti i colori e stavano sedute sugli scranni rigide e immobili per non sciupare l'effetto delle maschere di bellezza.

Solo Rebecca aveva il viso pulito. Davanti a uno specchio scrutava con occhio indagatore: «Non riesco ancora a trovare il modo di fare sparire le macchie che da qualche giorno mi sono apparse. Nelle miniature non voglio assomigliare alle contadine che lavorano al sole…»

«Le dafe hanno la felle chiafa…» biascicò madama Georgette, a denti stretti per non fare grinze nell'impasto verde che aveva intorno agli occhi, alla bocca e sul naso.

Madama Henriette, il collo bianco e ingessato come quello di un cigno, assentì: «Noi dame dobbiamo avere la pelle chiara. Per Rebecca ci vorrebbe la crema che sapeva preparare madama Quey.»

«Oh fi! Le facefa il fifo luminofo come il fole! Fuffi i cafalieri l'ammirafano.»

Una smorfia di invidia saettò sulle labbra della mia matrigna: «Il viso luminoso come il sole? Tutti i cavalieri l'ammiravano?»

Madama Claudine annuì gravemente. Non si fidò a parlare. Aveva un intruglio giallo che le copriva la faccia dall'attaccatura dei capelli al mento, e più di tutte aveva bisogno che la maschera sortisse il suo effetto nel migliore dei modi.

Rebecca considerò: «Purtroppo, però, madama Leda ha portato la ricetta nella tomba.»

«Ma no, cara! Ce l'ha Dora di sicuro!» gorgogliò madama Henriette.

«Fofa è fafa come la mafe a fefafare feme.»

Rebecca fissò madama Georgette senza capire. Madama Henriette corse in suo aiuto: «Dice che Dora è brava come la madre a preparare creme. Comandatele di consegnarvi la ricetta di quella che schiarisce la pelle, fate ancora in tempo a prepararla prima che mastro Philippe vi dipinga il ritratto.»

Quelle smorfiose ce la mettevano tutta per compiacere la mia matrigna.

Non riuscii a trattenermi: «Piuttosto la morte, non sarò io a rivelare le ricette di mia madre!» dissi a voce alta, pentendomene subito.

Con un balzo Rebecca fu alla porta: «Ci stavi spiando!»

Madama Henriette disse: «Ha sentito quello che dicevamo…»

«Meglio, così non perderò tempo a mandarti a chiamare. Vai subito a prendere la ricetta della crema di tua madre, se non vuoi che dica a tuo padre che ti sei messa a fare la pittrice.» Mentre le guance mi si facevano di fuoco, Rebecca mi venne vicina: «Ho visto come segui mastro Philippe mentre lavora, e so che gli fai da serva: guarda come ti conci! Tuo padre non sarebbe contento...»

Non la lasciai finire: «Non ce l'ho quella ricetta!» E non mentivo. Mia madre me ne aveva lasciate alcune, ma non quella purtroppo. L'avevo cercata anch'io per la mia macchia.

«Non mi prendi in giro, ragazza. La voglio subito, qui nella mia stanza! Devi portarmela, se non vuoi che domani tuo padre ti trovi un altro marito!» E mi spinse fuori della stanza.

E ora cosa avrei fatto? Rebecca metteva sempre in atto le sue minacce. Me ne stavo a pensare nel corridoio, preoccupata, quando mi si fece incontro mastro Philippe.

«Oh, Dora, cercavo proprio te! Ma che c'è? Non stai bene?»

Gli raccontai quello che era successo.

«Non dartene pena, ciò che vuole madama Rebecca in questo momento è di essere ritratta la più bella, e io l'accontenterò. La convincerò che non ha bisogno di creme per schiarire la sua pelle. Basta solo un po' di bianco in più sulla tela.»

«Ma se rivelasse a mio padre che sono la vostra aiutante...»

«Non lo farà. Non vede l'ora di avere il suo

ritratto, io le dirò che mi sei indispensabile e che senza il tuo aiuto dovrà aspettare che finisca l'affresco e che torni dal mio viaggio in Francia. Le parlerò più tardi, adesso vieni, andiamo a finire di preparare tutto quello che ci serve. Oggi saremo occupati con le miniature per tutto il giorno.»

Sospirai di sollievo, anche se la paura non mi era passata del tutto. Rebecca sarebbe stata capace di vendicarsi anche solo per dispetto.

Tutta colpa di Mirò, che mentre lei mi minacciava se l'era svignata con il cesto delle more per andarsele a mangiare da solo, quel goloso.

Mirò Godret

1.

Non era bello quello che avevo fatto. No, No.

Non era stato il comportamento degno di uno scudiero, figlio di un guerriero valoroso e che fra breve avrebbe persino posseduto un cavallo.

Scappando via in quel modo, mentre la matrigna minacciava madamigella Dora di trovarle un altro marito, non avevo difeso una donzella in pericolo.

No, non era bello.

Ma quella madama Rebecca mi metteva più paura di un esercito di schioppettieri, e non avevo l'animo nobile di messer Laurent, io. Lui, d'altra parte, era un cavaliere. Un cavaliere doveva essere coraggioso e leale. E uno scudiero?

Quali erano i doveri di uno scudiero, in particolare di uno come me, che non aveva cavalli da preparare né armi da portare per il suo padrone?

Ripassai nella testa le ballate che conoscevo, per

vedere se avevano un consiglio da darmi. Si parlava di principesse prigioniere, di nemici da trafiggere con la spada o con la lancia, non c'era nessuna matrigna. Dovevo impegnarmi a trovare un'idea originale.

Per fare girare meglio i pensieri nella testa, però, era meglio restare da solo. Allora mi chiusi nello stanzino dei bisogni situato in fondo al corridoio delle dame. Nessuno sarebbe venuto a cercarmi lì.

Al centro del pavimento vi era un buco che si apriva direttamente sul dirupo.

Quel buco mi inquietava, e poi c'era una puzza tale che subito dopo socchiusi la porta, giusto in tempo per scorgere madama Rebecca entrare nella camera di madamigella Dora.

Come mai ci andava se lei non era lì? Voleva rubarle qualcosa?

«Il primo dovere di uno scudiero è difendere le proprietà del suo padrone.» Mi dissi ancora: «Madamigella Dora è come se fosse la mia signora, ora che messer Laurent l'ama, e perciò devo difendere anche le sue proprietà come secondo dovere.»

Saltai fuori dallo stanzino e mi avviai verso la sua camera.

Non entrai, ma quando poggiai l'occhio nello spiraglio della porta vidi madama Rebecca infuriata come una bufera di vento. Dove passava buttava tutto all'aria: cuscini, coperte, tende.

Aprì la cassapanca e svuotò a terra il contenuto di vestiti, veli e camicie.

«Ecco le ricette!» esultò a un tratto, trovando nella cassetta di ciliegio una serie di fogli di pergamena. «*Per curare il male di stomaco... Per alleviare il prurito... Per rendere luminosi i capelli...* La ricetta per schiarire la pelle non c'è! Dove l'ha nascosta, quel rospo?»

Pareva impazzita. Si quietò solo un istante quando le capitarono tra le mani i libri di madamigella Dora. Prese a sfogliarli così in fretta che parevano foglie in mezzo alla tempesta.

Per madamigella Dora quei libri erano un tesoro, il tesoro che un bravo scudiero doveva difendere, mi dissi, e passai all'azione mettendoci tutto il coraggio che avevo in corpo.

«Fermatevi, signora!»

Si voltò di scatto, con la faccia di un cane che sta per mordere: «Come ti permetti, mentecatto!»

«Signora, vi sbagliate: io sono lo scudiero di messer Laurent de la Chavre, non questo Mentecatto, come mi avete chiamato!»

Scoppiò a ridere. Ma non era una bella risata contenta, la bocca era a sghimbescio e le palpebre vibravano, socchiuse come feritoie.

Infatti poco dopo partirono da lei delle frecce

appuntite: «Stupido figlio di uno stupido infedele, vattene via se non vuoi che chiami le guardie!» Poi all'improvviso si immobilizzò, come trasformata da un incantamento: «Senti, non è che sai dove la tua madamigella tiene le ricette di bellezza di sua madre?»

La voce le era uscita miagolante, ma io non mi lasciai ingannare: li avevo visti come muovevano le zampe, delicati, i gatti quando giocavano coi topi, prima di brancarli.

Mi aveva chiamato *figlio di uno stupido infedele,* offendendo mio padre, e decisi che il terzo dovere di uno scudiero era difendere l'onore del proprio padre, specie se l'aveva conosciuto da poco ma gli voleva già un gran bene.

«Sì, so dove sono le ricette» dissi perciò.

Spalancò gli occhi: «Davvero?»

«So dove si trovano, signora, e non sono qui. Se volete vado a prenderle e ve le porto nella vostra stanza.»

«E allora corri, scimunito, vai a prendermi quella contro le macchie, ti aspetto di là!»

Quella parola, *scimunito,* non la conoscevo e non capivo se era offensiva per me o per mio padre, comunque non importava, ormai madama Rebecca era uscita dalla stanza e io ero rimasto solo con la mia idea originale nella testa.

2.

Non era un'idea-vendetta. Era un'idea-risarcimento per l'offesa a mio padre e per quello che madama Rebecca faceva patire ogni giorno a madamigella Dora.

Non le avrebbe fatto male.

Solo ferito un pochino il suo orgoglio. Un'idea contro un'idea, insomma.

Figurandomi di essere il Cavaliere della Carretta messer Lancillotto, che difendeva i deboli contro i malvagi con la sua spada meravigliosa, col mio cestino di more sotto il braccio tornai nella nostra stanza. Non c'era nessuno, il mio padrone era a passeggiare nel bosco, mastro Philippe dipingeva le miniature alle dame. Avevo tutto il tempo per portare a termine un buon lavoro.

Sfilai dalla mia bisaccia una pergamena, ne avevo portate due con me, dove erano scritte le ballate per il viaggio. Sacrificai quella che cantava la primavera, tanto la conoscevo a memoria. Mi sdraiai sul pavimento e iniziai a raschiare via l'inchiostro con una pietra ruvida, fischiettando:

«Ecco la primavera
che 'l cor fa rallegrare,
temp'è da innamorare
e star con lieta cera...»

Pochi minuti dopo la pergamena fu come nuova. Ero stato bravo. Per premiarmi mi ingollai tre belle more, poi presi a scrivere con la mia penna d'oca ben appuntita e l'inchiostro nero.

Ci misi tutto il mio impegno, ma non ero tanto bravo nella scrittura. Mia madre mi rifilava certi scappellotti!

«L'importante è pensare alle parole giuste» mi dissi, e restai ad accarezzarmi la guancia con la piuma. Avevo appena iniziato a scriverle, quando la porta si aprì ed entrò mastro Philippe. Tentai di coprire con la mano il mio lavoro, ma mastro Philippe aveva la vista di un falco.

«È una canzone quella?» chiese affacciandosi sopra di me.

«Ah, ah...» annuii. Non aggiunsi altro per non farmi scoprire. Certe furbizie uno le ha nel sangue.

E infatti lui mi lasciò stare e si mise a frugare dentro la sua cassetta da viaggio.

«Come vanno le miniature?» dissi, tanto per distrarlo con un'altra furbizia.

«Mancano quelle di madama Henriette e di madama Rebecca, che non si è ancora presentata. Pare stia aspettando in camera una ricetta per migliorare il suo aspetto...»

Alzò di colpo la testa. Aveva sulla faccia l'espressione di un gatto che ha fiutato il piatto di pesce che qualcuno non ha nascosto tanto bene. Abbassai gli occhi e continuai a scrivere. Terza furbizia.

Si rialzò. «Ecco quello che cercavo». Mi sorrise, soffermandosi accanto a me e mostrandomi due pennelli e una piccola tavola. «È un regalo che voglio fare a Dora.»

«Farete il ritratto anche a lei?»

Era già sulla porta, non mi rispose. Andava di fretta. Prima di mettere il piede fuori, però, tornò indietro, rubò dal cestino due more e mi strizzò un occhio:«*Ricetta* si scrive con due *t*, e *dame* con una *emme* sola... Accidenti come macchiano!» s'irritò, sfregandosi le dita sul farsetto.

Mi tirai in piedi con un balzo e, appena scomparve, andai a chiudere la porta col chiavistello.

Non volevo altri disturbi. Non avevo né tempo né furbizie da perdere.

Mi rimisi d'impegno, abbassai la testa sulla pergamena, aggiunsi una *t* e grattai via la *emme.*

More si scriveva con una o due *erre*?

Dora Quey

1.

Mastro Philippe aveva appena completato il ritratto a madama Claudine.

Gli ero accanto reggendo i pennelli che avevamo preparato con le setole del maiale che era stato ucciso dai servi per il banchetto. Pennelli di diversi tipi: larghi per gli sfondi, sottili per i particolari. In punta di pennello si realizzavano i contorni, poi dalle macchie color seppia si traevano le forme.

Le altre dame sedevano contro la parete, sbirciando e commentando sottovoce i risultati. C'erano tutte, tranne Rebecca.

Quando fu il suo turno, madama Henriette e madama Georgette si scrutarono. Come mai era in ritardo, proprio lei che le aveva addestrate tutte per quel momento?

Mastro Philippe stava per mandarla a chiamare

quando, come scoppi di tromba, dal fondo del corridoio giunsero i suoi strilli.

La porta dello studio si spalancò, le dame balzarono in piedi tutte insieme.

Rebecca era davanti a noi nel suo abito rosso e scollato, con il petto cosparso di perle e i capelli acconciati con l'alto riporto a forma di corna. Un lungo velo nero scendeva a coprirle il viso. Nelle mani una pergamena e una tazza.

Si guardò intorno, mi vide, mi si avventò contro, mastro Philippe fece appena in tempo a bloccarla e la pergamena scivolò a terra. La tazza invece fu scaraventata verso il cavalletto rompendosi e spargendo un impasto scuro sul pavimento.

«Sei stata tu!» gridò furiosa, le unghie come artigli. Ma la stretta del pittore non le permise di fare altro movimento. Iniziò a singhiozzare: «Sono rovinata, rovinata per sempre!» ripeteva, e tanta era l'emozione che si accasciò.

Madama Henriette, madama Georgette e madama Claudine le si precipitarono intorno, sventolando i fazzoletti per farle aria. Ma lei le rifiutava: «Andate via! Andate via!»

Finché, madama Georgette ebbe il coraggio di sollevare il velo nero dal suo viso. Allora vedemmo tutti.

Le guance, il naso, la fronte della mia bella matrigna erano cosparsi di macchie più nere della pece. Le dame la fissarono inorridite, poi, mentre lei singhiozzava e piangeva come una bambina, iniziarono a consolarla.

Io ero esterrefatta.

«Dora!» mi chiamò sussurrando il mio maestro da dietro il cavalletto. Mi avvicinai a lui: «Non è colpa mia...»

«Lo so.»

Aveva raccolto da terra la pergamena e aveva intinto un dito nell'intruglio sparso sul pavimento. Lentamente se ne distribuì una goccia sul dorso della mano, lo annusò.

«Che cos'è?»

«Niente di pericoloso. Tra qualche ora la pelle della tua matrigna sarà tornata del colore normale e potrò farle il ritratto.»

«E quella?» indicai la pergamena.

«Credo si tratti della canzone che Mirò stava scrivendo quando sono entrato nella nostra stanza, due ore fa.»

Mi mostrò il foglio.

Non era una canzone.

«... *Infine s'agiungon ala crema tre morre matture e s'aplica sula pele dele dame, mantenendola qualche tenpo...*»

Mi scappò da ridere, però subito mi coprii la bocca.

«Non si è neanche accorta degli errori, madama

Rebecca. Forse, se nella sua vita avesse letto qualche libro, non si sarebbe fatta ingannare da uno scudiero sgrammaticato e molto desideroso di vendicare una dolce donzella» disse il mio maestro di bellezza, facendo in mille pezzi quella strampalata ricetta.

Mastro Philippe

1.

Era il trenta di maggio. Dopo due settimane sarei partito per la Francia e la mia testa correva in avanti, già piena di futuro.

Tuttavia c'era ancora qualcosa di importante che dovevo portare a termine a Villa.

Quella mattina presto, i disegni arrotolati sotto il braccio, scesi in paese percorrendo a passi veloci il largo sentiero che dal castello portava alla Casa Sala. La contessa mi aveva mandato a chiamare per giudicare il mio lavoro, ed ero impaziente di mostrarle i bozzetti che avevo preparato.

Non era solo quello, però, il motivo della mia visita.

Approfittando di quell'incontro volevo parlarle di Dora.

Camminavo spedito e intanto tentavo di abbozzare un discorso.

«*Vedete, contessa, Dora per me è come una figlia...*

Una figlia? Cosa sto dicendo? Dopo quel che è successo ci manca solo un altro equivoco… Ecco, ho trovato: *Contessa, Dora ormai è una giovane dama e anche se molti cavalieri hanno messo gli occhi su di lei io vorrei…* No, non va, non voglio essere frainteso nemmeno in questo, per carità!»

Alla fine, essendo arrivato a destinazione e non avendo trovato ancora le parole giuste, decisi che avrei improvvisato lì per lì, pregando il cielo che la contessa fosse di buon umore.

Mentre aspettavo di essere ricevuto mi guardai intorno curioso.

La Casa Sala era una dimora signorile, con mobili di pregio, arazzi alle pareti e tappeti sui pavimenti, ma non aveva certo l'imponenza di un maniero. Mi avvicinai a una finestra: il castello di Villa mi apparve di fronte come un'aquila che dominava la valle.

«Se non ci fosse questa maledetta lotta per la successione sarebbe un magnifico luogo d'arte invece che una fortezza tetra!» non potei fare a meno di esclamare.

«Ma al buio seguirà, un giorno, la luce, mastro Philippe, ed è per questo che vi ho mandato a chiamare» mi colse alla sprovvista, alle mie spalle, la voce di Catherine di Challant.

Mi inchinai: «Perdonate l'impudenza, signora, non vi ho udita entrare…»

A passi lenti si accomodò su uno scranno. Pareva affaticata, ma dopo aver fatto un cenno alla sua dama di compagnia di allontanarsi mi invitò a sedere accanto a lei e si rianimò: «Non perdiamo tempo in convenevoli. Anche oggi sarà una giornata di fuoco e ogni istante è prezioso. Mostratemi subito i disegni, mastro Philippe, sono curiosa di vederli.»

Dispiegai davanti a lei il rotolo degli schizzi dei fregi, delle lunette e dei piccoli affreschi con cui avevo immaginato di abbellire il castello di Villa.

Li osservò con attenzione, uno dopo l'altro… e io presi a osservare lei, che era piccola e minuta, ma di solito aveva la fierezza di un'amazzone. Non quel giorno. Pareva schiacciata da un peso, e mentre sfogliava i disegni con una mano, con l'altra si reggeva la testa, accarezzandosi con le dita le tempie come se dolessero.

Quello era il giorno in cui il duca le aveva ordinato di presentarsi a giudizio presso il castello di Bard. Si sarebbe deciso il destino della valle e il suo. Eppure, mi chiesi, quanta forza nascondeva dentro di sé madama Catherine, che in una simile circostanza trovava il tempo di dedicarsi anche all'arte?

Fu lei a darmi la risposta, quasi avesse intuito i miei pensieri: «Questa bellezza mi è necessaria, allontana da me i presagi tristi e mi invita a nuove visioni...» mormorò, sollevando su di me i piccoli occhi che erano contornati da borse scure, come se avesse dormito poco.

«Quanto tempo ci vorrà per realizzarli, mastro Philippe?»

«Prima ho da finire l'affresco che mi ha comandato messer Sarriod, e tra un paio di settimane dovrò partire per la Francia. Un signore mi ha ordinato una serie di dipinti della sua famiglia e sarò suo ospite. Quando, tra qualche mese, tornerò a Villa, potrò dare inizio al lavoro qui, che durerà un altro anno almeno.»

«Un tempo lungo. Molte cose potrebbero essere cambiate a Villa nel frattempo. Non potreste rinunciare a quel lavoro in Francia?»

«Mi dispiace, mia signora, ma ho già preso l'impegno e, voi capite, non posso mancare alla parola data.»

«Per l'affresco e per quando tornerete a Villa non potete procurarvi degli aiutanti? Così finirete prima.»

Ecco finalmente l'occasione che aspettavo...

«Un aiutante veramente ce l'avrei. Si tratta della figlia di messer Quey...»

La contessa alzò la testa: «Dora?»

«Ha doti di pittrice, signora...»

«Ma ora come sta? Ha superato la dura prova della fuga del suo promesso sposo?»

«Veramente, mia signora…» tossicchiai imbarazzato.

«Parlate pure con franchezza, mastro Philippe.»

«Più che una dura prova è stato un sollievo, madama Catherine.»

Alla signora di Challant sfuggì una risatina: «Un sollievo per tutti, direi. Sapete, mastro Philippe, quella ragazza mi è cara. Non merita il destino che suo padre e la sua matrigna vorrebbero imporle.» Una luce di compassione si era accesa nei suoi occhi.

«Avete ragione, contessa. Madama Leda avrebbe voluto che le insegnassi a dipingere, ma messer Quey si oppose, e ora Dora mi aiuta soltanto a impannare le tavole. Però mi sono accorto che dipinge di nascosto, teme che suo padre glielo impedisca…» Andavo cauto a raccontare il futuro d'arte che immaginavo per lei.

«Oh, quel messer Quey! sempre pronto a mettere i bastoni fra le ruote della vita di sua figlia! Io la trovo speciale, sensibile e intelligente com'era sua madre…» Mi sorprese la contessa, e aggiunse con un tono materno: «Vorrei che potesse esprimere le sue qualità, mastro Philippe, ma il castello di Villa non è il luogo adatto. Avevo pensato di chiamarla a vivere con me, tra le mie dame…»

Non riuscii a trattenermi: «Ma Dora non ama le chiacchiere e le occupazioni delle dame. Non è quella la felicità per lei!»

Gli occhi della contessa divennero puntini: «E qual è allora? Voi lo sapete?»

La signora Catherine era una dama con una sensibilità straordinaria, per questo osai risponderle: «Dora ha l'animo di una pittrice, e solo dipingere potrebbe renderla felice.» Dal rotolo dei disegni gliene porsi uno che non le avevo mostrato prima. Ritraeva la valle dipinta da una delle finestre del castello, con le montagne e il fiume. «L'ha fatto lei...»

La contessa annuì: «Ha talento, avete ragione.» Tornò a fissarmi volitiva, con l'energia di sempre: «Continuo a essere convinta che il castello di Villa non sia un luogo favorevole alla sua educazione, e ora mi viene un'altra idea: perché non la tenete con voi, mastro Philippe? Non mi avete appena informato che avete una commissione in Francia? Portate anche lei! Avrà modo di viaggiare, visitare corti e castelli. Intanto imparerà l'arte di dipingere. Penserò io a ripagarvi di tutte le spese.»

«Ma messer Quey...»

«Non preoccupatevi per lui. Acconsentirà dopo che gli avrò parlato, siatene certo. Allora, cosa rispondete alla mia offerta?»

Trassi un sospiro di sollievo: «È esattamente quello che vi volevo domandare, contessa. Sapete, ero venuto qui con l'intenzione di parlarvi di Dora, e quella di mostrarvi i disegni era solo una scusa...»

Per un attimo la contessa parve liberarsi dei suoi pensieri cupi: «E la mia, di vederli, era l'occasione per saperne da voi di più sul suo conto! Dunque, è deciso: Dora partirà con voi al più presto. La sua educazione è nelle vostre mani, siate il migliore dei maestri e sarete ben ricompensato!»

«Ne farò una brava pittrice, signora.»

Con un inchino presi il sacchetto pieno di monete d'oro che mi porgeva. Le feci tintinnare con gioia, quei soldi rappresentavano la possibilità di un futuro nuovo per Dora. Lei e io avremmo girato la Francia, le avrei fatto conoscere l'arte francese, le avrei insegnato a esprimere la sua.

«Poi torneremo e insieme renderemo il castello di Villa il più elegante della valle!»

La contessa lanciò un'occhiata oltre la finestra, ricominciando a massaggiarsi le tempie: «Forse non ci abiterò subito, dipende da quello che accadrà questa sera a Bard e da ciò che decideremo di fare domani, ma credo che, comunque, portare un poco di bellezza lassù non potrà che giovare a tutti.»

Dora Quey

1.

La bisaccia sulle spalle, il bastone in mano, Laurent e Mirò erano pronti a partire. Si erano dati appuntamento con il gruppo dei pellegrini per il pomeriggio della Festa della Trinità, sulla strada tra Verrès e Arnad, e quel giorno era arrivato.

Scesi a valle anch'io, volevo stare con Laurent fino all'ultimo.

Il braccio e la caviglia erano guariti, il mio amore camminava spedito, imprimendo con decisione il puntale di ferro del bordone sul sentiero. Guardava avanti, sicuro.

Dietro di noi, Mirò non smetteva di brontolare.

«Cosa ci importa di Roma e dei suoi archi, padrone? Non è più bella questa valle e più simpatici i suoi abitanti? Ho sentito dire che i romani rubano dalle bisacce dei pellegrini…»

«Andremo a Roma come deciso, e poi ritorneremo

qui, a rivedere le persone che ci sono care e a portarle a casa con noi.»

«Ma voi dovrete partire per il monastero, signore, ve lo siete dimenticato?»

«Si tratterà solo di un breve periodo di studio. Voglio parlare con mio padre di questo, e anche di Dora… » Mi rivolse uno sguardo dolcissimo, e io abbassai gli occhi. Quanti progetti nella sua testa! e quante incertezze nella mia.

Mirò ricominciò a sbuffare.

«Andarcene dalla valle degli Challant proprio adesso! Non è il dovere di un cavaliere difendere le donzelle in pericolo? Che ne sarà del castello di Villa? Se rimanessimo ci sarebbero due soldati in più.»

Una nuvola di pensieri oscurò il viso luminoso di Laurent: «Dora, hai saputo se la contessa si è presentata a Bard ieri sera, davanti al balivo?»

Mi strinsi nelle spalle: «Alcuni, al castello, giurano che ci è andata e ha ceduto al duca i beni e il titolo, altri sono sicuri che non si è presentata in giudizio e lui le farà la guerra. Questa mattina presto ha lasciato Villa con il suo seguito e c'è chi dice che sia fuggita per sempre, abbandonandoci al nostro destino. Quanta confusione su di lei! Tutti sperano, tutti hanno paura…»

Laurent mi prese la mano: «Tu però non ne devi avere. Appena torno da Roma, ti porterò via di qui.»

Ancora una volta distolsi lo sguardo. Il presagio di ciò che sarebbe successo mi metteva ansia e non volevo che la leggesse nei miei occhi sciupando gli ultimi momenti insieme.

«Io sono pronta a tutto» dissi per tranquillizzarlo, ma non era vero. Come si fa a sapere se si è pronti per qualcosa che non si conosce?

Usciti dal bosco prendemmo la strada che, passando davanti alla prevostura, conduceva alla piazza. Verrès di solito era un paese pieno di vita, di voci e di rumori, gente che andava e veniva con gli animali e i carretti, quel giorno invece le vie erano deserte, le botteghe vuote, le porte delle case spalancate come bocche.

«Cosa sta succedendo? Dove sono tutti?»

Una musica di pifferi e di cornamuse ci rispose da lontano.

«C'è una festa, e la guerra è finita senza neanche cominciare!» esultò Mirò, mettendosi a correre.

«Se la guerra non si farà più, vuol dire che lei ha accettato di cedere il feudo ed è fuggita…»

Ma allora perché quella festa? Possibile che il popolo fosse contro la contessa?

A mano a mano che ci avvicinavamo al centro del paese la musica si faceva più forte e scandita dal battito dei tamburi.

Sbucammo nella piazza.

Davanti a noi, lungo le due ali della scalinata di pietra, erano schierate le guardie della contessa, gli alfieri con gli stendardi degli Challant e i trombettieri. Più sotto i suonatori di piffero, di tamburo e di cornamuse intonavano un'aria allegra e ritmata. Mirò, il liuto fra le mani, si era messo a sedere tra loro.

«Cosa è successo?» chiesi a uno dei soldati. «La contessa ha ceduto il feudo al duca? Perché allora questa musica?»

Mi guardò come se avessi parlato una lingua straniera: «Che dici, ragazza? Nessuno può dare ordini a Catherine di Challant!» Indicò sulla scala un gruppo di nobili che stava scendendo verso la balaustra. Tra loro c'era anche lei, insieme a Pierre Sarriod.

Si affacciarono a guardare di sotto. Ai lati e nelle vie circostanti si era radunato il popolo: gli artigiani, i bottegai, i contadini, i servi, le balie, le filatrici. Nel mezzo la piazza era vuota.

Gli abitanti di Verrès avevano lasciato campi, case e botteghe ed erano accorsi con gli abiti sporchi del lavoro, i lunghi grembiuli, gli zoccoli e le cuffie in testa. I bambini erano scalzi. Tutti guardavano verso l'alto, fissando la scala.

«Non è andata a Bard» sussurrai a Laurent. «Non ha accettato di sottomettersi al duca.»

«Ora cosa farà? Perché è venuta qui?»

La melodia esitò. Per un breve istante le note non si alzarono nell'aria. Restarono appese ai pifferi, mentre le astine attendevano sospese sui tamburi.

E a un tratto: «Viva Catherine de Challant! Viva Catherine de Challant!» gridò un bambino.

La contessa prese a scendere i gradini. Indossava un abito del colore dell'oro, ai capelli raccolti era appeso un lungo velo. Pierre di Introd le era accanto, ma per una volta era lui a seguirla.

Ora parlerà al popolo pensai, ricordandomi del suo discorso ai baroni.

Invece, toccando le pietre della piazza, i suoi piedi accennarono un passo di danza.

«Che fa? Si mette a ballare?» domandò Laurent, ma io non gli risposi. Non staccavo gli occhi da lei. Non sapevo cosa aveva in mente Catherine di Challant, ma ero certa che si trattasse di qualcosa di clamoroso.

A un suo cenno la musica si riaccese furiosa, come se qualcuno avesse soffiato su braci che si stavano spegnendo. Pierre Sarriod si fece da parte e lei, ballando da sola, si portò al centro della piazza, mentre alcuni bambini, sbucati dalle gambe degli adulti, incominciarono a saltarle intorno.

Continuò a ballare, prendendo per mano due

dei più piccoli. A un tratto si rivolse al popolo, e allungò una mano a destra e una a sinistra in un invito.

Si guardarono l'un l'altro. Cosa dovevano fare?

Uno di loro gridò: «Viva Catherine de Challant!» e fu un richiamo che decise per tutti.

I cuochi e i fornai, i fabbri e i carpentieri, i tagliapietre, i falegnami, i vasai, i sarti, i contadini e i pastori entrarono nella danza accompagnati dalle loro donne.

Non ci fu piede che non si lasciò sedurre. Ballavano tutti, e ridevano battendo le mani.

Ma era Catherine di Challant che seguivano, non la musica.

La contessa dava il tempo, lei era il centro. Il viso splendente, delicatamente imporporato, gli occhi che brillavano.

Ballava, e scivolando leggera come un uccello nel volo, porgeva le mani ora all'uno, ora all'altro. Saltellando sollevava il vestito mostrando le pianelle di cuoio che battevano la pietra al ritmo dei tamburelli. Volteggiando, innalzava il velo. Ballava intrecciando passi di danza con loro, che facevano a gara per capitarle vicino.

Era una donna sola, solo una donna.

Ma era regale e fiera.

Piena di forza e di audacia.

Restai a bocca aperta ad ammirarla. Quel ballo era l'immagine di un potere nuovo, che non era violenza. Quel ballo era invenzione, era seduzione.

Le donne, gli uomini, i bambini la imitavano nei passi, e alla melodia maliarda delle cornamuse e dei pifferi la chiamavano: «Viva Catherine de Challant! Viva Catherine de Challant!»

Anche noi due iniziammo a ballare.

Laurent prendeva e lasciava le mie mani, mi stringeva la vita, mi accarezzava le braccia. I nostri fianchi si sfioravano, le mani sudavano, le guance bruciavano fiamme.

E gli occhi: gli occhi si parlavano.

Mi ami?

Ti amo!

Tornerai?

Tornerò!

Mai avrei dimenticato quei momenti.

Tra poco ci saremmo lasciati, ma ogni sofferenza, ogni nostalgia annegava in quel ballo e in quella musica incantatrice che infondeva speranza ai desideri.

«Viva Catherine de Challant! Viva Catherine de Challant!»

Mirò si era sbagliato. La guerra purtroppo non

era finita prima di cominciare. La paura però, e i pensieri tristi in quel ballo si acquietarono.

Come accadde? Non so, ma accadde.

Cosa prometteva la contessa Catherine al suo popolo? Cosa offriva con quel ballo che ci aveva travolto?

Libertà? Protezione? Sicurezza? Concetti astratti, parole consumate...

A un tratto mi fu chiaro: offriva se stessa, lei, una donna che aveva osato sfidare ciò che non si poteva sfidare, e in cambio ci chiedeva di lasciarci guidare, di affidarci. E allora osammo anche noi.

Acconsentivamo?

Acconsentimmo.

Non c'erano mai state donne a governare i feudi del duca d'Aosta, Catherine di Challant era la prima e noi le demmo fiducia, e fu lei che seguimmo, non Pierre Sarriod.

Nessuno, in quel ballo, ricordò agli altri quanto dura e difficile fosse la vita di ogni giorno, né quanta fatica e dolore sarebbe costata la guerra.

Nessuno mise in campo le differenze. Catherine di Challant era ricca, loro non possedevano che se stessi.

Eppure erano con lei, e sperarono le sue speranze. Come poté succedere fra persone tanto diverse?

Non so, ma successe.

Mentre la guardavo voltò il viso verso di me, mi riconobbe, vide Laurent e mi fece un sorriso. E allora, a quella luce, mi parve che noi tutti, non solo Laurent e io, ma anche il popolo e lei, fossimo un unico essere, come le mie montagne – alcune più alte, altre più basse – che declinando si uniscono l'una all'altra appartenendo a un'unica terra.

Un grande corpo, parte di un tutto, di un solo destino.

Fu un miracolo, quel ballo. Nel mio cuore provavo i sentimenti di ciascuno, nella mente potevo udirne i pensieri.

Ma, più forti di tutti, furono i *suoi* a farsi spazio. Si ampliarono dentro di me.

Come un cavaliere il suo cavallo, lei, coi suoi pensieri, ci guidava.

Catherine di Challant

1.

Ora che so, sono felice.

Dopo la sofferenza, dopo i dubbi.

Il mio corpo, che questa notte ha dormito rattrappito come un bambino in cerca di protezione, ora finalmente si distende, si abbandona.

Che fare? Che fare? Ripetevano convulse le labbra nel buio.

Adesso le sento espandersi, sorridere, e gli occhi guardare altri occhi senza più frugare risposte. La testa, la tessitrice pazza che ha tanto lavorato a intrecciare e sciogliere pensieri, non duole più. È calma. Accomodata.

L'ansia è passata. Insieme alla paura.

Non è nulla la paura della guerra in confronto a quella di non riuscire a decidere. Ma ora che so, ora che ho deciso, non sento più né l'una né l'altra. Sono volate via come falchi in cerca di altri padroni.

Ora che ha osato, lo spirito è forte.

La musica cresce, riempie l'aria di inviti.

Sono scesa lungo le scale e sono entrata nella piazza. Pierre mi teneva la mano, ma a guidarmi era altro, lui l'ha capito e si è fatto da parte.

All'inizio soltanto i bambini mi hanno seguita. Poi, finalmente, dopo avermi fissata a occhi spalancati, anche loro si sono messi a danzare.

Loro: il mio popolo. A danzare con me.

E adesso, sulle pietre che il sole riscalda, i piedi si muovono da soli. Le mani si porgono, le dita si allungano a cercare il contatto. Stringo queste mani calde e ruvide, che sanno costruire tetti e modellare legno e impastare farine e affondare nella terra per trarne ricchezza. Mani che mi trasmettono fiducia, che mi rinforzano.

Il mio popolo crede in me, il suo amore mi dà coraggio.

Nelle orecchie risuona il grido: *Viva Catherine di Challant!* e un'onda di forza mi attraversa.

Le mani si stringono, con il ballo si rinnova il patto antico degli Challant.

E si inaugura un patto nuovo.

Qui in mezzo a loro, compio il mio destino, divengo quella che veramente sono e che desidero essere.

Qui faccio pace con me stessa, le fratture si saldano, le parti si ricompongono: donna, madre, figlia, sovrana, guerriera. Ogni confine si sfuma, divento una sola.

C'è una missione da compiere, io sono la vostra signora e voi siete il mio popolo! vorrei gridare. Ma non occorre, è il ballo a farlo per me.

Un ballo! Un patto!

Sono vostra e voi siete miei.

Oseremo insieme un futuro diverso. Vi renderò una terra in cui vivere sicuri, far crescere i figli, dove essere liberi.

Neanche uno di voi mi è meno caro, nessuno andrà perduto!

Una donna e il suo popolo. Questo è il nuovo patto. Lo giuro.

Per voi, pretendenti traditori, anche per voi è questo ballo.

Li scorgo i vostri emissari, le spie: eccoli là, nascosti dietro gli angoli della piazza. Hanno sguardi di cani in cerca di ossa da spolpare.

Ma io non sono cibo per cani. Sono Catherine di Challant, signora della valle!

Volevate cacciarmi come la peggiore dei malfattori, mi avete citata a giudizio, come si usa coi ladri e cogli assassini, coi traditori e cogli infami, ma infami siete voi, e ladri che volevate rubarmi al mio popolo.

Eccola la mia risposta, signor duca, signori cugini, guardateci bene: il popolo è con me, io sono col popolo.

Una donna e il suo popolo. Insieme siamo invincibili.

Trattare non è più possibile.

Domani sarà guerra.

Ma oggi balliamo!

Fine del racconto e un nuovo inizio

Insieme alle note dei pifferi e delle cornamuse le voci dentro di me si spengono.

Come si concluse – o finalmente iniziò – la mia storia?

Dopo il ballo mi ritrovai di nuovo sola.

«Sono sola, e sola soletta voglio rimanere…» cantava Christine, io però adesso non vivevo più la solitudine dei giorni tristi. Ero sola, ma traboccante di ricordi e di fiducia. E quella voce che mi parlava da dentro aveva smesso di osservarmi. Era diventata una cosa sola con i miei pensieri, e io ero diventata una con me stessa.

Tornata al castello dopo la partenza di Laurent, ero corsa nella sala di giustizia, e da dietro i vetri avevo cercato con gli occhi la fila dei pellegrini che scivolavano fra l'erba alta, calpestando le pietre del sentiero della via di Francia verso Roma.

Avevo frugato tra i larghi cappelli per riconoscere

quello di Laurent. Alla fine ne avevo scelto uno, immaginando che fosse il suo, e lo avevo accompagnato finché non era sparito dietro la montagna.

Anche la contessa era partita.

Insieme alla sua corte aveva lasciato Villa subito dopo il ballo. Ma non era fuggita oltre il passo per rifugiarsi nelle terre sicure degli alleati abbandonandoci per sempre, come mormoravano i maligni. Catherine di Challant era tornata nel suo castello di Chatillon, e da lì, insieme a Pierre Sarriod, aveva dichiarato guerra al duca e ai suoi cugini.

Con me era rimasto mastro Philippe, ma per quanto ancora? Non era uno che metteva radici, il mio maestro di bellezza. Costruiva la sua vita ora per ora e sarebbe restato solo fino al termine dell'affresco.

Quando il giorno dopo il ballo a Verrès mi prese da parte, mi aspettavo parole di congedo, invece mi disse della Francia, del progetto che lui e la contessa avevano immaginato per me. Mi chiese se mi avrebbe fatto piacere partire con lui.

«Ma mio padre...» sussurrai con un filo di fiato.

«Chinerà la testa davanti agli ordini della contessa.»

Sospirai, alleggerita di un peso, anche se non era in questo modo che avevo desiderato che mio padre si prendesse cura della mia vita.

«Ce ne andremo per il mondo sul mio carro

automotore… Ma non devi decidere subito. Prenditi qualche giorno prima di rispondermi.»

Molte speranze mi infiammarono il cuore in quei giorni: che Laurent tornasse da me, che la signora Catherine riportasse la pace nella valle di Challant… Ma di tutte, la più benedetta, la più sacra, fu la speranza della pittura.

Sul tavolo erano appoggiati i ritratti delle dame.

Prima di scendere a Bard per andare dallo speziale ad acquistare i pigmenti nuovi per l'affresco, mastro Philippe mi aveva lasciato il compito di verniciare le tavole delle miniature finite.

Iniziai a spolverarle per bene, in modo da togliere ogni granello. Poi le misi al sole a scaldare.

I pensieri battevano la mente: lasciare il castello… lasciare Alexis… affrontare situazioni nuove e sconosciute… E se Laurent fosse tornato prima, se non mi avesse trovato, cosa ne sarebbe stato delle nostre promesse?

Ma il lavoro era un lago che decantava i pensieri. Mi avrebbe aiutato a lasciare affiorare la scelta giusta?

Avevo preparato la vernice la sera prima. Era composta dal bianco dell'uovo, che avevo sbattuto così tanto dentro la tazza da sembrare una spugna.

Lentamente iniziai a passare il pennello sulle tavole, più volte, stendendo un velo lucido e sottile.

Con la vernice sopra, i colori brillavano vivaci.

Le dame sarebbero state contente dei loro ritratti. Le guardai negli occhi a una a una: ormai mi facevano tenerezza tutte, perfino Rebecca. Erano creature fragili, inconsapevoli e sottomesse, ma era grazie a loro che avevo capito come volevo essere. Da sotto le pettinature complicate mi fissavano con sguardi da civette, le labbra strette a macinare pensieri.

«La ragazza ha preoccupazioni» diceva madama Georgette...»

«È partito il suo innamorato» rispondeva madama Henriette...»

«Un cavaliere davvero carino» sussurrava madama Claudine. «Quando tornerà si sposeranno, madama Rebecca?»

«Non dite sciocchezze! Sapete benissimo che non tornerà! Lei sposerà chi comanderò io e farà quello che le dirò io!»

«Non ne sarei così sicura, madama Rebecca...»

«Assomiglia a sua madre, la vostra figliastra...»

«È un tipino che non abbassa la cresta e ha nella testa strani desideri...»

«Zitte! Le ragazze hanno un destino già scritto, e, più delle altre, quelle brutte!»

Distolsi lo sguardo dalle tavole, che tornarono mute.

Un destino già scritto. Un sentiero già tracciato.

Mentre riponevo vernice e pennello, irresistibile un sorriso si aprì spazio fra le labbra: niente di quello che mi era successo in quelle settimane sembrava già scritto, e non mi occorrevano più tempi lunghi per decidere.

Basta con i timori, le incertezze e le preghiere a Santa Eulalia!

Santa Eulalia era la patrona delle dame sottomesse, ma qual era la patrona delle pittrici libere?

L'avrei inventata io, e avrei osato. Avrei risposto sì al maestro. Avrei detto sì alla bellezza. Questo mi dissi.

E infine decisi che quello straordinario anno 1450, che mi aveva regalato l'amore, l'amicizia e una vita nuova, mi avrebbe portato in dono anche il primo gesto della mia libertà.

Sul cavalletto aspettava una tavola bianca. Me l'aveva donata mastro Philippe quella mattina prima di uscire, strizzandomi un occhio.

«È tua, fanne quello che vuoi.»

Dapprima avevo pensato di utilizzarla per dipingere le montagne. Ma poi ripensai a Laurent. Quando eravamo a Issogne gli avevo confidato: «Vorrei dipingere un quadro vero. E il soggetto sarà qualcosa che sta fuori di me, ma che è anche dentro di me.» Lui mi aveva suggerito quale, ma al momento non mi pareva possibile osare.

Ora invece...

Pensai alla contessa Catherine. Anche la mia era una libertà per cui combattere.

Non con la spada, certo. No, non con la spada.

Un altro tipo di mattone sarebbe stato aggiunto alla nostra città delle dame.

Afferrai il pennello.
Avrei dipinto per Laurent?
Avrei dipinto per me.

Di fronte, il cavalletto e la tavola bianca. Fuori, il sole. Tolsi la cuffia e il nastro che legava la treccia, scossi la testa e lasciai che i capelli si sciogliessero sulle spalle.

Le mie mani bruciavano come ciocchi nel camino.

Stropicciai con le dita le setole del pennello, diedi loro forma.

In tasca avevo lo specchio che mi aveva regalato madama Catherine.

Lo alzai e fissai a lungo i miei occhi. La forma. Il colore. La luce che proveniva dalla finestra. Quella che proveniva da dentro.

Toccò al naso. Su un lato avrei appoggiato le ombre, per farlo apparire più piccolo. Era un trucco che mi aveva insegnato mastro Philippe. Cosa c'era di male a migliorarsi un poco?

La bocca era lievemente aperta, le labbra ancora increduele.

Il mento aspettava di sotto.

Non avrei dimenticato la macchia, ma l'avrei fatta leggera, coperta dalla biacca.

Ero pronta? No, qualcosa mancava ancora.

Chiusi gli occhi, e lo sguardo amoroso di Laurent passò sul mio viso come una carezza.

Ora ero pronta.
Riaprii gli occhi.
Il pennello cominciò a correre sulla tela.

Appendice al romanzo

Nelle pagine che seguono chi vuole potrà leggere la storia che Dora ha raccontato a Mirò e a Laurent la notte in cui credevano di essere prigionieri nel castello di Issogne.

LA CASTELLANA DEL VERZIERE

Nella terra di Borgogna cresceva un giardino in cui alberi di ogni tipo si coprivano di fiori in primavera e di frutti in estate e in autunno.

E in inverno,
sotto il manto della neve,
che magico incanto sprigionava
quel verziere!

Il giardino apparteneva al Duca di Borgogna, che volle farne dono a sua nipote, una giovane dama così bella che non esistono parole per descriverla, e che tutti chiamarono da quel giorno *la Castellana del Verziere,* dimenticando per sempre il suo nome.

Alla corte del Duca viveva anche un Cavaliere valoroso e ricco di ogni virtù, che s'innamorò della Castellana del Verziere e le giurò amore e fedeltà:

Vi faccio promessa, mia signora,
di amarvi e onorarvi e servirvi,
di difendere il vostro onore,
e in ogni desiderio obbedirvi!

La Castellana del Verziere ricambiò l'amore del Cavaliere, ma stabilì un patto: per proteggere il suo onore, nessuno avrebbe dovuto venirne a conoscenza, e se lui l'avesse rivelato l'avrebbe perduta per sempre.

Per rallegrare il loro amore, la dama e il cavaliere inventarono un gioco: quando lui l'andava a trovare si nascondeva in un angolo del frutteto e non se ne allontanava fino a che correva a chiamarlo il cagnolino bianco della Castellana. Allora, senza esitare, la raggiungeva nella sua camera, perché quello era il segnale che era rimasta sola.

Il loro amore, dolce e segreto, cresceva insieme agli alberi del giardino, divenendo ogni giorno più grande e più rigoglioso.

Alla corte del Duca, intanto, anche la Duchessa si era innamorata del Cavaliere, e con sguardi e sorrisi iniziò a fargliene mostra. Ma il giovane non pensava che alla sua Dama, e non prestò occhi alle sue attenzioni.

Un mattino, la Duchessa lo invitò nella sua stanza:

«Siete tanto bello e coraggioso, mio signore,
che di una Dama potente meritate l'amore!»
Rispose il Cavaliere: «Io non sono duca né conte,
un tale onore non ho meritato,
né vi ho mai pensato!»
E la Duchessa: «Cavaliere,
possibile che non vi siete accorto
che sono io quella dama
che da tempo vi ama?»
«Non l'avevo capito, mia Signora»
rispose serio il Cavaliere,
«ma mai potrei godere di un amore
che recasse vergogna al mio Signore!»

«Nessuno vi ha chiesto questo!» gridò la Duchessa inviperita, scacciando il Cavaliere e giurando in cuor suo che avrebbe pagato caro quel rifiuto.

Quella notte, nel letto, iniziò a singhiozzare. Il Duca gliene chiese ragione, e lei rispose che la causa del suo dispiacere era sapere che un nobile, a lui vicino, l'aveva tradito.

«Mai, sul mio onore,
darei ospitalità a un traditore!»

gridò il Duca, balzando a sedere.

La Duchessa gli afferrò una mano, e baciandogliela lo implorò: «E allora odiate il Cavaliere, che per tutto il giorno mi ha chiesto di amarlo, infangando il vostro onore! Mi sono decisa a dirvelo ora, mio Signore, ma è da tempo che il Cavaliere mi insidia, e ciò è confermato dal fatto che nessuno, a corte, ha mai sentito che abbia avuto attenzioni per un'altra dama.»

Infuriato e triste, il Duca si alzò dal letto,

e per tutta la notte non riuscì a dormire
pensando al Cavaliere, che egli aveva tanto amato
e che con il tradimento l'aveva ricambiato.

L'indomani, all'alba, lo mandò a chiamare e, accusandolo di avere approfittato della sua fiducia, gli ordinò di lasciare i suoi territori per non farvi mai più ritorno.

Al pensiero di non potere più rivedere il suo amore e anche per il dispiacere che il Duca pensasse che l'aveva tradito, il Cavaliere iniziò a tremare e a supplicare il suo Signore dicendo che non aveva mai agito contro di lui e che chi l'aveva accusato aveva mentito.

Quando il Duca rispose che era stata sua moglie a rivelarglielo, e che perciò doveva essere vero, il Cavaliere si sentì perduto: «Non posso fare niente per convincervi che ciò che dice è falso?»

Il Duca scosse la testa, ma il suo animo era pieno di dubbi.

Gli chiese se fosse disposto a giurare di rispondere la verità a una domanda che voleva porgli, e il Cavaliere, che non desiderava altro che rivedere il suo amore e riconquistare il rispetto del suo signore, giurò.

Il Duca allora gli chiese se fosse vero che non c'era una dama che lui amasse.

Il Cavaliere restò muto.

Cosa doveva rispondere? Con la verità? O con una menzogna? In entrambi i casi avrebbe perduto il suo amore, e la vita non avrebbe avuto più senso.

Mentre la mente si arrovellava, lacrime calde gli riempirono gli occhi, scivolarono sulle guance, così che tutto il viso presto ne fu bagnato.

Il Duca lo osservava, attento… turbato.

Si avvicinò al cavaliere, gli chiese cosa lo tormentasse, promettendogli che, qualunque segreto gli avesse confidato, l'avrebbe serbato per sé, e mai l'avrebbe svelato a creatura umana, potessero cadergli i denti a uno a uno.

Finalmente, liberando il cuore, il Cavaliere gli confidò l'amore per sua nipote. Ma poiché il Duca dubitava ancora – gli pareva impossibile che a corte non ne fosse corsa notizia – gli narrò anche del patto e del cagnolino, invitandolo a vedere con i suoi occhi.

Quella notte entrarono di nascosto nel giardino della dama e, come le altre volte, il Cavaliere si nascose nel frutteto attendendo il cagnolino.

Poco dopo risuonò un guaito.

Il Duca si fece attento.

Ed ecco che, nel buio, un piccolo cane bianco corse verso il Cavaliere. Abbaiando e facendogli mille feste lo condusse verso la casa della Castellana, che lo attendeva sola nella sua camera.

Nascosto dietro un albero, il Duca assistette ai baci, alle carezze, alle parole gentili dei due amanti.

Il Cavaliere la baciava,
tra le sue braccia le diceva:
«Mia signora, mia amica, mio amore,
mia speranza, mio cuore,
dall'ultima volta che vi ho incontrata
nessun' altra ho desiderata.»
Lei rispondeva: «Mio dolce signore,
e amico, mio caro amore,
ora o giorno non è passato
senza che per voi non abbia sospirato!»

Il Duca non ebbe più dubbi. Rimuginando mille pensieri, attese tutta la notte fuori della stanza della Castellana, e all'alba scorse sua nipote uscire con il Cavaliere e salutarlo.

Vide, il Duca, i baci dati e resi, udì i sospiri e i singhiozzi, le promesse, gli addii.

Quando la porta del giardino si chiuse alle loro spalle, il Duca abbracciò il Cavaliere, e lo rassicurò che mai più avrebbe dubitato della sua fedeltà e che avrebbe tenuto per sé il suo segreto.

Ma quando tornarono al castello e si ritrovarono a tavola, lo guardò con una tale dolcezza che la Duchessa si alzò e corse nella sua stanza.

Il Duca la seguì, lei lo rimproverò. Mai, gli disse, si era sentita tanto offesa come quando l'aveva visto trattare con gentilezza l'uomo che l'aveva insultata.

«Il Cavaliere è innocente» replicò il Duca, ma quello che aveva saputo su di lui non poteva riferirlo, né lei avrebbe mai dovuto chiederglielo.

Quella notte, però, quando il Duca si sdraiò accanto alla Duchessa, lei scoppiò a piangere, accusandolo di essere uno sposo sleale, che non aveva più fiducia nel loro amore perché non le rivelava quello che aveva saputo del Cavaliere.

Le lacrime, i singhiozzi, le accuse sfinirono il Duca più di una battaglia.

Non riuscì più a resistere, e facendosi promettere che non l'avrebbe detto ad anima viva, le rivelò ciò che aveva visto nel giardino della Castellana.

La Duchessa ascoltò come una statua, ma dentro, quale tempesta e vento e grandine erano i pensieri!

Come aveva potuto il cavaliere preferire a lei una dama di rango inferiore? Come aveva osato, quel piccolo uomo senza rispetto, offendere in tal modo una duchessa?

E, da quel momento, non pensò ad altro che alla vendetta.

Attese l'occasione, e quando venne il giorno di Pentecoste e il Duca riunì al castello tutti i suoi feudatari e le loro dame per una grande festa, decise di agire.

Tra un ballo e l'altro invitò le signore nella sua stanza, e mentre si riposavano incominciò a conversare con loro.

«Castellana» disse alla dama del Verziere, «la vostra carnagione si è fatta più luminosa da quando avete un amante bello e coraggioso!»

La Castellana arrossì: «Non so di cosa parliate, Duchessa. Io non ho altri amanti che il mio onore e quello del mio signore il Duca.»

«Via, non mentite» sorrise maligna la Duchessa, mentre le dame presenti si occhieggiavano l'un l'altra piene di curiosità «lo sappiamo quanto siete stata brava ad educare il cagnolino bianco che ogni sera vi conduce il vostro amante!»

La Castellana si sentì mancare, e quando le altre tornarono al ballo si rifugiò in una stanza del castello, si gettò sul letto singhiozzando e ad alta voce cercò le ragioni di ciò che era accaduto.

Credeva di essere sola, non si era accorta che, nascosta in un angolo, dormiva una serva, che a tutto quel clamore aveva spalancato gli occhi e le orecchie.

Pianse e si disperò la Castellana, sentendosi tradita dal suo amore, che aveva rivelato il loro segreto senza rispettare il patto.

Alla tristezza si aggiunse l'angoscia del pensiero che non avrebbe mai più potuto rivedere il Cavaliere e gioire con lui.

Il dolore divenne immenso, riempì ogni parte di lei.

A tal punto soffriva il suo cuore che d'un tratto si spaccò, i colori svanirono dal suo viso e cadde morta.

Intanto il Cavaliere cercava la sua dama nel salone del castello tra i canti e le danze, ma non trovandola chiese al suo Signore se l'avesse incontrata.

«Sarà in una stanza ad aspettarvi» sorrise il Duca, accompagnando il Cavaliere, poi lo lasciò solo, intravvedendo la Castellana addormentata in un letto.

Quale non fu l'amara sorpresa del Cavaliere quando si accorse che lei non stava dormendo, ma era morta!

Pianse, si disperò, tanto più non comprendendo cosa potesse essere successo.

Fu allora che la serva uscì dal suo nascondiglio e gli rivelò quello che la Castellana aveva scoperto prima di morire.

Non potendo sopportare di essere stato la causa della sua morte, né la vita senza di lei, il Cavaliere estrasse dal fodero la spada e si trafisse il cuore, andando a coprire con il suo il corpo della Castellana.

La serva corse fuori, cercò il Duca e gli raccontò quello che era accaduto.

Nella camera dove i due amanti giacevano morti, il Duca pianse a lungo invocando gli amici perduti.

Infine estrasse la spada dal corpo del Cavaliere, tornò nel salone delle feste e là, al centro della corte dei feudatari e delle dame, afferrò per un braccio la Duchessa e con un solo colpo le tagliò la testa.

Quindi, dopo avere raccontato a tutti la storia della Castellana del Verziere e del Cavaliere, col cuore colmo di dolore lasciò per sempre il suo castello e la Borgogna, si fece crociato e partì per andare a combattere e a morire lontano.

Muto per sempre è il giardino,
che ancora dona
fiori e frutti sui rami.
Nessuno più ne respira il profumo
né condivide la dolce polpa.
Né più un cagnolino bianco guaisce
per avvertire gli amanti.
A dolore, a morte, a disperazione
vien condotto chi di un amore
non rispetta il segreto.
Ma gioia e delizie godrà
chi saprà custodirlo,
non temendo gli attacchi dei malvagi
che vorrebbero forzare,
degli altri,
lo scrigno degli amori.

La voce dell'autrice

Dopo il ballo a Verrès del 31 maggio 1450, la contessa Catherine si stabilì nel suo castello di Chatillon e da lì dichiarò guerra ai cugini e al duca d'Aosta.

Cominciò così un periodo drammatico per la valle degli Challant: battaglie, distruzioni, morte furono le protagoniste di giorni difficili per i suoi abitanti. La contessa però le affrontò coraggiosa, perseverando nella sua lotta insieme a Pierre Sarriod d'Introd, che sposò nel 1453.

All'inizio le sorti le furono favorevoli, ma dopo che nel 1456 Pierre Sarriod fu ucciso mentre dal castello di Verrès correva in suo aiuto per liberarla dall'assedio dell'esercito del duca, per lei fu tutto un cadere e un rialzarsi fino a essere espropriata definitivamente dei territori e del titolo. Nel corso degli anni ebbe persino un processo per «sortilegi» contro il duca e sua moglie. Però non mollò mai, né rispetto al suo feudo né nella sua storia personale, e nel 1462 addirittura si risposò ricominciando a combattere a fianco del nuovo marito per riconquistare ciò che era suo.

I documenti ce la testimoniano in vita fino al 1470, ancora una volta coinvolta in una battaglia legale contro i fratelli del primo marito. Poi fu dimenticata.

Figlie sottomesse, mogli infelici, vedove impoverite: questo è perlopiù il destino delle donne del medioevo, ma quando la Storia ci pone di fronte a figure eccezionali come Catherine di Challant nuovi squarci si aprono sull'universo femminile. Che senso ebbe ciò che osò rivendicare? Da dove trasse la forza di osare? Quando ebbe consapevolezza di ciò che stava tentando? Quali erano le sue speranze?

Gli storici hanno letto tra le righe della sua vicenda in modo prosaico e freddo: Catherine fu "un'audace intrigante" che dominò il padre e subì l'influenza di Pierre Sarriod. Fu un'ambiziosa, che sfidò irresponsabilmente la legge aostana. Le imputano come colpe le stragi, le morti in battaglia, le sofferenze che il popolo valdostano dovette sopportare in quello che rimane uno dei periodi più drammatici della sua storia. Pare quasi che ci sia del risentimento, nel giudicarla…

Anche la famiglia Challant espresse un giudizio duro su di lei. Quando, molti anni più tardi, Giorgio di Challant fece restaurare il castello di Issogne, ordinò che nel cortile d'onore le insegne di Catherine fossero escluse. Perché?

«La contessa aveva portato la guerra nella famiglia Challant, contravvenendo alla legge feudale della valle e al patto di successione» ci informò la guida durante la visita al castello, e io mi dissi che se Catherine di Challant brillava per assenza, questa era una buona ragione per andare alla ricerca di uno sguardo nuovo per capire chi fosse e cosa successe.

Tanto più che se gli Challant cercarono di cancellarla, il popolo invece ne tramandò la vicenda per secoli, facendola sua.

Ancora oggi, tutti gli anni a Carnevale nella piazza di Verrès si svolge un rito antico: uomini e donne in costumi medievali rievocano quel capolavoro di diplomazia e di femminile arguzia che fu il ballo tra la contessa Catherine e il suo popolo.

Vi capitai anch'io, e mentre la piazza e le vie del paese risuonavano di musica e di grida: *Viva Madame di Challant! Viva Challant! Viva Introd!*, dentro di me curiosità e fantasia si diedero la mano e salpai per un nuovo viaggio.

Si erano da poco spente le voci della contessa Isabella e della sorella Jolanda, e di Floretta la loro serva, vissute poco distante da Verrès, a Issogne, nel XVI secolo, ed ecco che un'altra storia di donne Challant, ancora più ardita di quella che avevo appena concluso, mi veniva incontro, mi strizzava l'occhio presentandomi un personaggio davvero singolare.

Come in una fiaba assistevo al ripetersi della trama: un padre-conte che lascia in eredità alla figlia un titolo e un feudo, una figlia che si batte contro i cugini pretendenti per affermare il diritto di esserci.

Catherine era un'antenata di Isabella, un'antica cugina diversa nel carattere, volitiva e sicura di sé. Uno spirito forte, che guardava avanti. Rispetto a Isabella, la storia di Catherine (che potremmo quasi definire un *prequel*) si svolse cento anni prima, in un Medioevo che era giunto all'autunno dei suoi giorni, come direbbe Huizinga, e in cui evidentemente ci fu lo spazio mentale e storico per tentare la rivoluzione di una donna al potere. Che cos'era infatti l'invenzione di quel ballo se non la promessa di un nuovo modo di governare?

Con queste premesse – con certe speranze nel cuore – ho tentato il romanzo, raccontando Catherine attraverso gli occhi di una ragazza, Dora, che impara a leggere e a scrivere grazie a una madre colta la quale le ha fatto conoscere Christine de Pizan e la sua *Città delle dame*. A suo modo una ribelle anche lei, come la contessa, ma che vive una storia del sottosuolo, mai venuta alla luce, una vita come tante, fagocitata dalla storia con la *esse* maiuscola, una vita come le nostre. Entrambe ribelli per affermare il diritto di essere se stesse.

A leggere lo stupefacente testo sul mondo femminile che la Pizan scrisse nel 1405, ricopiandolo lei stessa su pergamena, non ci si sorprende che Catherine di Challant (e Dora con lei) abbia potuto osare! Ho immaginato che lo conoscesse e l'avesse letto acquisendone nuove consapevolezze. E perché non avrebbe potuto: fu Catherine a imporre che le leggi del suo contado fossero trascritte anche in francese!

Chi era Catherine di Challant?

Di lei non sappiamo molto, ma neanche poco. La sua storia si è perpetuata nel tempo come una leggenda, ma fu vera. Ne resta come prova negli Archivi di Stato la descrizione del famoso ballo e la lunga lettera che nel 1453 scrisse al duca d'Aosta, in cui abbiamo la fortuna di ascoltare la sua voce, mentre accoratamente descrive le ingiustizie e le violenze che ebbe a patire dai suoi parenti.

Restano i risultati di un governo breve ma lungimirante, tra cui la costruzione dei canali per irrigare l'acqua dei campi che ancora oggi scorrono sopra Villa e ci accompagnano nelle passeggiate.

E ci restano i muri che l'hanno ospitata nella valle: la Casa Sala e il castello di Villa. E se l'una è stata restaurata ed è ancora una dimora abitata, l'altro è ridotto a un cumulo di sassi che si regge pericolosamente in piedi e da cui i cartelli ci dicono che è meglio stare alla larga.

Sassi che però si scorgono persino dall'autostrada, ad aguzzare bene gli occhi, e che a loro volta osservano noi, automobilisti col cuore pieno di fretta, raccontandoci quale doveva essere stata la grandezza e la potenza di un castello aggrappato alla roccia, dominatore di tutto ciò che sorge intorno, dalla pianura alle vette più alte.

Sassi che se si ha la curiosità di andare a guardare da vicino, percorrendo il sentiero sepolto nel bosco, parlano: il maschio ancora distinguibile, le finestre aperte sul cielo, le mura, la strada che si perde tra i cespugli ma che appare troppo lastricata e larga per avere guidato solamente soldati di passaggio...

Villa era il castello più antico, il più amato da Ebalo Magno, uno dei fondatori di quel ramo della casata, che nel suo testamento espresse il desiderio di essere sepolto nella chiesa di Saint Victor, poco più in basso. E come dargli torto? Da lassù la vista è magnifica, lo sguardo si sazia: il monte Avic, il dolmen di Arlaz, la torre di Bonnod, la Becca di Torchè… e quella valle così verde e aperta, che fa respirare mente e cuore!

Solo donne ribelli in questo romanzo?

No, il 1450 fu anche l'anno del sesto giubileo, che portò in valle migliaia di pellegrini da tutta Europa, insieme a nuovi pensieri e a nuove speranze. Attraverso la vicenda di un altro dei protagonisti ci si presenta la storia di un uomo, anche lui un ribelle, un *diverso* in un mondo di cavalieri sempre affaccendati a preparare la guerra. Si tratta di quel Jean di Challant, figlio illegittimo di Iblet, che compare effettivamente nel suo testamento e che così gentilmente si è adattato alla storia dei miei pellegrini. Di lui i documenti ci dicono che era un capitano di ventura e che visse a Issogne fino al 1453, poi più nulla. Personaggio assai misterioso nelle pieghe della Storia, me lo sono figurato carico di modernità, con quel motto *Amor dell'armonia* che non fu suo ma che esprime bene il sogno di una pace che molti altri *italiani* di quei tempi iniziavano a fare proprio. Mi sono così convinta che essendo Issogne un luogo dall'atmosfera incantata e speciale, non si poteva immaginare un posto migliore per gettare semi di un tempo nuovo, di una rinascita dello spirito anche nella valle.

Catherine… Isabelle… Jolanda… Le donne Challant mi chiamano all'ascolto delle loro storie. Donne di carattere, nobili, che nulla avevano da invidiare alle dame storicamente più note.

Senza alcuna pretesa ho immaginato le loro voci e i loro pensieri, le ho sottratte al silenzio solo il tempo di poche pagine. Eppure queste donne vissero veramente, e non si può non pensare che influenzarono i costumi, le menti. Così che quando oggi guardo le mie amiche della valle scruto nei loro volti, nei gesti, nelle parole, alla ricerca del coraggio di Catherine, della sensibilità di Isabelle, della caparbietà di Jolanda. Ma soprattutto, negli occhi di tutte, cerco e scorgo riflessa la grande luce delle montagne.

Ringraziamenti

Desidero ringraziare:

Laurent e Miro Panerotti, i cui nomi – dal suono dolce e ispiratore – mi hanno accompagnato per tante pagine, per tanti giorni; gli amici Sandra Cout e Andrea Thuegaz, che mi ospitano da molti anni nel loro bed&breakfast a due passi dal castello di Issogne e che mi hanno suggerito per i miei personaggi il cognome e il motto dei loro antenati Quey; Roberta Grazioli, Ibrahim e Ismail Hassan che rendono ogni giorno viva e possibile l'armonia tra culture molto diverse e che mi hanno aiutato nella traduzione in egiziano; Omar Borettaz, storico, autore di numerosi testi sulla Valle d'Aosta, responsabile del Fondo Valdostano presso la Biblioteca Regionale d'Aosta, per le preziose indicazioni bibliografiche; la bibliotecaria della Biblioteca Comunale di Issogne, Graziella Priod – unica e speciale – e i bibliotecari della Biblioteca comunale di Verrès, Stefania Da Ros, Massimo Dagnes, Edy Peaquin per la professionalità e la pazienza con cui mi hanno seguita; Mario Gianino, di Villa-Challand, per le informazioni sul castello di Villa, i suggerimenti e gli incoraggiamenti nelle ricerche bibliografiche sulla contessa Catherine; Emilio Courmoz e la sua famiglia per avermi accolto nella loro antica casa di Villa-Challand, che tanto ha nutrito la mia fantasia; il Maestro Marco Doni per la consueta, appassionata consulenza musicale; Tino, Marta, Riccardo, che per primi si lasciano coinvolgere dai miei racconti, ascoltandoli con orecchio fiducioso; Enrica Simonetta Biacchi, mia mamma, che ama il mondo delle principesse e dei palazzi e che ha colorato la mia infanzia di storie attingendole dalla realtà e dalla fantasia. E infine ringrazio le more dei rovi della valle degli Challant che, per esigenze di narrazione, si sono prestate a maturare straordinariamente prima del tempo.

Alcune fonti bibliografiche consultate su Catherine di Challant, Jean di Challant e il castello di Villa

Omar Borettaz, *Il castello, la comunità, i signori*, in *Il castello di Issogne in Valle d'Aosta*, pp.17-39, a cura di Sandra Barberi, Torino, 1999

Francesco Corni, *Segni di pietra*, Bard, 2008

Emerico Gerbore, *Le franchigie medievali*, in *Verrès et son chateau*, pp. 43-65, Issogne, 1991

Carlo Nigra, *Castelli della Valle d'Aosta*, Aosta, 1974

Bruno Orlandoni, *Costruttori di castelli*, Aosta, 2008

Bruno Orlandoni, *Architettura in Valle d'Aosta*, Aosta, 1996

Bruno Orlandoni, *La culla degli Challant*, in *Pagine della Valle d'Aosta*, II, pp. 22-32, Ivrea, 1995

Ugo Torra, *La valle di Challant-Ayas*, Ivrea, 1982

Luigi Vaccarone, *Scritti sui Challant*, Aosta, 1967

Vigilio Vescovi, *Historia della casa di Challant*, Aosta, 1969

E anche:

Cennino Cennini, *Il libro dell'arte*, Vicenza, Neri Pozza, 2003

Christine de Pizan, *La Città delle Dame*, Roma, Carocci, 2005

Preziosa inoltre, per l'atmosfera medievale, è stata la lettura dei numerosi romanzi di Laura Mancinelli, pubblicati da Einaudi, come pure di: *Storia di un giorno in una città medievale* di Arsenio e Chiara Frugoni, Bari, Laterza, 1998.

Ballate, madrigali, sonetti citati

Ecco la primavera di Francesco Landini.

Rido talora ch'ho di piangere voglia, Una colomba e *Donna, l'altrui mirar* sono di Gherardello da Firenze.

Il sonetto *S'io fossi foco* è di Cecco Angiolieri, mentre le ballate cantate da Mirò su Ivano e Lancillotto sono una rielaborazione da Chretien de Troyes.

La Chastelaine du Vergier è una famosa narrazione che correva di bocca in bocca nei castelli della Valle d'Aosta medievale e che fu messa per scritto nel XV secolo in un vero romanzo valdostano nato dall'influenza della vicina letteratura francese. Ritrovata tra gli antichi testi, l'ho ridotta e rielaborata aggiungendo le rime.

Il "carro automotore" di mastro Philippe non è un'invenzione narrativa, ma si rifà a un progetto del XV secolo di Giovanni da Fontana.

Indice

Finito di stampare nel mese di febbraio 2014
presso Grafica Veneta S.p.A.,
via Malcanton, 2 Trebaseleghe (PD)

RCS Libri

ISBN 978-88-17-07280-9